Harper
Collins

Zum Buch:

„Ich weiß nicht, was ich sagen soll, Becky."

Er zieht mich in seine Arme. Bei ihm ist es anders als bei der Mutter, ein wenig eckig. Ich rieche sein Aftershave und etwas Merkwürdiges dahinter, wie von Verwesung.

Die Mutter dreht sich um und zieht die Tür auf; ich glaube, sie wischt sich übers Gesicht.

„Komm rein, Bec."

Ihre Stimme bricht, und ich begreife, dass ich den Test bestanden habe. Ich bin drin. Das ist mein Zuhause, mein Leben.

Von jetzt an bin ich Rebecca Winter.

„Voller Twists und Überraschungen – Sie werden von diesem Netz aus Lügen bis zur letzten Seite gefesselt sein."

Lisa Unger, New-York-Times-Bestsellerautorin

Zur Autorin:

Anna Snoekstra, Jahrgang 1988, wuchs in Canberra auf und zog mit 18 Jahren nach Melbourne, wo sie Film und Creative Writing studierte. Sie hat mehrere Kurzfilme und Musikvideos gedreht, bevor sie sich ganz aufs Schreiben konzentrierte. Ihre Geschichten sind in zahlreichen Literaturmagazinen erschienen; die Erzählung „Greyfields" schaffte es auf die Shortlist für den renommierten „Viva La Novella"-Preis 2014. Ihre Lieblingsautoren sind Joyce Carol Oates und Susan E. Hinton, ihr Lieblingszitat stammt von Charles Bukowski: „Finde, was du liebst, und lass es dich töten."

Anna Snoekstra

Ihr letzter Sommer

Roman

Aus dem Amerikanischen von
Jan Schönherr

HarperCollins

HarperCollins®
Band 100106

Ungekürzte Ausgabe im HarperCollins Taschenbuch

Umschlaggestaltung: bürosüd, München
Umschlagabbildung: plainpicture/Marius Schultz
Redaktion: Thorben Buttke
Satz: GGP Media GmbH, Pößneck
Printed in Germany
Dieses Buch wurde auf FSC®-zertifiziertem Papier gedruckt.
ISBN 978-3-95967-146-0

www.harpercollins.de

Werden Sie Fan von HarperCollins Germany auf Facebook!

Ich war immer schon gut darin, eine Rolle zu spielen: die mysteriöse Verführerin für den Widerling, die rehäugige Unschuld für den Beschützer. An dem Ladendetektiv habe ich beides ausprobiert. Ohne Erfolg.

Dabei war ich so dicht dran. Die Türen des Supermarkts hatten sich schon vor mir aufgeschoben, als seine Pranke mich an der Schulter packte. Die Straße war nur fünfzehn Schritte entfernt. Ganz friedlich lag sie da, gesäumt von gelborange belaubten Bäumen.

Er packte mich fester.

Und brachte mich ins Hinterzimmer. Eine kleine Betonschachtel ohne Fenster, kaum groß genug für den alten Aktenschrank, den Schreibtisch und den Drucker. Er fischte das Brötchen, den Käse und den Apfel aus meiner Tasche und legte alles zwischen uns auf den Tisch. Bei dem Anblick verspürte ich beißende Scham. Hämmernden Herzens versuchte ich, ihm in die Augen zu sehen. Bevor ich ihm nicht meinen Ausweis gezeigt hätte, käme ich hier nicht weg, meinte er. Zum Glück habe ich keinen Geldbeutel. Wer braucht schon einen Geldbeutel, wenn er kein Geld hat?

Ich hab sämtliche Tricks an ihm ausprobiert. Als meine zweideutigen Anspielungen auf taube Ohren stießen, drückte ich auf die Tränendrüse. Nicht grade meine beste Performance, denn ich konnte die Augen nicht von dem Brot lassen. Mein Magen begann zu krampfen. So hungrig war ich in meinem ganzen Leben nicht gewesen.

Jetzt höre ich ihn auf der anderen Seite der Tür mit der Polizei sprechen. Ich glotze solange auf die Pinnwand über dem Schreibtisch. Der Schichtplan für die Woche hängt dort, daneben ein Memo über Kreditkarten, auf dessen unterem Rand ein Smiley grinst, und ein paar Fotos von einer Kneipentour der Angestellten.

In einem Supermarkt wollte ich noch nie arbeiten. Eigentlich wollte ich überhaupt noch nie arbeiten, aber plötzlich bin ich geradezu schmerzhaft neidisch.

„Tut mir leid, dass Sie extra kommen mussten. Die kleine Schlampe rückt ihren Ausweis nicht raus."

Ob er weiß, dass ich ihn hören kann?

„Schon gut, wir kümmern uns drum." Eine fremde Stimme.

Die Tür geht auf, und zwei Cops blicken mich an. Eine Frau und ein Mann, beide etwa in meinem Alter. Sie hat das blonde Haar zu einem adretten Pferdeschwanz zurückgebunden. Der Typ ist blass und hager. Ein Arschloch, hundertpro. Sie setzen sich mir gegenüber an den Tisch.

„Ich bin Constable Thompson, das hier ist Constable Seirs", sagt der Mann. „Sie wurden also beim Ladendiebstahl erwischt." Er versucht nicht mal, seine Langeweile zu verbergen.

„Das trifft so nicht ganz zu", imitiere ich den wohlerzogenen Ton meiner Stiefmutter. „Dieser Herr hat ein Problem mit Frauen. Ich wollte gerade zur Kasse, da hat er mich einfach gepackt."

Sie sehen mich skeptisch an, lassen den Blick über meine ungewaschenen Klamotten und das fettige Haar streifen. Ob ich wohl stinke? Die Schrammen und Schwellungen im Gesicht machen die Sache bestimmt nicht besser. Vermutlich wurde ich überhaupt nur deshalb erwischt.

„Er hat mich unter wüsten Beschimpfungen hierhergeschleift.“ Ich senke die Stimme. „Schlampe, Hure und dergleichen. Widerlich. Mein Vater ist Anwalt. Wenn ich dem erzähle, was hier los war, geht er garantiert vor Gericht.“

Die beiden blicken sich an, und ich sehe sofort, dass sie mir das nicht abkaufen. Ich hätte doch besser heulen sollen.

„Hör mal, Süße, alles wird gut. Sag uns einfach, wie du heißt und wo du wohnst, dann bist du heute Abend schon zu Hause“, sagt Cop-Girl.

Sie ist so alt wie ich und gibt mir Kosenamen, als wäre ich ein Kind.

„Oder wir nehmen dich mit aufs Revier. Da kannst du dann in der Zelle warten, bis wir rauskriegen, wer du bist. Leichter wär's, du verrätst es uns gleich.“

Die wollen mir Angst einjagen, und das funktioniert, wenn auch aus anderen Gründen, als sie meinen. Haben sie erst meine Fingerabdrücke, finden sie auch schnell raus, wer ich bin. Und was ich getan habe.

„Ich hatte solchen Hunger.“ Das Zittern in der Stimme ist echt.

Wie sie mich ansehen, gibt mir den Rest. Dieser Mix aus Ekel und Mitleid. Als wäre ich ein Nichts, nur irgendeine Rumtreiberin, die sie einsammeln müssen. Langsam tut sich eine Erinnerung in mir auf, und ich weiß plötzlich ganz genau, wie ich aus der Nummer rauskomme.

Die Kraft meiner nächsten Worte ist gewaltig. Sie rast mir durch den Körper wie ein Wodkashot, löst den Kloß im Hals und lässt die Fingerspitzen kribbeln. Das Gefühl der Hilflosigkeit ist futsch. Ich schaffe das. Ich blicke die beiden eindringlich an, erst sie, dann ihn, koste den Augenblick aus. Behalte sie genau im Auge, um zu genießen, wie ihnen die Mienen entgleisen.

„Ich heiße Rebecca Winter. Ich wurde vor elf Jahren entführt."

ERSTES KAPITEL

2014

Mit gesenktem Kopf sitze ich in einem Verhörraum und ziehe fest die Jacke zu. Kalt hier drin. Ich warte schon fast eine Stunde, mache mir aber keine Sorgen. Bestimmt habe ich für ganz schönen Aufruhr auf der anderen Seite dieses Spiegels gesorgt. Wahrscheinlich telefonieren die grade mit dem Vermisstendezernat, suchen Fotos von Rebecca raus und gleichen sie penibelst mit mir ab. Das dürfte sie überzeugen – die Ähnlichkeit ist verblüffend.

Mir ist sie vor ein paar Monaten aufgefallen. Ich hatte mich mit Peter zu Hause eingeigelt. Normalerweise werde ich von einem Kater immer depri, verkrieche mich den ganzen Tag in meinem Zimmer und höre traurige Musik. Aber nicht mit Peter. Wir schliefen bis mittags und hingen dann einfach auf der Couch ab, aßen Pizza und rauchten Zigaretten, bis es uns besser ging. Damals glaubte ich noch, das Geld meiner Eltern spiele keine Rolle und ich bräuchte zum Leben nichts als Liebe.

Irgendwann lief so eine Trashsendung namens *Wanted*, in der über eine grausige Mordserie in einem Altersheim berichtet wurde, im Holden Valley Aged Care in Melbourne. Ich suchte nach der Fernbedienung. Abgeschlachtete Omas heben schließlich nicht unbedingt die Laune. Gerade als ich umschalten wollte, fing die nächste Story an und ein Foto von einem Mädchen wurde eingeblendet. Sie hatte meine Nase, meine Augen, mein kupferrotes Haar. Sogar meine Sommersprossen hatte sie.

„Am 17. Januar 2003 kam Rebecca Winter von der Spätschicht bei McDonald's in Manuka, einem Vorort im Norden von Canberra", kommentierte eine dramatische Männerstimme. „Doch irgendwo auf dem Weg von der Bushaltestelle nach Hause ist sie verschwunden und wurde nie wieder gesehen."

„Scheiße, bist das du?", fragte Peter.

Die Eltern des Mädchens erzählten, ihre Tochter werde nun schon seit über einem Jahrzehnt vermisst, sie hätten die Hoffnung aber nicht aufgegeben. Die Frau schien den Tränen nahe. Noch ein Foto: Rebecca Winter in einem hellgrünen Kleid, den Arm um eine Blondine in ihrem Alter gelegt. Einen bescheuerten Moment lang fragte ich mich, ob ich irgendwann mal so ein Kleid gehabt hatte.

Ein Familienporträt: die dreißig Jahre jünger wirkenden Eltern, zwei grinsende Brüder, in der Mitte Rebecca. Idyllisch. Fehlte nur noch der weiße Gartenzaun im Hintergrund.

„Fuck, ist das deine verschollene Zwillingsschwester oder so?"

„Hättest du wohl gern!"

Wir machten Witze über Peters abartige Zwillingsfantasien, und er vergaß die Sache bald. In Peters Kopf hielt sich nie irgendwas sehr lange.

Ich versuche, mich an so viele Einzelheiten wie möglich aus der Sendung zu erinnern. Rebecca kam aus Canberra, verschwand mit fünfzehn, sechzehn Jahren. Nun kam mir mein verschrammtes und geschwollenes Gesicht doch zugute: Die kleinen Unterschiede zwischen uns waren dadurch gut maskiert. Bis das abgeheilt ist, bin ich längst über alle Berge. Ich muss nur genügend Zeit gewinnen, um es aus dem Revier zu schaffen – und weiter zum Flughafen vielleicht. Kurz drängt sich die Frage auf, was ich dann tun soll. Dad anrufen? Seit ich gegangen bin, habe ich kein Wort mit ihm gesprochen. Ein paarmal stand ich in einer Telefonzelle, hatte sogar schon seine Handynummer gewählt. Doch dann hallte mir plötzlich das abscheuliche Geräusch einer weichen Masse durch den Kopf, die mit Wucht auf Metall kracht, und ich hängte mit zitternden Händen den Hörer ein. Er will garantiert nicht mit mir sprechen.

Die Tür geht auf, und die Polizistin steckt lächelnd den Kopf durch den Spalt.

„Dauert nicht mehr lange. Möchtest du vielleicht was essen?“

„Ja, gern.“

Der Anflug von Scham in der Stimme. Die Art, wie sie mich ansieht, bevor sie schnell den Blick abwendet.

Sie haben's geschluckt, bis auf den letzten Krümel.

Die Polizistin bringt mir eine Portion dampfend heißer Nudeln vom Asia-Imbiss nebenan. Ölig sind die und ein bisschen schleimig, aber ich weiß nicht, ob mir schon mal irgendwas so gut geschmeckt hat. Schließlich betritt ein Detective den Raum. Er wirft eine Akte auf den Tisch und zieht sich einen Stuhl ran. Brutal sieht er aus, hat kleine Augen und einen dicken Hals. An der Art, wie er sich hinsetzt, erkenne ich, dass sein Ego mein bester Trumpf ist. Er scheint sich so breit machen zu wollen, wie er nur kann, legt den Arm über den Stuhl neben sich und spreizt die Beine. Über den Tisch hinweg lächelt er mich an.

„Tut mir leid, dass das so lange dauert.“

„Schon okay“, antworte ich, die Augen groß, die Stimme klein. Ganz leicht drehe ich den Kopf, damit er die Blessuren auch gut sieht.

„Wir bringen Sie gleich ins Krankenhaus, ja?“

„Es tut nicht weh, ich will nur nach Hause.“

„Ist Vorschrift. Wir haben bei Ihren Eltern angerufen, aber bisher ging keiner ran.“

Ich stelle mir vor, wie in Rebecca Winters leerem Haus das Telefon klingelt. Vermutlich besser so. Ihre Eltern würden alles nur verkomplizieren. Der Detective deutet mein Schweigen als Enttäuschung.

„Keine Sorge, wir erreichen sie sicher bald. Sie müssen herkommen, für die Identifizierung. Dann könnt ihr zusammen nach Hause.“

Das fehlte mir grade noch, vor einem Haufen Cops als Hochstaplerin entlarvt zu werden. Meine Zuversicht schwindet. Ich muss das verhindern.

Mit hängendem Kopf murmle ich: „Ich will einfach nur heim.“

„Ich weiß, das können Sie ja bald.“ Als tätschelte er mir mit Worten den Kopf. „Hat’s denn geschmeckt?“ Er blickt auf die leere Nudelschachtel.

„Ja, sehr lecker. Sie sind alle so nett zu mir“, sage ich, immer noch ganz das verschüchterte Opfer.

Er öffnet den Umschlag. Rebecca Winters Akte. Zeit fürs Verhör. Meine Augen huschen über die erste Seite.

„Verraten Sie mir Ihren Namen?"

„Rebecca." Ich halte den Blick gesenkt.

„Und wo haben Sie so lange gesteckt, Rebecca?", fragt er und beugt sich vor, um mich zu verstehen.

„Ich weiß nicht", flüstere ich. „Ich hatte solche Angst."

„War da noch jemand? Andere Gefangene?"

„Nein. Bloß ich."

Er beugt sich noch weiter vor, bis sein Gesicht nur noch Zentimeter von meinem entfernt ist.

„Sie haben mich gerettet", sage ich und blicke ihm direkt in die Augen. „Danke."

Ihm schwillt die Brust. Canberra ist bloß drei Stunden entfernt. Nur noch ein kleiner Schubs. Jetzt, wo er sich wie der große Held vorkommt, wird er nicht Nein sagen können. Meine einzige Chance, hier rauszukommen.

„Bitte, darf ich nach Hause?"

„Wir müssen Sie wirklich erst vernehmen und zur Untersuchung ins Krankenhaus bringen. Das ist wichtig."

„Geht das nicht auch in Canberra?"

Ich lasse die Tränen raus. Männer ertragen nicht, wenn Mädchen weinen. Irgendwie ist ihnen das unangenehm.

„Wir bringen Sie ja bald nach Canberra, aber wir müssen uns an die Vorschriften halten, okay?"

„Aber Sie sind doch hier der Chef, oder?" Wenn Sie sagen, dass ich gehen darf, dann müssen die Ihnen gehorchen. Ich will einfach nur zu meiner Mom."

„Na gut." Er springt vom Stuhl auf. „Nicht weinen. Ich sehe mal, was ich tun kann."

Kurz darauf kommt er zurück und sagt, er habe alles für mich geregelt. Die Cops, die mich eingesackt haben, sollen mich nach Canberra fahren. Dort übernimmt der Detective von der Abteilung für Vermisstenfälle, der für Rebecca Winters Fall zuständig war. Ich nicke und lächle, blicke zu ihm auf, als wäre er mein neuer Held.

Canberra werde ich nie erreichen. Ein Flughafen wäre leichter, aber irgendwie entwische ich denen schon. Jetzt, wo sie mich als Opfer sehen, wird das nicht schwer.

Als wir aus dem Verhörraum kommen, drehen sich alle nach mir um. Eine Frau hat einen Hörer am Ohr.

„Da kommt sie grade, ich frage mal." Die Frau drückt sich den Hörer an die Brust und blickt den Detective an. „Mrs. Winter ist dran, wir haben sie endlich erwischt. Sie möchte Rebecca sprechen, geht das?"

„Na klar", sagt der Detective und lächelt mich an.

Die Frau streckt mir den Hörer hin, und ich blicke mich um. Niemand sieht her, aber ich weiß, dass sie zuhören. Ich greife nach dem Hörer.

„Hallo?"

„Bist du das, Becky?"

Ich öffne den Mund, muss irgendwas sagen, habe aber keinen blassen Schimmer, was. Da redet die Mutter einfach selbst drauflos.

„O Liebling, Gott sei Dank! Ich kann's noch gar nicht fassen. Geht's dir gut? Die behaupten, es geht dir gut, aber ich glaube es nicht. Ich hab dich so furchtbar lieb. Geht es dir gut?"

„Ich bin okay."

„Bleib, wo du bist, dein Vater und ich holen dich ab."

Verdammt.

„Wir sind schon auf dem Sprung", sage ich fast flüsternd. Sie soll nicht merken, dass meine Stimme völlig anders klingt.

„Nein, bitte, geh nicht vor die Tür. Bleib in Sicherheit."

„So geht's schneller, ist alles schon geregelt."

Ich höre sie schlucken, dick und schwer.

„Wir brauchen nicht lang." Sie klingt erstickt.

„Ich muss los", sage ich und dann, mit einem Blick auf die gespitzten Ohren um mich herum: „Bis gleich, Mom."

Ihr Schluchzen dringt noch aus dem Hörer, als ich ihn zurückgebe.

Der letzte Rest Abendsonne ist verglüht, der Himmel blassgrau. Nach etwa einer Stunde Fahrt ist uns der Gesprächsstoff ausgegangen. Die Cops juckt es offensichtlich in den Fingern, mich zu fragen, wo ich so lange war, doch sie halten sich zurück.

Zum Glück. Sehr wahrscheinlich haben sie eine viel bessere Vorstellung als ich davon, wo Rebecca Winter das letzte Jahrzehnt verbracht hat.

Im Radio schmachtet Paul Kelly. Regen prasselt aufs Autodach, zieht Streifen an den Fenstern. Ich könnte problemlos einschlafen.

„Soll ich die Heizung aufdrehen?", fragt Thomson mit Blick auf meine Jacke.

„Geht schon", sage ich.

In Wahrheit kann ich sie gar nicht ausziehen, auch wenn

mir langsam etwas heiß wird. Unterhalb der Armbeuge habe ich ein Muttermal, einen kaffeebraunen Fleck, etwa so groß wie eine 20-Cent-Münze. Als Kind hab ich es gehasst. Meine Mutter sagte immer, da hätte mich ein Engel geküsst. Das ist eine der wenigen Erinnerungen, die ich noch an sie habe. Mit den Jahren ist mir das Ding irgendwie ans Herz gewachsen, vielleicht weil es mich an sie erinnert oder weil es eben so sehr zu mir gehört. Zu Bec gehört es jedoch nicht. Zwar dürften die beiden Trottel die Vermisstenakte kaum gründlich genug studiert haben, um das Wörtchen „keine" unter *Besondere Kennzeichen* zu bemerken, aber das Risiko gehe ich besser nicht ein.

Krampfhaft versuche ich, meine Flucht zu planen, kann aber an nichts anderes denken als an Rebeccas Mom. Daran, wie sie sagte: „Ich hab dich lieb." Bei ihr klang das anders als bei meinem Dad früher, der das nur sagte, wenn jemand dabei war oder er wollte, dass ich brav bin. Es klang so ungekünstelt, so kehlig, als käme es von ganz tief drin. Diese Frau, auf die wir da zurollen, hat mich wirklich lieb. Oder wenigstens die, für die sie mich hält. Was sie wohl grade macht? Ruft sie ihre Freundinnen an, um ihnen die gute Nachricht zu überbringen? Wäscht sie Bettwäsche für mich, rast zum Supermarkt, um die Vorräte aufzustocken, oder sorgt sich, vor Aufregung später nicht schlafen zu können? Ich male mir aus, wie die Cops sie anrufen, um zu beichten, dass sie mich unterwegs verloren haben. Die beiden kriegen sicher einen Riesenärger. Das wär mir ja wurst, aber was ist mit ihr? Was ist mit dem frisch bezogenen Bett, das mich erwartet? Dem Essen im Kühlschrank? Und all der Liebe? Alles für die Katz.

„Ich muss mal aufs Klo", sage ich, als ich das Schild zu einem Rastplatz sehe.

„Alles klar, Süße. Aber willst du nicht lieber auf eine Tankstelle warten?"

„Nein." Ich hab keinen Bock mehr auf Höflichkeit.

Das Auto biegt auf die Schotterpiste und hält vor dem gemauerten Klohäuschen. Daneben stehen ein alter Grill und zwei Picknicktische, dahinter liegt nichts als Buschland. Wenn ich genügend Vorsprung kriege, finden die mich dort nie.

Die Polizistin schnallt sich ab.

„Ich bin kein Baby, ich kann alleine pinkeln, danke."

Ohne ihr Gelegenheit zum Einspruch zu lassen, steige ich aus und schlage die Tür hinter mir zu. Eisig klatscht der Regen mir auf die verschwitzte Haut. Tut gut, aus diesem Brutkasten von Auto raus zu sein. Bevor ich das Klohäuschen betrete, werfe ich einen Blick zurück. Die Scheinwerfer bohren sich durch den Regen, hinter den Scheibenwischern rutschen die Cops auf ihren Sitzen herum und reden.

Das Klo ist ekelhaft. Der Betonfußboden ist überflutet und zusammengeknülltes Toilettenpapier treibt darauf herum wie Minieisberge. Es stinkt nach Bier und Kotze. Neben der Toilette steht eine Flasche Carlton Draught, auf das Blechdach prasselt der Regen. Ich stelle mir die Nacht durchnässten Versteckspiels vor, die mir bevorsteht. Irgendwie muss ich mich zur nächsten Stadt durchschlagen. Und dann? Bald werde ich wieder hungrig sein, aber noch immer pleite. Die vergangene Woche war die schlimmste meines

Lebens. Ich musste irgendwelche Typen in Bars aufreißen, nur um irgendwo schlafen zu können, und in einer Nacht, der schlimmsten von allen, blieb mir nichts übrig, als mich in einem Klo im Park zu verkriechen. Jedes Geräusch fuhr mir durch Mark und Bein. Ich malte mir Gott weiß was aus. Diese Nacht, die nicht zu Ende gehen wollte, so als würde es nie wieder hell. Ein bisschen wie hier sah es dort aus. Auf gar keinen Fall will ich hier übernachten müssen.

Nur einen Augenblick werde ich schwach, denke an die Alternative: das warme Bett, der volle Magen, die Küsse auf die Stirn. Und das genügt.

An der Klobrille bricht die Flasche mühelos. Ich hebe eine große Scherbe auf. In der Hocke sitzend, nehme ich den Arm zwischen die Knie. Ich höre mich wimmern, doch Schwäche kann ich mir jetzt nicht erlauben. In spätestens einer Minute sieht Cop-Girl nach mir. Ich drücke die Scherbe auf den braunen Fleck. Der Schmerz ist überwältigend. Es blutet stärker, als ich dachte, aber ich lasse nicht nach. Meine Haut schält sich ab wie die einer Kartoffel.

Als ich die Jacke wieder anziehe, reibt das Futter über die offene Wunde. Ich werfe die blutigen Beweise in den Mülleimer und wasche mir die Hände. Alles um mich verschwimmt, die öligen Nudeln wirbeln mir durch den Magen. Ich halte mich am Waschbecken fest und atme ganz ruhig durch. Kriege ich schon hin.

Eine Autotür schlägt zu, dann Schritte.

„Alles in Ordnung?", fragt die Polizistin.

„Mir wird im Auto manchmal schlecht", erwidere ich, während ich nachprüfe, ob im Waschbecken noch Blut ist.

„Ach Süße, wir sind fast da. Sag einfach Bescheid, wenn du dich übergeben musst."

Der Regen ist jetzt stärker, der Himmel tiefschwarz. Aber die eiskalte Luft hilft gegen die Übelkeit. Ich klettere auf den Rücksitz und ziehe mit dem heilen Arm die Tür hinter mir zu. Dann fahren wir wieder auf den Highway. Ich strecke den pochenden Arm neben der Kopfstütze aus, damit mir das Blut nicht zum Ärmel rausläuft, und lege den Kopf ans Fenster. Übel ist mir nicht mehr, nur irgendwie schwummrig. Das gleichmäßige Prasseln des Regens, die leise Musik aus dem Radio und die Hitze im Auto lassen mich eindösen.

Ich weiß nicht genau, wie lange wir so schweigend gefahren sind, als die Cops anfangen, sich zu unterhalten.

„Ich glaub, sie schläft." Die Stimme des Kerls.

Leder quietscht, als die Frau sich nach mir umdreht. Ich mache keinen Mucks.

„Sieht so aus. Bestimmt anstrengend, so 'ne kleine Zicke zu sein."

„Was glaubst du, wo sie all die Jahre war?"

„Ganz ehrlich? Mit irgendeinem Kerl durchgebrannt, verheiratet wahrscheinlich. Der hatte jetzt die Schnauze voll und hat sie rausgeworfen. Außerdem wette ich, dass er stinkreich war, so wie die auf alle runterschaut."

„Sie behauptet doch, man hätte sie entführt."

„Ich weiß. Aber so benimmt sie sich nicht, oder?"

„Eher nicht, nein."

„Außerdem wirkt sie dafür ziemlich gut in Form. Ich

meine, wenn sie echt entführt wurde, muss der Typ ganz schön in sie vernarrt gewesen sein. Was meinst du denn?"

„Mir ist das ehrlich gesagt scheißegal. Aber für uns könnte 'ne Auszeichnung drin sein."

„Schon möglich. Müsste die nichts ins Krankenhaus oder so? Ich weiß ja nicht, ob das alte Arschgesicht sie echt hätte gehen lassen sollen, bloß weil die Kleine mit den Fingern geschnipst hat ..."

„Wie sind denn die Vorschriften? Ich weiß schon, was wir machen, wenn diese Kids verschwinden, aber was ist, wenn sie wiederkommen?"

„Keine Ahnung. Als das durchgenommen wurde, hatte ich wohl 'nen Kater."

Sie lachen, und es wird wieder still im Auto.

„Weißt du was?", sagt die Polizistin plötzlich. „Ich hab mich schon die ganz Zeit gefragt, an wen sie mich erinnert. Grade ist's mir eingefallen. An dieses Mädchen in der Highschool, die erzählt hat, sie hätte einen Hirntumor. Bekam 'ne ganze Woche schulfrei für die OP. Ein paar von uns haben sogar Geld für sie gesammelt. Ich glaube, wir dachten alle, sie müsste sterben. Aber am Montag kam sie putzmunter zurück und war ein paar Stunden lang das beliebteste Mädchen der Schule. Dann fiel irgendwem auf, dass ihr Kopf gar nicht rasiert war, nicht mal ein winziges bisschen. Die ganze Geschichte war erstunken und erlogen.

Jedenfalls hat die einen genauso angeschaut wie unsere kleine Prinzessin da hinten, als wir sie in dem Laden zum ersten Mal gesehen haben. Wie die einen taxiert, mit diesen kalten Augen abcheckt, als ob ihr Hirn dabei mit Höchstgeschwindigkeit nach der besten Weise sucht, einen aufs Kreuz zu legen."

Nach einer Weile höre ich einfach nicht mehr hin. Mir fällt wieder ein, dass ich in Canberra mit dem Detective sprechen muss, aber mir ist zu schwindlig, um meine Antworten vorzubereiten. Das Auto fährt von der Hauptstraße ab.

Ich wache auf, als es ruckartig zum Stehen kommt und das Licht angeht, weil die Polizistin ihre Tür aufmacht.

„Aufwachen, kleine Lady", sagt sie.

Ich will mich aufsetzen, doch meine Muskeln fühlen sich an wie Wackelpudding.

Dann eine unbekannte Stimme.

„Sie müssen die Constables Seirs und Thompson sein. Ich bin Senior Inspector Andopolis. Danke für die Überstunden, um sie herzubringen."

„Kein Problem, Sir."

„Wir sollten gleich loslegen. Ich weiß, dass ihre Mutter außer sich vor Freude ist, aber ich habe eine Menge Fragen."

Ich höre, wie er die Tür neben mir öffnet.

„Rebecca, Sie können sich nicht vorstellen, wie ich mich freue, Sie zu sehen", sagt er. Dann kniet er sich neben mich. „Geht es Ihnen gut?"

Ich will ihn ansehen, aber sein Gesicht dreht sich unablässig im Kreis.

„Ja, alles okay", murmle ich.

„Wieso ist sie so blass?", blafft er. „Was ist passiert?"

„Alles in Ordnung, ihr ist nur übel geworden", antwortet die Polizistin.

„Rufen Sie einen Krankenwagen!", fährt Andopolis sie an, beugt sich über mich und schnallt mich ab.

„Rebecca? Hören Sie mich? Was ist passiert?"

„Ich hab mich am Arm verletzt, als ich abgehauen bin", höre ich mich sagen. „Geht schon, tut nur ein bisschen weh."

Er zieht meine Jacke weg. Bis rauf zum Schlüsselbein ist alles voller getrocknetem Blut. Von dem Anblick trübt sich mein Blick noch mehr.

„Ihr Hohlköpfe! Ihr verdammten Vollidioten!" Er klingt ganz weit weg. Ich kann nicht sehen, wie die Cops reagieren, sehe sie nicht bleich werden. Aber ich kann es mir vorstellen.

Lächelnd verliere ich endgültig das Bewusstsein.

ZWEITES KAPITEL

BEC 10.01.03

Schon vor Monaten hatte Bec beschlossen, ihr Leben so zu führen, als würde sie pausenlos beobachtet. Nur für den Fall, dass um die Ecke eine Filmcrew lauerte oder ihr Spiegel von hinten durchsichtig war. Gähnen ohne Hand vor dem Mund oder Nase bohren auf dem Klo kam nicht mehr infrage. Sie wollte stets so aussehen, wie man es von einer fröhlichen, hübschen Sechzehnjährigen erwartete.

Diesmal war es aber anders. Diesmal war da dieses merkwürdige Prickeln am Nacken. So als würde wirklich jemand sie beobachten. Ein paar Tage ging das nun schon so, aber wenn sie sich umdrehte, um nachzusehen, war nie einer da. Vielleicht wurde sie langsam verrückt.

Eine schreckliche Vorstellung, seine schlimmsten Albträume wahr werden zu sehen und von allen bloß als wahnsinnig abgestempelt zu werden. Max von nebenan hatte früher oft die ganze Nacht gebrüllt. Becs Mom hatte dann immer gesagt, er streite sicher mit jemandem am Telefon. Aber als Bec mal um vier Uhr morgens davon aufgewacht war, hatte sie durch die Vorhänge gelinst und gesehen, wie er im Dunkeln das Nichts anschrie. Ein paar Wochen darauf hatte er einen Stein durch ihr Küchenfenster geworfen. Einen Anruf von Becs Dad später wurde Max abgeholt. Als er wiederkam, brüllte er nicht mehr. Er saß nur noch auf der Treppe vor dem Haus, starrte ins Leere und wurde langsam fett.

War es besser, permanent Angst zu haben oder gar nichts zu empfinden? Bec war sich da nicht ganz sicher.

Grell schien die Sonne durch milchige Wolken auf sie herab. Wenn sie noch länger hier draußen blieb, würde sie einen Sonnenbrand bekommen. Doch ihr gefiel dieses Bild von sich selbst, wie sie auf dem Rücken in Lizzies Pool lag. Grüner Bikini, die sommersprossigen Arme ausgestreckt, und ihr Bauchnabel füllte sich beim Atmen mit Wasser. Ob man sie jetzt gerade wohl beobachtete? Aus den Zimmern von Lizzies Bruder und ihrem Vater konnte man den Pool sehen. Beide hatte Bec während des letzten Jahres schon beim Glotzen erwischt. Sie sollte das wohl abstoßend finden, tat es aber nicht.

Füße patschten über den Beton, gefolgt von einer ausgedehnten Stille, dann explodierte die Wasseroberfläche unter Lizzies Arschbombe. Wie verrückt kichernd, tauchte sie wieder auf. Das nasse Haar klebte ihr auf dem Gesicht.

„Fast hätt ich dich erwischt!"

„Du bist so blöd", rief Bec und versuchte lachend, Lizzie zu tunken. Die packte sie an der Taille, und kreischend und kichernd rangen sie miteinander, die rutschigen Glieder wie sich ineinander windende Aale verschlungen. Bec tunkte Lizzie kräftig, und sie kam prustend wieder hoch.

„Friede?"

Hustend streckte Lizzie ihr den kleinen Finger hin. Bec hakte den ihren ein und schwamm dann schnell in Sicherheit, falls Lizzie es sich anders überlegte. Über den gekachelten Poolrand gebeugt, kam sie wieder zu Atem. Die Sonne brannte ihr auf den Rücken, Lizzies Arm drückte angenehm gegen ihren. Sie wünschte, sie wäre hier zu Hause und Lizzie ihre Schwester, auch wenn sie sich kein bisschen ähnelten. Bec war schlank und eher flachbrüstig, Lizzies Körper war an genau den richtigen Stellen weich und kurvig. Wenn Lizzie roten Lippenstift auflegte, fand Bec manchmal, dass sie aussah wie Marilyn Monroe, doch das sagte sie ihr nie.

„Aaah, jetzt dreht sich wieder alles." Mit kleinen Tropfen an den Wimpern sah Lizzie Bec angestrengt an.

„Selber schuld." Bec legte den Kopf auf den Arm. Langsam ließ der Kater nach. Ihr war nicht mehr schwindlig, und ihr Magen beruhigte sich zusehends.

„Gestern war Hammer, oder?" Ein schelmisches Schmunzeln kroch Bec bei diesen Worten übers Gesicht. Das Beste hatte Lizzie ja nicht mal mitbekommen.

„Wir haben echt Schwein", seufzte Lizzie und stieß sich ab. „Du solltest los, sonst gibt's 'nen Anschiss von Ellen."

„Fuck! Wie spät?" Bec kletterte aus dem Pool und hopste über den glühend heißen Beton zum Wohnzimmer. Von der Küchenbank schnappte sie ihr Handy. Halb drei; wenn sie sich sputete, konnte sie es knapp schaffen. Sie hatte eine SMS bekommen. Von ihm. *GRADE AUFGEWACHT. MIT DIR IST ECHT JEDER ABEND DER WAHNSINN.*

Zum Glück konnte Lizzie das dämliche Grinsen nicht sehen, das Bec auf dem Gesicht klebte, während sie die Treppe raufrannte, um die Arbeitsklamotten zu holen. Wieder und wieder ging ihr die Nachricht durch den Kopf. Das konnte nur bedeuten, dass er sie gut fand. Jetzt war sie ganz sicher. Auf dem Absatz rannte sie fast Lizzies Bruder Jack über den Haufen, aus dessen offener Zimmertür eine seiner nervtötenden Metal-Platten plärrte. Instinktiv hatte er eine Hand ausgestreckt, und die lag Bec nun brennend über dem Steiß. Eine Viertelsekunde standen sie so dicht beieinander, als würden sie sich küssen. Bec spürte Jacks Atem, roch ihn. Ruckartig zog er die Hand zurück.

„Sorry!"

Er blickte betreten zu Boden, wurde rot. Plötzlich wurde ihr bewusst, dass sie praktisch nackt war, und sie rannte mit belustigtem Kreischen in Lizzies Zimmer. Sie schleuderte den Bikini in einem nassen grünen Klumpen auf den Teppich und schlüpfte in die Uniform. Das nach Frittierfett stinkende Ding pappte ihr an der nassen Haut. Hätte sie sich doch nur genug Zeit zum Duschen und Haarewaschen genommen. Normalerweise ging Bec nie aus dem Haus, ohne sich vorher die Haare zu glätten. Sie griff in ihr Schminktäschchen, trug Abdeckstift auf, kleisterte Foundation ins Gesicht und legte Rouge und Mascara darüber. Seit einiger Zeit benutzte sie gern flüssigen Eyeliner, aber in der Eile konnte das zu leicht in die Hose gehen. Einmal war sie wie ein Pandabär in die Schule gekommen – das brauchte sie nicht noch einmal. Im Gehen streifte sie sich die Ballerinas über, schnappte sich ihre Tasche und sprang, zwei Stufen auf einmal nehmend, die Treppe runter.

„Bis später, Bitch!", rief sie Lizzie zu, die ihr aus dem Pool den Mittelfinger zeigte.

Sie rannte schon die Straße entlang, als das Gartentor scheppernd hinter ihr ins Schloss fiel. Zwei Uhr dreiundvierzig. Müsste reichen. Sie ging langsamer. Es war zu heiß zum Rennen. Die Luft war schwer, schien sie zu Boden zu drücken. Ein fieser Sommer war das. Kein Tag unter vierzig Grad. Bec fuhr sich mit den Fingern durchs Haar – fast schon trocken. Hoffentlich kräuselte es sich nicht.

Sonntags hatte er frei. Bec hoffte, er wäre trotzdem da. Dann könnten sie ihren Kater vergleichen, sich von gestern Abend erzählen und miteinander lachen. Ihre Daumen huschten über die Tastatur: *AUF DEM WEG ZUR ARBEIT. WÜNSCHTE, DU WÄRST DA, SÜSSER.* ☺ Sie las die Nachricht wieder und wieder, blieb jedoch unsicher. Zu direkt wollte sie nicht sein, obwohl sie in einer Zeitschrift gelesen hatte, das sei gut: Man muss ihnen genügend Sicherheit geben, von sich aus aktiv zu werden. Aber der Smiley musste weg. Zu kindisch. Becs Finger zauderte über der Senden-Taste, ihr Herz raste. Mit geschlossenen Augen zwang sie sich zum Drücken. Das heimliche Schmunzeln kroch ihr wieder übers Gesicht, und sie fragte sich, ob Lizzie etwas ahnte. Es war schön, dieses Geheimnis zu haben. Gefährlich fühlte sich das an, wie ein Spiel mit dem Feuer.

Kurz schoss ihr das andere Geheimnis in den Kopf. Eine Erinnerung wie glühend heißer Stahl, brennend und brutal. Sie versuchte, sie wegzuschieben; daran durfte sie nicht denken.

Eukalyptusblätter knirschten ihr unter den Füßen, als sie auf die Hauptstraße bog. Vom stechenden Geruch des verdorrenden Laubs tränten ihr die Augen. An den Rändern war es trocken und schwarz, als hätte die heiße Luft es verbrannt. Plötzlich fürchtete sie, das Bier von gestern Abend könnte sich doch noch einmal blicken lassen. Sie blieb stehen und stützte sich an einen Ast, kniff die Augen zu.

Gestern Abend war lustig gewesen; ein bisschen Übelkeit war dafür ein annehmbarer Preis. Die besten Abende kamen immer, wenn man am wenigsten damit rechnete. Bec hatte grade zugemacht, wischte den Boden und spülte mit zugehaltener Nase die Fritteuse aus, Matty kümmerte sich um den Grill. Seine dicken Finger waren schwarz vom Fett. Warum er nie Handschuhe trug, war ihr schleierhaft. Früher hatte sie etwas Angst vor Matty gehabt, dem Schrank mit den tätowierten Armen, doch dann hatte sie gemerkt, dass er einer der liebsten Männer war, die sie je kennengelernt hatte. Eher ein Teddybär als ein Biker.

„Ich treff gleich noch Ellen und Luke im Pub, kommst du mit?"

„Meinst du, wir können Lizzie auch reinschmuggeln?" Er sagte Ja, aber Bec wäre auch so mitgegangen.

Sie spielten Pool, wobei Matty und Luke ihr abwechselnd Bier besorgten. Bier schmeckte ihr eigentlich nicht, aber sie wollte trotzdem nicht um Cider bitten; sie fand toll, sich als einer der Jungs zu fühlen. Das Pub war düster und roch nach Moschus. Als sie die Toilette betrat, sah sie im Spiegel ihre geweiteten Pupillen, die sich noch an das helle Neonlicht gewöhnen mussten. Sie schminkte sich nach und wünschte, sie hätte Wechselklamotten mitgebracht. Doch davon ließ sie sich den Abend nicht verderben.

Bec versuchte, Luke nicht zu oft anzustarren. Gleichzeitig brannte sie darauf, dass er zu ihr rüber, dass er näher käme. Irgendwann setzte sie ein Spiel aus, und er tat es ihr gleich.

„Wie läuft's, Kumpel?" Bec hatte es gern, wenn er sie so nannte, so als wären sie völlig gleichberechtigt. Nichts fand sie schlimmer, als behandelt zu werden wie ein kleines Mädchen.

Er setzte sich neben sie, sodass Bec seine Körperwärme spürte. Sie rissen schmutzige Witze, während sie den anderen beim Spielen zusahen, und Becs Herz hüpfte jedes Mal, wenn sie ihn zum Lachen brachte. Er erzählte ihr Geheimnisse. Sie lauschte aufmerksam. Sie wünschte, er würde sie küssen. Er tat es nicht. Einmal nahm er allerdings ihre Hand und drückte sie, blickte Bec eindringlich an. Sagen musste er nichts; sie erriet auch so, was er dachte. Es lag an ihrem Alter. Sie war zu jung. Während einer Spätschicht hatte er ihr mal von der Regel eines Freundes erzählt: Man durfte mit Leuten ausgehen, die mindestens halb so alt wie man selbst plus sieben Jahre waren. Alles darunter war daneben.

„Wann wirst du eigentlich siebzehn?", hatte er gesagt, als wäre es nur ein Witz. Damals waren es noch drei Monate gewesen. Jetzt war es nur noch einer. Sie musste nur Geduld haben.

Becs Foundation begann zu zerfließen. Sie zwang sich, etwas schneller zu gehen. Bei McDonald's lief eine Klimaanlage. Im Drive-in-Schalter nutzte die allerdings nicht viel – also Daumen drücken, dass sie heute am Haupttresen eingeteilt würde. Plötzlich spürte sie wieder dieses Prickeln. Sie drehte sich um. Niemand da. Die Straße war merkwürdig leer. Alle hatten sich zu ihren Klimaanlagen verkrochen. Sie ging noch schneller, doch das Prickeln ließ nicht nach.

Als Bec nach der Arbeit aus dem Bus stieg, war der Himmel schwarz. Die Luft war noch immer heiß und schwer. Wenn sie spät nach Hause kam, lag ihr Viertel immer ganz still da. Lizzies Straße kam ihr abends vor, als würde sie atmen – Lichter, offene Fenster, lachende Menschen, Musik. Für gewöhnlich wehte der einladende Duft warmer Abendessen durch die Fliegengitter.

In Becs Viertel zogen alle die Vorhänge so dicht zu, dass man nur das blaue Licht der Fernseher an den Rändern durchschimmern sah.

Sie konnte kaum erwarten, nach Hause zu kommen. Die Tür zum klimatisierten Haus zu öffnen. Ihre Familie vor dem Fernseher anzutreffen, wie sie über irgendeine blöde Sitcom lachten. Die Erleichterung zu spüren, sich behaglich, zugehörig und sicher zu fühlen. Daheim zu sein.

Zumindest wünschte sie sich das. Aber das war eine andere Familie, nicht ihre.

Beim Anstieg ihre Straße rauf schmerzten ihr die Glieder. Die Schicht hatte sich ganz schön gezogen. Ellen war sauer gewesen – Bec war doch noch zehn Minuten zu spät gekommen. In der Spiegelung im Edelstahl hatte sie ihr zerlaufenes Make-up und das gekräuselte Haar gesehen und nicht mehr das Geringste dagegen tun können. Im Drive-in-Schalter hatten ihr dann die Unterarme gebrannt, denn sie hatte sich nicht einmal mit Sonnencreme eingerieben.

Wieder überkam sie dieses Gefühl, als ginge die Welt unter. Diese Erschöpfung, durch die sich alles falsch anfühlte. Sie versuchte, nicht an Luke zu denken, denn sie wusste, dass sie sonst nur alles kaputtanalysieren würde. Ins Grübeln käme. Einsähe, dass er sie gar nicht leiden konnte, sie sich zum Affen machte und alle nur über sie lachten.

Langsam ging sie auf das Haus zu. Es war dunkel. Alle Fenster pechschwarz.

DRITTES KAPITEL

2014

Eine weiße Lichtröhre taucht aus dem dichten Schwarz auf. Ich schließe wieder die Augen. Zu hell. Mein Hals ist trocken, der Schädel brummt. Ächzend reibe ich mir die Augen. Irgendwas kratzt mich dabei an der Wange. Ich blinzle den Schleier weg und blicke mir aufs Handgelenk. Ein Plastikbändchen hängt daran, auf dem fett „Winter, Rebecca" steht. Mit schwerem Kopf sehe ich mich um. Auf einem Stuhl am Fuß des Betts schläft der Officer von gestern Abend.

O Mann. Das wird eine ganze Nummer schwieriger als gedacht.

In dem finsteren Klohäuschen kamen mir Kälte, Angst und Erschöpfung noch wie das größere Übel vor. Jetzt, wo ich in einem Krankenhausbett aufwache und ein Detective die Tür versperrt, wird mir klar, dass ich womöglich einen Fehler gemacht habe. Ich war tatsächlich so dämlich gewesen zu glauben, ich könnte einfach so mir nichts, dir nichts ein ganz neues Leben anfangen.

Im Zimmer ist es still. Nichts als die Atmung des schlafenden Cops und gedämpfte Stimmen ein paar Zimmer weiter. Rechts von mir ist ein Fenster. Vielleicht kann ich das schaffen.

So leise es geht, setze ich mich auf. Mein Arm ist bandagiert und stinkt nach Desinfektionsmittel, tut aber kaum weh. Bestimmt wegen dem Zeug in dem Tropf, der mir in der

Hand steckt. Ein Blick an mir herab zeigt nichts als Unterwäsche und das dünne Krankenhaushemd. Jemand hat mich ausgezogen. Fast muss ich lachen – wie oft bin ich wohl schon nackt in einem fremden Bett aufgewacht?

Mit einem grunzenden Schnarchen reißt der Detective sich selbst aus dem Schlaf.

„Bec", sagt er und reibt sich lächelnd die Augen.

Ich sehe ihn an. Die Tür kann ich vergessen.

„Erinnern Sie sich noch an mich? Von gestern Abend? Vincent Andopolis." Er sieht mich besorgt an. Das geht alles zu schnell, ich habe keine Ahnung, was ich sagen soll.

„Alles ist irgendwie verschwommen." Meine Stimme ist noch von Schlaf und Schmerzmittel belegt. Besser, ich sage nicht zu viel, bis ich weiß, was, zur Hölle, ich tun soll.

Aber ich erinnere mich: Er ist der Detective aus der Abteilung für vermisste Personen, der meine beiden Cop-Chauffeure als „Hohlköpfe" bezeichnet hat. Gestern Abend konnte ich ihn nicht gut erkennen, und im kalten, sterilen Licht des Krankenhauses wirkt er ganz anders. Die grauen Augen und breiten Schultern lassen den gut aussehenden Mann erahnen, der er mal gewesen sein muss, aber der Bauch spannt ordentlich das Hemd, und das Haar ist mehr Salz als Pfeffer.

„Waren Sie die ganze Nacht hier?", frage ich.

„Ich konnte ja schlecht zulassen, dass Sie wieder verschwinden. Ihre Mutter steht sowieso kurz vor einer Klage." Ein schiefes Grinsen. „Wie geht's?" Er deutet auf meinen Arm.

„Ganz gut", sage ich, obwohl die Wunde schmerzhaft

pulsiert, und bemerke dann ein Häufchen Sachen auf dem Stuhl neben ihm. Er folgt meinem Blick.

„Ihre Eltern sprechen grade mit meinem Partner.“ Er räuspert sich. „Ein paar Dinge sind noch zu erledigen, bevor Sie sich wiedersehen können.“

Eine Schlafanzughose, ein T-Shirt und etwas Unterwäsche liegen sauber gefaltet auf dem Stuhl, obenauf eine Haarbürste.

„Waren sie schon hier?“ Ganz bestimmt nicht.

„Sie konnten es nicht fassen, bis sie Sie gesehen haben.“

Mir schwirrt der Kopf. Die waren hier drin. Haben mich schlafen sehen. Und trotzdem halten sie mich immer noch für ihre Tochter. Also haben die Blessuren im Gesicht sogar sie getäuscht. Die größte Hürde hab ich schon genommen und war nicht mal bei Bewusstsein. Ich kann mir ein Schmunzeln nicht verkneifen. Andopolis strahlt zurück.

„Ehrlich gesagt bin ich selber überglücklich, Sie zu sehen. Ein wahres Wunder.“

Ein Wunder? Was für ein Trottel. Wie kann so einer für Vermisstenfälle verantwortlich sein? Die Panik von vor ein paar Sekunden verfliegt. Vielleicht wird das doch nicht so schwer.

„Ein Wunder, ja“, sage ich und schenke ihm mein bestes Arschkriecherlächeln.

Er sagt nichts, sieht mich nur an. Wahrscheinlich denkt er, wir hätten grade irgendeine Verbindung oder so.

„Wann darf ich hier raus?“, frage ich.

„Vermutlich heute Abend, wir müssen nur ein paar Dinge abwickeln, dann können Sie los.“

„Was für Dinge?“

„Na ja, ich habe noch ein paar dringende Fragen. Dann müssen ein paar Tests gemacht werden, um sicherzustellen, dass Sie gesund sind.“

Ich versuche, nicht zu blinzeln. Ich bin am Arsch.

Er zieht einen Notizblock aus der Tasche. „Die Polizei von New South Wales hat mir mitgeteilt, Sie hätten angegeben, dass Sie entführt wurden.“

Ich nicke. Je weniger ich sage, desto besser.

„Und kannten Sie den oder die Entführer? Vor der Entführung, meine ich?“ Er blickt mich erwartungsvoll an.

Ich schüttle den Kopf.

„Wissen Sie noch, wo man Sie gefangen hielt? Jede Kleinigkeit kann helfen.“

„Nur ganz verschwommen. Ich kann mich nicht richtig erinnern“, sage ich langsam. Er sieht ruhig zu, als erwarte er, dass noch was kommt. Die Stille zwischen uns schwillt an.

Endlich wendet er sich ab, klappt den Block zu und schiebt ihn zurück in die Tasche. „Ich lasse Sie erst mal in Ruhe, und wir machen weiter, wenn die Tests durch sind.“

„Dann kann ich nach Hause?“

Er fixiert mich, als ob er auf etwas wartet.

„Möchten Sie das denn?“, fragt er schließlich.

„Ja, klar.“

Ich versuche mich an einem beruhigenden Lächeln, und bald ist sein schiefes Grinsen zurück.

„Die Schwester kommt gleich.“

Kaum hat er die Tür hinter sich geschlossen, springe ich

aus dem Bett. Mein Kopf ist schwammig, aber das ignoriere ich. Der Tropf rollt mir zum Fenster nach. Die Scheibe ist ringsum versiegelt, lässt sich nicht öffnen. Bestimmt haben die Schiss, dass einer rausspringt. Die drei Stockwerke könnten immer noch allerhand anrichten. Draußen drängen sich Menschen vor dem Eingang. Ärzte und Sanitäter kommen rein, Kranke humpeln hinaus. Autos, Taxis, Krankenwagen. Selbst mit den Klamotten, die Rebeccas Eltern gebracht haben, könnte ich kaum einfach hier rausspazieren.

Ich gehe rüber zum Stuhl und halte das rosa T-Shirt und die mit Katzen bedruckte Schlafhose vor mich. Sieht aus, als hätten Rebecca und ich in etwa dieselbe Größe. Glück gehabt. Ich nehme die Bürste in die Hand. Kupfern glänzende Haare haben sich in den Borsten verfangen.

Als die Schwester kommt, um mich für die Tests abzuholen, liege ich wieder im Bett, unschuldig wie ein Lämmchen. Wenn ich das durchstehe, bekomme ich eine neue Identität. Es gibt bei diesem Spiel zu viel zu gewinnen, um einfach aufzugeben.

Mit geballten Fäusten lasse ich den Arzt an mir herumdrücken. Auf der Suche nach Verletzungen hat er sich von oben meinen Körper hinabgearbeitet. Jetzt spricht er laut aus meinem Schritt zu mir.

„Das wird jetzt ein bisschen kalt."

„Das tut vielleicht etwas weh."

„Gleich fertig."

Ich setze eine beschämte Miene auf, doch in Wahrheit bin ich gewohnt, dass Kerle da unten blind herumstochern.

„Danke, Rebecca, gut gemacht", sagt er. „Sie können jetzt aufstehen."

Er zieht den Vorhang hinter sich zu, als bliebe mir noch irgendwelche Würde zu bewahren. Ich schlüpfe in die Unterwäsche und lausche, wie er mit der Schwester spricht.

„Können Sie schon mal den Abstrich vorbereiten? Außerdem brauchen wir drei Röhrchen für die Blutprobe."

Nichts da! Auf keinen Fall kriegen die meine DNA oder mein Blut. Und nicht bloß, weil sie dann erfahren, dass ich nicht Rebecca Winter bin, sondern auch, weil sie rausfinden könnten, wer ich wirklich bin. Der Vorhang geht wieder auf.

„Sind Sie so weit, Rebecca?", fragt der Arzt.

Mein Blick trifft den der hereintrippelnden Schwester, doch sie wendet sich hastig ab.

„Ich muss jetzt nach Hause."

Ich senke den Kopf, lasse mir das Haar übers Gesicht fallen. Ich bereite mich vor. Beiße mir von innen, so fest ich kann, in die Wange.

„Das ist alles ziemlich aufdringlich, ich weiß, aber wir sind fast fertig. Wir brauchen nur noch einen Abstrich aus dem Mund und etwas Blut."

„Bitte, keine Schmerzen mehr, ich kann nicht." Meine Stimme ist perfekt, panisch und hoch.

Zwischen den Fingern halte ich ein Büschel kupferroter Strähnen aus Rebeccas Bürste. Nicht mal annähernd fest genug, um wirklich etwas auszureißen, ziehe ich an meinem Haar.

„Geht das auch? Mehr packe ich nicht mehr." Ich hebe die Hand und lasse ihre Haare herabhängen. Ohne den Kopf zu heben, höre ich, wie die Schwester etwas Luft durch die Zähne zieht.

Dann heule ich. Flenne richtig los, wie ein kleines Kind. Lasse die Schluchzer sich gegenseitig überschlagen. Ich zittere am ganzen Leib davon. Fällt mir nicht schwer, sobald ich mal losgelegt habe. Die letzten Wochen bieten Anlass genug. Die Schwester tritt auf mich zu und nimmt mir mit den Gummihandschuhen vorsichtig die Haare aus der Hand.

Easy.

Das Auto erklimmt die steile Steigung zu Rebecca Winters Straße, und da stehen sie endlich vor mir: ein mittelaltes Paar wie jedes andere auch. Meine neuen Eltern. Mit steifem Rücken und gesenktem Kopf stehen sie wie festgenagelt vor ihrem großen weißen Haus. Ein alter Eukalyptusbaum neben der Garage sprenkelt die Hauswand mit schattigen Tupfern. Ein Traum von Vorstadtleben, der nur auf mich wartet.

Das Motorengeräusch lässt die Mutter hochfahren. Mein Herz klopft immer heftiger. Im Krankenhaus hatte ich bestimmt nur Dusel. Bewusstlos, ramponiertes Gesicht, da haben sie vielleicht einfach gesehen, was sie sehen wollten. Jetzt, wo meine Augen offen sind, wo ich mich bewege, gehe und spreche, kann ich sie garantiert nicht täuschen. Ich spüre, wie Andopolis einen schnellen Blick im Rückspiegel auf mich wirft. Sobald ich vor der Mutter stehe, wird sie mich entlarven. Spielt keine Rolle, wie viel Zeit vergangen ist. Eine Mutter erkennt doch ihre Tochter.

„Normalerweise hätten wir für so was einen psychologischen Berater dabei", erklärt Andopolis. „Ihre Eltern wollten das aber nicht."

Ich nicke. Ich bin zu nervös, um mich zu freuen, obwohl das die Sache definitiv erleichtern wird. Die Eltern einzuwickeln wird schon schwer genug. Ein gefühlsduseliger Gutmensch mit selbstzufriedenem Zahnpastalächeln, der „ja nur helfen" will, hätte mir gerade noch gefehlt. So jemand wüsste, wie ein echtes Opfer sich verhält.

„Sie müssen trotzdem bald mit jemandem sprechen, ja? Aber eins nach dem anderen."

Ich schenke ihm ein schwaches Lächeln. Kommt gar nicht infrage, dass ich „mit jemandem spreche".

Wir biegen in die Einfahrt. Einen Moment wünsche ich mir, ich könnte einfach hierbleiben, mich noch ein bisschen auf dem Rücksitz verstecken. Andopolis steigt aus, geht um das Auto und öffnet meine Tür. Jetzt, wo ich sie vor mir habe, bin ich nicht mehr sicher, ob ich das schaffe. Rebecca – Bec – war eine Person, keine Figur, und ich habe sie nie gekannt. Nicht mal ihre Stimme hab ich je gehört.

Ich kann der Mutter beim Aussteigen nicht in die Augen sehen. Ich halte den Kopf gesenkt, konzentriere mich auf die weißen Geranien neben dem Fußweg.

„Becky?", sagt sie und kommt näher. Vorsichtig berührt sie meinen Arm, als wäre ich womöglich nicht real.

Ich blicke auf, *muss* aufblicken, ihr direkt in die Augen. Die sind von so heftiger Liebe erfüllt, dass es mir vorkommt, als wäre der Rest der Welt verschwunden. Nur noch sie und ich, alles andere ist egal. Sie schlingt die Arme um mich, und ich spüre ihren Herzschlag an den Rippen, ihre Wärme, die sich mit meiner mischt. Sie duftet nach Vanille.

„Danke, Vince", höre ich über ihre Schulter hinweg den Vater sagen.

„Sehr, sehr gern geschehen", antwortet Andopolis. „Bringt sie um drei vorbei."

„Bis dann."

Ich höre, wie Andopolis einsteigt, den Motor anlässt und davonfährt. Die Mutter lässt mich los, und der Vater mustert mich von oben bis unten. Er ist der Inbegriff eines Schreibtischhengsts, in Anzug und offenem Hemd, dunkeläugig und glatt rasiert. Offenbar hat er sich für die Arbeit zurechtgemacht, obwohl er wusste, dass er nicht hingehen würde, immer noch unfähig zu verarbeiten, dass er frei hat, weil seine verschollene Tochter nach Hause kommt.

„Ich weiß nicht, was ich sagen soll, Becky."

Er zieht mich in seine Arme. Bei ihm ist es anders als bei der Mutter, ein wenig eckig. Ich rieche sein Aftershave und etwas Merkwürdiges dahinter, wie von Verwesung.

Die Mutter dreht sich um und zieht die Tür auf; ich glaube, sie wischt sich übers Gesicht.

„Komm rein, Bec."

Ihre Stimme bricht, und ich begreife, dass ich den Test bestanden habe. Ich bin drin. Das ist mein Zuhause, mein Leben.

Von jetzt an bin ich Rebecca Winter.

Ich hatte ganz vergessen, wie großartig eine heiße Dusche ist. Mir die Haare waschen und die Beine rasieren zu können ist toll, auch wenn ich dabei den verletzten Arm aus dem Wasser halten muss. Ich wickle mir ein Handtuch um und atme glücklich den Dampf ein. Hätte ich mich anders entschieden, würde ich jetzt irgendwo einsam vor mich hin frieren, in schmutzigen Klamotten, die vermutlich noch klamm vom Regen wären. Mir graut es bei der Vorstellung.

Als ich das Badezimmer verlasse, fällt mir auf, dass ich gar nicht weiß, welches Rebeccas Zimmer ist. Ich öffne die Tür gleich neben dem Bad. Ein Schrank voll gefalteter Laken. Vorsichtig mache ich die Tür gegenüber auf, hoffe, dass man mich in der Küche nicht hört. Ein Zimmer mit leeren Wänden, unmöbliert, abgesehen von zwei Einzelbetten. Soll das meins sein? Eine Tür ist übrig, also schleiche ich über den Teppich weiter und probiere die auch noch.

Poster von Destiny's Child und Gwen Stefani blitzen mich an. Das Bett ist pink bezogen. Auf dem Nachttisch sitzt breitbeinig eine Cabbage-Patch-Puppe. Schulbücher für die zehnte Klasse stapeln sich auf dem Schreibtisch, die ersten vier Bände Harry Potter reihen sich auf dem Regal darüber aneinander, überall sind Fotos. Da ist sie, lächelt und posiert, die Arme um diverse Freunde gelegt, meistens um ein Mädchen mit langem blondem Haar. Es ist, als stünde das Leben in diesem Zimmer still und warte auf die Rückkehr desselben sechzehnjährigen Mädchens.

Mein nasses Haar tropft auf den Teppich, während ich das Handtuch um meinen nackten Körper festhalte und die Bilder von Bec betrachte. Selbst auf den Fotos strahlt die Kleine nichts als Leben und Vitalität aus. Sie wirkt entspannt und zuversichtlich. Wie ich ihr Gesicht so von allen Seiten betrachte, stelle ich fest, dass sie mir weniger ähnelt als ursprünglich gedacht. Ihre Nase ist kleiner, die Augen sind größer, sogar die Gesichtsform ist ein wenig anders. Zehn Jahre können ein Gesicht aber sehr verändern. Etwaige Unterschiede kann ich auf die Zeit schieben.

Allerdings ist die selbst ein Problem. Grob überschlagen wäre Bec heute etwa siebenundzwanzig. Ich bin erst vierundzwanzig. Ausnahmsweise hoffe ich mal, älter auszusehen.

Ich schiebe den verspiegelten Kleiderschrank auf. Becs Klamotten hängen ordentlich an der Stange, aber die Luft ist abgestanden. Hier hat schon lange keiner reingeschaut. Becs Schuluniform vor mir auf dem Bügel zu sehen löst ein mulmiges Gefühl in mir aus, also schnappe ich schnell eine Jeans und ein T-Shirt und mache die Tür wieder zu. Hauptsache, ich komme aus dieser Kätzchen-Schlafhose raus, von deren Niedlichkeit ich fast kotzen muss. Die Klamotten passen ganz gut, sind aber immer noch zu kindisch. Es fühlt sich einfach falsch an, mit knapp fünfundzwanzig Jahren die Hüftjeans und das Guess-Oberteil einer Sechzehnjährigen zu tragen. Mit dem Stoff so dicht an der Haut steigt mir ein unbekannter Geruch in die Nase. Muss wohl ihrer sein, der noch in der Baumwolle des Shirts hängt. Ein Schauder jagt mir durchs Rückgrat.

Die Mutter und der Vater sitzen auf dem Zweiersofa im Wohnzimmer. Vor ihnen liegen unberührte Sandwichs, ein weiteres wartet vor einem der freien Sessel gegenüber. Beim Hinsetzen bemerke ich die Katze, die sich auf dem anderen Sessel zusammengerollt hat. Ein Haustier hab ich mir schon immer gewünscht.

„Ich dachte, wir essen heute hier zu Mittag, damit du's so gemütlich wie möglich hast", erklärt die Mutter.

„Super, danke!", sage ich, ohne recht zu wissen, was sie meint. Ich wünschte, ich wüsste mehr über Rebecca, hätte eine klarere Vorstellung davon, was für ein Mensch sie war. Da mir die fehlt, spiele ich wohl am besten die Rolle, die sich alle Eltern wünschen: die brave Tochter. Natürlich, dankbar und unschuldig. Beim ersten Biss ins Sandwich merke ich, wie ausgehungert ich noch immer bin.

„Oh, lecker! Danke, dass du das gemacht hast, Mom."

„Aber gern, mein Schatz." Sie strahlt. Es funktioniert.

„Ich habe gestern noch mit Paul und Andrew telefoniert", sagt der Vater.

„Echt?" Aus allem eine Frage zu machen ist eine gute Methode, ein Gespräch am Laufen zu halten, wenn man keine Ahnung hat, wovon das Gegenüber redet.

„Ja, sie kommen heute Abend am Flughafen an."

Ich sehe mich um. Die Wände hängen voller Fotos: zwei grinsende, völlig identische Jungs mit Sommersprossen, dazwischen die stolze Bec. Die Jungs wachsen ihr bis an die Schulter, dann, mit einem Mal, wachsen nur noch sie, mit weniger breitem Grinsen, wachsen in Teenagerklamotten und Bartflaum hinein und schließlich in Anzüge und markante Unterkiefer. Das sind dann wohl Rebeccas Brüder.

„Ich freu mich schon auf sie", sage ich.

„Gut." Er lächelt und beißt vom Sandwich ab.

„Du willst sicher Lizzie anrufen", meint die Mutter.

Nickend schiebe ich mir den Rest des Sandwichs in den Mund. Keine Ahnung, wer das sein soll.

„Ruf nur niemand an, der mit der Presse sprechen könnte. Das können wir nicht brauchen“, stellt der Vater fest.

„Glaubst du wirklich, jemand würde das tun?“, frage ich unschuldig.

„Weiß man nie.“

Natürlich würde jemand das tun, aber das spielt keine Rolle. Rebeccas alten Freunden werde ich möglichst aus dem Weg gehen. Auch so muss ich schon genügend Lügen jonglieren. Ich picke die Krümel vom Teller. Am liebsten hätte ich noch ein Sandwich, will aber nicht darum bitten. Als ich aufblicke, starren mich beide an. Ich muss daran denken, was Cop-Girl im Auto gesagt hat: dass ich mich nicht benehme, als wäre ich entführt worden.

„Ich bin so froh, wieder zu Hause zu sein, in Sicherheit“, sage ich.

Da fängt die Mutter an zu weinen. Schmerzhafte, kehlige Schluchzer beben ihr durch die Brust, und sie hält sich die Hände wie ein Schutzschild vors Gesicht. Erst nach einer ganzen Weile hört sie wieder auf.

Vor dem Polizeirevier frage ich die Eltern, ob sie mit reinkommen. Fest drücke ich die Hand der Mutter; ich brauche sie da drin, um mir ein paar Antworten abzunehmen. Diese Leute sind ausgebildet, Lügen zu erkennen; wie gut ich mich auch schlage, ihr Job ist, mich zu durchschauen.

„Wenn du magst, können wir bestimmt fragen“, sagt die Mutter und will losgehen. Der Vater hält sie am Arm fest.

„Ich denke, Vince wird dich allein sprechen wollen, Bec. Aber wir warten gleich hier draußen.“ Die Mutter tritt einen

Schritt zurück und blickt zu Boden, die Augen noch immer rot und verquollen.

Der uniformierte Polizist am Empfang winkt mich durch. Rebeccas Shirt zwickt langsam ein wenig.

Ein Mann in brandneuem Anzug kommt mit ausgestreckter Hand auf mich zu.

„Rebecca Winter?", fragt er. Ich nicke, und er schüttelt mir kräftig die Hand.

„Ich bin Detective Vali Malik, der Partner von Vince."

„Bec!" Andopolis kommt mit einer Akte unterm Arm auf uns zu. „Sie sehen heute schon viel besser aus."

„Danke", antworte ich.

„Folgen Sie mir", sagt Malik und macht auf der Hacke seines perfekt polierten Schuhs kehrt.

Im Schlepptau der beiden Männer spicke ich in einen Raum zu meiner Linken. Darin hängt eine große Pinnwand, bedeckt mit Zetteln, die ich von hier nicht lesen kann. Daneben wurde eine Landkarte geheftet, ein großes Foto einer lächelnden Rebecca und die Nahaufnahme eines Handys, das mit gesprungenem Display im Gras liegt. Ein paar Männer sitzen an einem großen Tisch. Als ich vorbeigehe, blickt einer kurz auf. Andopolis' Pranke legt sich mir aufs Kreuz und schiebt mich sanft weiter. Er lächelt aufmunternd.

„Hier entlang", sagt er und hält eine Tür auf der rechten Seite des Gangs für mich auf.

Ich rechne mit einer Betonschachtel wie der in Sidney, doch stattdessen führen sie mich in ein sonniges Zimmer mit Sofas, einem winzigen Tischchen und einer Plastikwanne voll Spielzeug in der Ecke. Wie in Sidney ist auch hier eine

Wand von einem großen Spiegel bedeckt. Ob die Cops, an denen wir eben vorbeikamen, wohl zusehen? Malik deutet auf eines der Sofas. Es quietscht, als ich mich setze.

„Können wir Ihnen was bringen, Rebecca? Tee, Kaffee?"

„Nein, danke."

„Wie ist es, wieder zu Hause zu sein?", fragt Andopolis vom Sofa gegenüber.

„Einfach wunderbar."

Malik setzt sich auf den Stuhl zu meiner Linken und schlägt einen Ordner auf.

„Freut mich", sagt Andopolis lächelnd.

„Ihre Testergebnisse sind da. Sieht alles gut aus", berichtet Malik, während er die Akten durchblättert.

Yes! Ich kann selbst kaum glauben, dass ich das geschafft habe. Jetzt nur nicht übermütig werden. Ich muss mich auf die nächste Phase des Spiels konzentrieren.

Ich mustere die beiden kurz. Malik muss mindestens fünfzehn Jahre jünger sein als Andopolis. Alles an ihm wirkt perfekt gepflegt, wie mit dem Lineal gezogen. Andopolis sieht daneben alt und knittrig aus.

„Sie waren nicht da, als ich aufgewacht bin", sage ich zu Malik.

„Nein, da habe ich mit Ihren Eltern gesprochen." Erneut lächelt er sein knappes, effizientes Lächeln und fährt fort: „Ich bin froh, dass Sie zurück bei Ihrer Familie sind, Rebecca, aber wir müssen wirklich die Ermittlungen in Angriff nehmen. Je länger wir das aufschieben, desto unwahrscheinlicher bekommen wir Antworten."

Da hat er recht. Und da ich nicht will, dass sie Antworten

bekommen, muss ich sie hinhalten, solange es geht. Schon zücken sie wieder die Notizblöcke. Ding, ding, zweite Runde. Die erste im Krankenhaus habe ich klar gewonnen – hoffentlich klappt's diesmal auch. Danach wird alles viel leichter.

„Können Sie den Ort beschreiben, an dem man Sie festgehalten hat?" Malik kommt ohne Umschweife zur Sache.

„Ich konnte nicht ..." Effektvolle Pause. „Ich konnte nicht richtig sehen, wie es draußen aussah. Hätte überall sein können. Tut mir leid."

„Schon gut, Bec. Kein Druck. Was würden Sie sagen, wie viel Zeit zwischen Ihrer Flucht und dem Aufeinandertreffen mit der Polizei vergangen ist?", fragt Andopolis. „Gefunden hat man Sie in Sidney, also wurden Sie vermutlich auch in der Nähe festgehalten."

Ich denke an die letzte Nacht in dem billigen Hostel in Kings Cross. Nur eine Woche ist das her, kommt mir aber viel länger vor. Ich hab mein Geld auf der Matratze gezählt, wusste aber schon, dass es nicht reichte und ich am nächsten Morgen auschecken musste. Ich weiß noch, wie ich versucht habe zu schlafen. Durchs Fenster hörte ich draußen Frauen schreien, Flaschen bersten, Männer fluchen. Ich wusste, dass ich am nächsten Tag da draußen bei ihnen sein würde.

„Ich ... Ich weiß nicht. Tut mir leid."

Hier drin riecht's komisch, nach Krankenhaus. Wahrscheinlich werden die Spielsachen jedes Mal sterilisiert, nachdem ein Kind sie angefasst hat. Ob Andopolis schon mal auf einem der Ministühle an dem Minitisch mit einem Kind saß und es bat, mit einem Püppchen nachzuspielen, wie es missbraucht wurde?

„Das ist schwer, ich weiß, aber Sie müssen uns alles erzählen, was Sie noch wissen“, drängt Malik.

Ich hole tief Luft, bereite mich innerlich darauf vor, ihnen zu sagen, was sie so dringend hören wollen. Die Geschichte habe ich schon parat: Folterkammern, maskierte Männer, das volle Programm. Sie würden alles gierig aufschlabbern und sich von mir auf eine aussichtslose Jagd durch ganz Australien schicken lassen. Doch dann, als ich grade loslegen will, fällt mir das Bild von der Pinnwand im Nebenzimmer wieder ein. Rebecca Winter, jung und glücklich. Soll ich ihr wirklich ein so grausiges Schicksal andichten? Ich blicke zwischen den erwartungsvollen Gesichtern der Detectives hin und her. Das ist doch Quatsch. Was immer ich hier erzähle, hat nichts damit zu tun, was wirklich geschehen ist. Schon der Gedanke ist bescheuert – das hier ist mein Leben, nicht ihres. Ich muss das clever angehen. Allerdings, sobald ich ihnen eine Story auftische, fangen die beiden an zu graben und finden Löcher. Weniger ist mehr. Das Schlauste ist, überhaupt nichts zu erzählen.

„Das ist ja das Problem“, flüstere ich. „Ich weiß nichts mehr.“

„Wirklich gar nichts?“ Malik bemüht sich, seinen Frust zu verbergen, aber seine Stimme verrät ihn.

„Was ist mit jüngeren Ereignissen? Wissen Sie noch, wer Sie geschlagen hat? Wo die Schwellungen herkommen?“, fragt Andopolis mit Blick auf mein Gesicht. Ich senke den Kopf, als ob ich mich schäme. Eigentlich ist die Sache wirklich eher peinlich. Ich lief vor einem Obstverkäufer weg, dem ich zwei Äpfel geklaut hatte, da bin ich gestolpert und auf den Bordstein gestürzt. Geschlagen hat mich niemand.

„Nein."

„Und Ihr Arm?", fragt Andopolis sanft. Falls er sauer ist, zeigt er das jedenfalls nicht.

Ich schüttle den Kopf.

„Als ich Sie abholen wollte", fährt er freundlich fort, „meinten Sie, das sei auf der Flucht passiert. Wissen Sie noch?"

„Ja." Hatte ich vergessen.

„Dann erinnern Sie sich noch an Ihre Flucht?", fragt Malik.

Ich hole tief Luft. Irgendwas muss ich ihnen geben.

„Ich weiß noch, dass ich die Fensterscheibe eingeschlagen habe", sage ich und denke an die zerbrochene Flasche auf der Toilette. Die Erinnerung jagt mir einen Schauder durch den Körper, der ihnen nicht entgeht.

„Ich blieb mit dem Arm hängen, bin aber weiter. Ich erinnere mich nur, dass ich mich beeilen musste."

„Warum mussten Sie sich beeilen?", hakt Malik blitzschnell nach.

Weil ich wusste, dass Cop-Girl vor der Tür stand und jeden Moment reinkommen konnte. Kann ich mich wohl erkundigen, ob sie gefeuert wurde, ohne zu nachtragend rüberzukommen? Besser, ich lasse es.

Wenn ich doch nur mal kurz Pause drücken könnte. Eine rauchen gehen und überlegen, wie ich das am besten regle. Auf *einen* Detective war ich ja vorbereitet, aber links und rechts einen gegenüber zu haben ist ganz schön einschüchternd. Eine Frage jagt die nächste, schneller, als ich nachdenken kann.

„Wie lang haben Sie eigentlich nach mir gesucht?" Wenn ich die Fragen stelle, fühle ich mich sicherer.

Malik blickt zu Andopolis. Vermutlich war er damals noch nicht mal Detective, bloß ein uniformierter Frischling.

„Die Ermittlungen dauerten eine ganze Weile", sagt Andopolis langsam. „Wir haben jeden Stein umgedreht."

Das erklärte ein wenig den angespannten Blick; bestimmt brannten ihm eine Menge Fragen auf der Zunge.

„Gab es einen Verdächtigen?", frage ich.

„Wir hatten verschiedene Leute im Auge."

„Wen denn?"

„Fangen wir doch am Anfang an", unterbricht Malik. „Was ist Ihre letzte Erinnerung? Vor der Entführung?"

Er verschiebt den Fokus wieder auf mich. Ich erinnerte mich an die Fernsehsendung über Rebecca.

„Ich war arbeiten, bei McDonald's. Danach ist alles verschwommen."

Andopolis lächelt mich an, stolz und schief. Treffer. Er legt die Akte zwischen uns auf den Tisch und schlägt sie auf. Eine Doppelseite zeigt Mitarbeiterfotos: die Köpfe und Schultern fünf lächelnder Personen in Uniformen von McDonald's.

„Erinnern Sie sich an diese Leute?", will er wissen.

„Ja", sage ich. „Klar. Aber … na ja. Das ist lange her." Mein Herz klopft wie wild, und das Shirt zieht dermaßen unter den Achseln, dass mir der Schweiß ausbricht. Ich komme mir vor wie bei einer Abschlussprüfung.

„Kennen Sie die noch?“ Er zeigt auf ein junges Mädchen. Sehr hübsch, sogar in der hässlichen Uniform. Das blonde Haar hat sie zu einem Pferdeschwanz zurückgebunden, die Augen funkeln. Ich erkenne sie tatsächlich wieder – sie war auf den meisten der Fotos an Rebeccas Wand.

„Das war meine beste Freundin“, sage ich. Dann fällt mir ein, was der Vater vorhin gesagt hat. „Lizzie.“

„Und die andern?“, fragt Malik. Das war also richtig.

„Ich erinnere mich an Lizzie. Die anderen … Ich weiß noch, dass ich sie kenne …“ Ich versuche, aufgelöst zu wirken. „Ich bin so durcheinander, das ist echt schrecklich.“

„Schon gut, Bec. Ganz langsam.“ Andopolis klingt milde. „Diese Leute sind die letzten, die Sie vor Ihrem Verschwinden gesehen haben. Das hier ist Ellen Park. Sie war Ihre Vorgesetzte.“

Sieht aus wie Mitte zwanzig, mit einer Spur frühzeitiger Erwachsenensorgen in den Augen.

„Das ist Lucas Masconey.“ Er zeigt auf einen gut aussehenden Kerl Anfang zwanzig.

„Und das hier Matthew Lang. Der Koch.“ Der Typ ist groß und massig, trägt einen Haufen silberner Ringe am Ohr. „Erinnern Sie sich an ihn?“

„So halb“, antworte ich.

„An irgendwas Besonderes?“, drängt Malik. Dieser Matthew war wohl einer der Verdächtigen. Klar, dass die Cops sich gleich den Offensichtlichsten rausgepickt haben.

„Nein“, sage ich einen Tick zu brüsk.

Ich blicke mir auf die Hände und zwinge mich zu atmen. Ich falle aus der Rolle, muss was unternehmen. Ich darf nie was anderes als das Opfer sein, nicht mal für einen Moment.

„Und wann haben Sie die Suche aufgegeben?“

Andopolis sieht mich an. Düsternis streicht ihm über die Augen.

„Wir haben nicht aufgegeben, die Spur wurde einfach kalt.“ Er wendet den Blick ab, ehe er fortfährt, und ich begreife, was er empfindet: Schuld. „Wir sind jedem Hinweis nachgegangen. Verstehen Sie?“

„Ja.“

Wieder blitzt die Schuld auf, wie sehr er sie auch zu verbergen versucht.

„Bleiben wir doch bei diesem Tag“, sagt Malik. „Wir sprachen über Ihre letzte Schicht bei McDonald’s.“

Ich musste Malik loswerden. Er war offensichtlich ein guter Detective, hatte aber kein sonderlich großes Ego. Dieser Fall war für ihn einfach ein Job und ich ein wichtiger Teil davon, sonst nichts.

„Vielleicht würd ich doch einen Tee nehmen, wenn das geht“, sage ich leise und blicke Malik an.

„Kein Problem“, antwortet er. „Gleich wieder da.“

Kaum ist die Tür zu, beuge ich mich vor.

„Den mag ich nicht“, flüstere ich panisch.

„Wieso denn nicht?“, fragt Andopolis überrascht.

„Er macht mir Angst. Ich fühle mich nicht gut, wenn er da ist. Können wir das nicht ohne den machen?“

Andopolis schwillt ein winziges bisschen die Brust. Idiot.

Er kann ihn selbst nicht leiden; vermutlich hat er keinen Bock, sich den Fall mit einem dahergelaufenen Senkrechtstarter zu teilen.

„Ihnen vertraue ich", füge ich hinzu. „Bitte?"

„Ich sehe mal, was sich machen lässt."

Er stemmt sich vom Sofa hoch und geht aus dem Zimmer. Ich frage mich, was sie jetzt wohl hinter dem Spiegel sagen. Ich zwinge mich, nicht hinzusehen.

Ein paar Minuten später kommt Andopolis mit einer Tasse Tee und dem Anflug eines triumphierenden Lächelns in den Mundwinkeln zurück.

„Okay, Bec, ab jetzt sprechen Sie nur noch mit mir."

„Vielen Dank!", sage ich.

„Schon gut." Er stellt den Tee neben mich auf das Tischchen. „Wenn Sie sich irgendwie unbehaglich oder durcheinander fühlen, sagen Sie's mir bitte. Ich tue, was ich kann, um das abzustellen. Abgemacht?"

„Abgemacht", sage ich mit dem unschuldigsten Blick, den ich draufhabe. Er denkt, wir stünden auf derselben Seite.

„Sehr gut. Also, wenn Sie so weit sind: Wir müssen wirklich über diesen Abend sprechen. Den, an dem Sie entführt wurden. Jede Kleinigkeit könnte helfen, den Schuldigen zu schnappen."

Er behandelt mich wie ein zerbrechliches Mädchen. Genau, was ich wollte.

„Eins weiß ich noch", sage ich.

„Ja?", fragt er.

Eine Weile starre ich ins Leere, zähle im Kopf bis zehn, bis die schwere Stille das ganze Zimmer erfüllt.

„Mir war kalt und ich hatte Angst“, sage ich bei zehn. „Alles war schwarz.“

Ich spreche langsam, lasse die Spannung steigen. „Ich erinnere mich an Sirenen. Immer näher und näher. Ich dachte schon, ich sei gerettet. Aber dann fuhren sie weiter. Wurden leiser. Da wusste ich, dass sie nicht für mich heulten.“

Ich blicke zu ihm auf. Sein Gesicht ist verzerrt von Schuld und Scham. Ich habe ihn.

„Ich bin müde. Und ich möchte meine Eltern sehen.“

Der Vater fährt uns nach Hause. Ich bin so müde, dass ich am liebsten auf dem Rücksitz einschlafen würde.

„Kann ich noch ein Nickerchen machen, ehe sie kommen?“, frage ich. Wie die Brüder heißen, hab ich schon vergessen.

„Aber ja, du bist bestimmt völlig erschöpft.“

Als ich mich auf Rebeccas Bett lege, frage ich mich kurz, ob es wohl frisch bezogen wurde. Oder ob das noch die Bettwäsche ist, in der sie vor elf Jahren gelegen hat, an dem Vormittag, an dem sie aus dem Haus ging und nie wiederkam. Bestimmt wurde sie gewechselt.

Wenig später höre ich, wie die Haustür aufgeht, dann zwei Männerstimmen. Rebeccas Brüder sind da. Sicher erwarten sie, dass ich runterkomme und Hallo sage, doch wieder aufzustehen kommt mir unmöglich vor. Mein Arm puckert. Der Verband kommt mir zu eng vor. Eine Minute noch. Soll die Mutter ihnen alles erklären, meinen Gedächtnisverlust und das mit dem Arm.

Ich drehe mich um. Eigentlich egal, ob die Bettwäsche frisch ist oder nicht. Sie ist jedenfalls warm und seidenweich. Mein eigenes Bett im Krankenhaus zu haben war schon nicht übel, aber das hier ist der Hammer. Dieses Gefühl von Komfort und Geborgenheit lässt die vergangene Woche völlig unglaublich erscheinen, wie einen Albtraum.

Als ich aufwache, wird es grade dunkel. Ich erinnere mich nicht mal, eingeschlafen zu sein. Mit einem üblen Geschmack im Mund quäle ich mich aus dem Bett, fahre mir durchs Haar und öffne meine Zimmertür. Früher oder später muss ich mich ihnen stellen, und je länger ich das aufschiebe, desto schwerer wird es. Auf dem Weg die Treppe hinab kommt mir das Haus merkwürdig still vor, obwohl alle Lichter brennen. Kurz denke ich, sie seien vielleicht ausgegangen, aber so bald hätten sie mich kaum hier allein gelassen.

Rechts von mir höre ich ganz leise Geräusche. Ich drehe mich um, und vor mir tut sich die Küche auf. Da sind sie. Die Mutter, der Vater und die beiden Brüder sitzen an einem runden Küchentisch. Vor ihnen stehen schmutzige Teller. Offenbar haben sie gerade zu Abend gegessen. Niemand sagt was, niemand sieht die anderen an.

Eine Sekunde zögere ich in der Tür, warte, dass sie sich rühren, meine Gegenwart bemerken. Doch das tun sie nicht. Schweigend sitzen sie da, aufrecht, doch mit leeren Augen und gesenkten Köpfen. Für sie war das wohl auch ein schwerer Tag. Trotzdem, irgendwas an diesem schmucken Familienporträt ist komisch, irgendwie schief. Aber ich habe im Augenblick größere Probleme, also sehe ich drüber weg und gehe zu ihnen.

VIERTES KAPITEL

BEC 11.01.03

Es war schon kurz vor ein Uhr morgens, als Bec endlich die Zimmertür hinter sich schloss, unter die Decke kroch und das Licht löschte. Um sich zu beeilen, war sie viel zu müde gewesen. Fast zwanzig Minuten hatte sie unter der Dusche das Fett von den Armen geschrubbt und versucht, den Geruch verbrannten Fleisches aus der Nase zu bekommen. Jetzt endlich langzuliegen ließ sie erleichtert aufstöhnen. Weich und sauber schmiegte sich die Bettwäsche an ihre Haut. Vielleicht sollte sie Ellen sagen, dass sie in Zukunft nicht mehr schließen wollte. Eine Stunde Extralohn war die schmerzenden Glieder und die Müdigkeit nicht wert.

Im Moment war ihr Hirn zu langsam, um darüber nachzudenken. Morgen hatte sie sowieso frei, dann würde sie entscheiden. Einen ganzen Tag lang konnte sie tun, wonach immer ihr war. Fantastisch würde das sein. Allein in ihrem stillen Zimmer zu liegen war ein viel zu herrliches Gefühl, um es durch Sorgen zu ruinieren. Warm und schwer streckte sich Kater Hector an Becs Bein, wobei leise sein Glöckchen bimmelte.

Irgendwas bewegte sich. Sie war davon aufgewacht. Das Ächzen des Bodens unter einem sich verlagernden Gewicht. Jemand war in ihrem Zimmer.

Bec hatte zu viel Angst, um die Augen zu öffnen. Was es auch war, sie wollte es nicht sehen. Es reichte schon, seine

Gegenwart zu spüren, diese Schwere in der Luft, weil jemand anders sie atmete. Unter der warmen Decke lief es ihr eisig über die Haut. Bitte nicht schon wieder.

Sie lauschte. Sekunden vergingen. Kein Mucks. Vielleicht nur ein Albtraum.

Bec wusste, dass sie die Augen öffnen sollte. Nur für den Fall. Um sicherzugehen. Ein Geräusch entstieg der Stille, fast unhörbar leise. Das raue Schnurren des Katers. Ganz langsam schlug sie die Augen auf.

Als Erstes bemerkte sie, dass Hector nicht mehr auf dem Bett lag. Dort drüben in der Ecke sah sie seine pelzige, birnenförmige Rückseite. Irgendwas betrachtete er schnurrend. Eigentlich sollte Bec über sich lachen: Es war nur die Katze. Doch ihre Glieder waren noch immer starr. Irgendwas war faul.

Als ihre Augen sich an die Dunkelheit gewöhnt hatten, musste sie ein erschrockenes Japsen unterdrücken. Dort in der Ecke war ein Schatten, der da nichts verloren hatte. Nur ganz undeutlich konnte sie ihn sehen, pech- vor kohlrabenschwarz, ein Klecks, der dort nicht hingehörte. Dann bewegte er sich. Das Herz schlug ihr heftig gegen die Rippen.

Ganz langsam drehte es sich um. Streckte die Glieder. Wuchs auf eine Weise an, die ihr nicht menschlich vorkam. Bec kniff fest die Augen zu, ein Schrei blieb ihr im Halse stecken. Sie wollte nicht sehen, wie das Ding aussah, wenn es aus der Ecke trat. Wollte sein Gesicht nicht sehen.

Eiskalte Angst durchströmte Bec, während sie darauf wartete, dass der Schatten sie berührte. Darauf, diese kalte Hand wieder auf der Wange zu spüren. Sie hielt den Atem an.

Die Tür quietschte.

War es weg? Bec wollte ausatmen, war vor Angst jedoch wie gelähmt. Dann knallte ihr etwas Schweres ans Knie. Schnell zog sie die Beine zurück, wollte abhauen, verhedderte sich aber in der Decke und rumste zu Boden. Schmerz breitete sich von der Schulter hinab aus, doch sie schob ihn weg und tastete nach der Nachttischlampe.

Im ersten Moment war sie vom Licht geblendet. Dann sah sie ihn. Hector, den Kater. Hockte blinzelnd mitten auf der Matratze. Fluchend hob sie ihn hoch und er maunzte sie an. In dieser Stille klang das ziemlich schrill. Sie drückte ihn an sich. Der Schlag des kleinen Herzchens beruhigte sie genug, um aufzustehen und die Zimmertür wieder zu schließen. Unter den Griff klemmte sie ihren Stuhl.

Irgendetwas war hier drin gewesen, und zwar nicht bloß die Katze. Da war sie ganz sicher. Noch immer zitterten und schwitzten ihre Hände, und das Adrenalin schoss ihr durch die Adern.

Bec griff nach dem Handy; sie musste mit jemandem sprechen. Jemandem erzählen, was passiert war, damit sie sich nicht völlig wahnsinnig vorkam. Das letzte Mal mochte ja noch ein Albtraum gewesen sein, doch diesmal war es wirklich passiert. Allerdings war es schon nach drei Uhr morgens. Lizzie wäre stinksauer, wenn Bec sie jetzt weckte.

Was würde jemand anderes wohl von alldem halten? Lizzie würde sie vermutlich auslachen, als wäre sie ein kleines Mädchen, das sich vor Gespenstern fürchtet. Total lame. Bec schrieb ihr lieber eine SMS: *DA WAR WAS IN*

MEINEM ZIMMER. ICH GLAUB, BEI MIR SPUKT'S. Dann legte sie das Handy wieder auf den Nachttisch.

Sie wollte gerade das Licht ausschalten, da sah sie, dass Hector sein silbernes Glöckchen nicht mehr am Halsband trug. Ein Geist hätte ihm das nicht abnehmen können.

Vielleicht war es vorher schon weg, sagte sie sich und zog unter der Decke die Knie an die Brust.

Sie hatte lange gebraucht, um wieder einzuschlafen. Als es so weit war, träumte sie wild und fiebrig. Schweißgebadet schreckte sie schließlich hoch. Die Uhr auf dem Handy zeigte Viertel nach elf. Außerdem waren drei entgangene Anrufe und zwei Nachrichten von Lizzie darauf. Die erste lautete: *HAHA, GRUSELIG!* Dann, nach den Anrufen: *ALLES OK?* Bec antwortete: *SCHON. STADT GEHT NOCH KLAR? ERZÄHL DIR DANN.*

Im Morgenlicht sah ihr Zimmer anders aus. Friedlich und ganz allein ihres. Die Gesichter von Johnny Depp und Gwen Stefani, Fotos von ihr und ihren Freunden. Die Lamellen ihrer Schranktüren, die Bücherregale über dem Bett – alles war so angenehm vertraut. Der Albtraum von letzter Nacht kam ihr nun auch wie nichts anderes vor: wie ein Albtraum. Nicht wie etwas, das sich wirklich abgespielt haben könnte. Doch wenn sie die Augen schloss, sah Bec den dunklen Schemen wieder vor sich, wie er sich unnatürlich in der Ecke krümmte. Das war eine echte Erinnerung, so deutlich wie die ans Aufwischen bei der Arbeit und den Heimweg von der Bushaltestelle.

Ihr Handy summte. Lizzie. *IN 1 STUNDE AM SILBER-*

KISSEN. Bec kroch aus dem Bett und betrachtete im Spiegel ihre Schulter. Der Sturz aus dem Bett hatte eine blassgraue Prellung hinterlassen. Verfluchter Kater.

Irgendwie hatte sie erwartet, das Haus sähe heute anders aus. Als hätte die fremde Präsenz irgendeine Spur hinterlassen. Doch als sie barfüßig die Zimmertür öffnete, fühlte sich alles an wie immer. Der cremefarbene Teppich auf dem Flur war samtig wie eh und je.

Beim Blick in Paul und Andrews Zimmer musste sie fast lachen. Hier war definitiv alles beim Alten: Klamotten und Legosteine lagen auf dem Boden verstreut, die Decken auf den beiden Betten waren zerknüllt. Bec musste daran denken, was die beiden für einen Aufstand veranstaltet hatten, als ihre Mutter vorgeschlagen hatte, einer von ihnen sollte doch in das freie Zimmer umziehen. Wie eine Burg sah es hier drin aus, der Traum eines jeden Zwölfjährigen. Sie zog die Tür hinter dem Gestank verschwitzter Socken zu. Man roch die aufziehende Pubertät.

Das weiße Holzgeländer war glatt und warm wie immer. Das Parkett im Erdgeschoss quietschte unter ihren nackten Füßen. Aus der Küche drang Gekicher; offenbar waren die Jungs zu Hause. Bec warf einen Blick ins Elternschlafzimmer: ein penibel gemachtes Doppelbett stand mitten in dem blitzsauberen, ansonsten leeren Raum. Im freien Zimmer daneben lagerten Plastikcontainer mit Winterklamotten. In der Ecke der noch unbenutzte Schreibtisch ihrer Mutter. Bec spähte in die Waschküche. Hinter den Wäschekörben ging eine Tür zur Garage. Sie stand einen Spaltbreit offen. Die Garage war der unheimlichste Teil des Hauses, und niemand ging gern hinein, wenn es sich vermeiden ließ. Dunkel und muffig, schmutziger Betonboden, vollgestellt mit stapelweise Kartons. Nicht mal das Auto parkten sie dort noch. Bec war überzeugt, dass es dort vor Spinnen nur so wimmelte. Die Finsternis daraus schien geradezu durch den Türspalt zu quellen, als wolle die dunkle Nacht Bec wieder einfangen und zurück in ihren Albtraum zerren. Sie zog die Tür zu.

Auch im Wohnzimmer war alles wie gehabt. Die Sofas standen ungemütlich weit auseinander, der Fernseher war hinter Holztüren verborgen, damit die Eltern tun konnten, als hätten sie keinen. Zufrieden ging sie in die Küche. Was auch immer es gewesen war, es war definitiv nicht mehr da.

Paul und Andrew saßen nebeneinander an dem runden Küchentisch, eine Schachtel Schokopops zwischen und jeweils eine Schüssel braune Milch vor sich. Sie steckten noch in ihren kurzärmeligen Schlafanzügen, das dunkelrote Haar stand ihnen zu allen Seiten ab, und sie lachten sich kaputt. Bec wurde von heftiger Zuneigung gepackt. Am liebsten hätte sie ihnen durchs Haar gewuschelt, aber das hätten sie als herablassend empfunden.

„Bereit?“, fragte Paul.

„Ja“, antwortete Andrew.

Sie hoben ihre Milchschüsseln in die Höhe.

„Ein … zwei … drei!“

Gleichzeitig setzten sie die Schüsseln an und tranken; die Hälse pumpten, braune Milch tropfte auf den Tisch.

„Fertig!“, schrie Andrew, stellte die Schüssel ab und fuhr sich mit dem Handrücken über den Mund.

„Ach scheiße!“, rief Paul. Das Wort klang bemüht aus seinem Mund. Kurz blickten sie Bec an, um zu sondieren, ob der Ausdruck ihnen Ärger einbrächte, dann konnten sie das Lachen nicht länger zurückhalten.

„Ihr seid so eklig!“, sagte Bec, musste aber selbst grinsen. Der Schrecken der letzten Nacht ließ langsam nach.

„Du siehst aus wie Hitler!“, sagte sie zu Paul, der einen braunen Milchbart auf der Oberlippe trug.

„Guutän Morrgän!“, sagte der, wovon Andrew erneut in wildes Kichern ausbrach. Kopfschüttelnd machte Bec sich eine Schale zuckerfreies Müsli.

„Was machst du heute, Becky?“, wollte Andrew wissen.

„Ich treffe Lizzie in der Stadt.“

„Dürfen wir mi-it?“, fragte Paul sofort. Zwei identische blassblaue Augenpaare fixierten Bec. Die beiden mussten sich wahnsinnig langweilen. Seit zwei Monaten hatten sie Sommerferien, durften aber allein nicht weiter vom Haus weg als bis zu den Läden die Straße runter. Ihre Mutter war zu behütend, dachte sie. Als wäre ihr Vorstadtviertel der einzig sichere Ort auf der Welt. Meine Güte, sie lebten in Canberra! Bec verstand nicht, warum die beiden nicht einfach rausgingen und ihren Eltern nichts davon sagten. Bec hätte sie bestimmt nicht verraten. Es von sich aus vorzuschlagen kam ihr dennoch falsch vor.

„Bitte“, sagte Paul.

Es tat ihr ja leid, aber sie musste wirklich mit Lizzie über letzte Nacht sprechen, und das ging nicht, wenn ihre kleinen Brüder um sie herumsprangen. Und sie hatte mit Lizzie noch etwas anderes vor, bei dem sie die beiden nicht gebrauchen konnte.

„Geht leider nicht", sagte sie. „Nächstes Mal."

„Morgen?"

„Hm, morgen muss ich arbeiten. Wie wär's Sonntag?"

„Na gut", sagte Andrew. Die beiden waren offensichtlich enttäuscht; ihr Grinsen war verschwunden. Bec fand es furchtbar, ihre Brüder traurig zu machen. Das stellte etwas mit ihrem Herzen an, zu dem nichts anderes auf der Welt in der Lage war.

„Wir könnten ins Schwimmbad gehen?"

„Und du petzt auch nicht, wenn wir Arschbomben machen?"

„Auf keinen Fall! Ich schwöre!", sagte sie und hob die rechte Hand. Die Jungs warfen einander einen Blick zu und strahlten Bec an.

„Voll super", sagte Paul. Sie tätschelte ihnen die Köpfe, was beide genervt aufstöhnen ließ, aber sie konnte es sich nicht verkneifen. Dann ging sie nach oben, um sich umzuziehen.

Lizzie wartete auf der Bank am Garema Place, ein paar Meter vom Silberkissen. In Canberra gab es überall merkwürdige Skulpturen, aber diese mochte Bec aus irgendeinem Grund am liebsten. Das Ding sah aus wie ein riesiger, halbleerer Weinbeutel, den man über ein paar schwarze Stufen drapiert hatte. Im Sommer reflektierte die silbermetallische Oberfläche die Sonne so stark, dass einem vom Hinsehen die Augen schmerzten. Anfassen kam erst recht nicht infrage. Bec ließ sich neben Liz auf die Bank plumpsen.

„Warum sitzt du so weit hier drüben?“, fragte sie.

„Emos“, antwortete Lizzie. Bec drehte sich um. Beim Silberkissen saßen vier Teenager mit schwarz-rot gestreiften Socken, schlecht gezogenem Lidstrich und ins Gesicht hängendem Haar.

„Hab Angst, mich anzustecken“, sagte Lizzie und erschauderte. Bec wusste, dass es ihr ernst war – nichts hasste Lizzie mehr als schlechten Stil. Darum passten sie ja auch so gut zusammen: Jede war das perfekte Accessoire für die andere. Heute trugen sie beide Sommerkleider und braune Sandalen. Absprachen waren unnötig. Sie waren immer perfekt aufeinander abgestimmt. Nicht nur in Modefragen, sondern überhaupt. Als wären sie aus demselben Holz geschnitzt, als teilten sie sich dasselbe Herz.

Hätte Bec die Nachricht nicht bereits geschickt gehabt, hätte sie von letzter Nacht gar nicht erzählt. Das Bild, das Lizzie und sie hier abgaben, war zu vollkommen: zwei sorglose, hübsche Teenager, zu allem bereit, was der endlose Sommer ihnen bieten würde. Der Schatten in Becs Zimmer passte dazu nicht.

„Also? Was war denn nun los?“, fragte Lizzie. Flackernd verblasste das perfekte Bild.

„Ich erzähl’s dir beim Gehen, okay?“

„Sicher, dass nicht bloß deine Brüder dich erschrecken wollten?“, fragte Lizzie, nachdem Bec kurz berichtet hatte.

„Nie im Leben. Die hätten sich vor Lachen in die Hosen gemacht. Und irgendwie fühlte sich das einfach nicht an wie … na ja, wie ein Mensch.“

„Und was war's deiner Meinung nach? Ein Poltergeist?"

„Eine Art Phantom, glaub ich. Kein Geist oder Gespenst, aber was Böses, Körperliches, das da nicht hingehörte."

„Wow", machte Lizzie, ohne Bec richtig anzusehen. „Gruselig."

Bec hatte befürchtet, Lizzie könnte sie auslachen und für verrückt erklären, aber ihre Freundin wirkte genauso aufrichtig geschockt wie sie.

„Das kannst du laut sagen."

„Glaubst du, das passiert wieder? Vielleicht pennst du heute besser bei mir."

„Vielleicht. O Mann, ich will gar nicht mehr dran denken."

„Ich weiß was, das dich auf andere Gedanken bringt." Bec erkannte das Funkeln in Lizzies Augen.

„Ich dachte schon, du fragst nie!"

Lachend rannten sie die letzten Stufen der Rolltreppe hinauf. Vor ihnen leuchtete die weiße Fassade des Kaufhauses. Sobald sie durch die Tür waren, wurden sie ernst.

Beim Ladendiebstahl kommt es vor allem darauf an, auf möglichst unauffällige Weise selbstsicher zu wirken. Das hatte Bec gleich zu Anfang gelernt. Beim ersten ausweichenden Blick oder zu lauten Lachen klebt einem jemand von der Security an den Fersen, und der Tag ist gelaufen.

Das Zweitwichtigste ist, sich was mit Innenfutter rauszupicken. Bec ging die Ständer in der Jugendabteilung durch, auf der Suche nach einem Label, von dem ihre Mutter wissen würde, dass es einen Haufen Geld kostet. Scanlan

Theodore, perfekt. Inzwischen war sie so gut, dass sie die Nummer fast blind abziehen konnte. Sie hob die Träger des Kleids über den Bügel davor. Jetzt sah es fast aus, als hinge nur ein Kleid darauf, obwohl es eigentlich zwei waren. Maximal sechs Teile durften mit in die Umkleide. Schnell suchte sie fünf weitere voluminöse Kleider aus. Zwischen all der dicken Wolle und den Rüschen war die zarte Seide des ersten Kleids kaum noch zu sehen. Die gestresste Verkäuferin an der Umkleide zählte, ohne richtig hinzusehen, die Bügel, drückte Bec ein rotes Plastikschildchen mit der Nummer sechs in die Hand und winkte sie durch.

Bec zog sich das Seidenkleid über den Kopf und betrachtete sich im Spiegel. Mitnehmen würde sie es sowieso, aber es schadete nicht, dass es ihr auch stand. Blaugrün war es, was hübsch mit ihrer blassen Haut kontrastierte, und die sanften Falten lagen toll auf ihrer Figur. Sie würde irgendeine Ausrede finden müssen, sich Luke darin zu zeigen. Sie zog das Kleid wieder aus, nahm die kleine Schere aus der Handtasche und schnitt vorsichtig die Diebstahlsicherung aus der inneren Stoffschicht. Den ausgetrennten Plastiktag schob sie in die Tasche eines der anderen Kleider. Das seidene rollte sie zusammen und steckte es in die Handtasche. Mit sechs Bügeln war sie gekommen, mit sechs Bügeln ging sie wieder raus.

„Sorry, war nicht das Richtige dabei“, erklärte sie der Verkäuferin, der das offensichtlich schnuppe war.

„Hast du was gefunden?“, fragte Bec die wartende Lizzie.

„Nee, lass gehen.“

Nach der klimatisierten Kaufhausluft kam es Bec draußen noch heißer vor. Windig war es obendrein. Beim Gehen klatschten ihr Müll und Laub an die nackten Knöchel. Mit einem Mal verflüchtigte sich das Adrenalin und wich Erschöpfung.

„Was hast du mitgenommen?", fragte sie Lizzie.

„Zwei Kleider von Marcs, zeig ich dir später. Eigentlich wollte ich nur eins nehmen, aber diese hohle Nuss hätte ja nicht mal geschnallt, wenn ich mit leeren Bügeln aus der Kabine gekommen wäre. Und du?"

„Scanlan Theodore. Bloß eins, hätte aber dreihundert Dollar gekostet."

„Nice!"

Bec kam ins Schwitzen, schmeckte Salz auf der Oberlippe. Sie rieb sich den Nacken: glitschig wie Öl, ekelhaft.

„Bock aufs Gus?"

Im Gus war es immer kühl und dunkel, und es gab den ganzen Tag Frühstück.

„Klingt gut."

Ein bisschen Geld für Essen auszugeben war immer noch besser, als nach Hause zu gehen. Sie blieb stehen. Das Geld. Wieso hatte sie daran nicht früher gedacht? Sie war überzeugt, dass ihr nächtlicher Besucher nicht menschlich gewesen war. Aber was, wenn doch? Was, wenn die naheliegendste Erklärung zutraf: dass es ein Einbrecher war?

„Ähm, ich glaub, ich geh doch einfach nach Hause", sagte sie. „Ich bin auf einmal total müde."

Lizzie blieb stehen und sah sie aufrichtig besorgt an.

„Sicher, dass du okay bist?", fragte sie.

„Ja, klar", antwortete Bec, obwohl sie sich nicht so fühlte.

Lizzie umarmte sie fest, aber kurz. Für alles andere war es viel zu heiß.

„Melde dich, wenn du doch lieber zu mir willst, okay?"

„Mach ich, danke."

Mit wachsender Panik saß Bec im Bus. Die Fahrt dauerte ewig, an jeder Haltestelle wollte jemand zusteigen. Die Klimaanlage könnten die sich gleich sparen, dachte Bec, so wie bei jedem Öffnen der Türen der heiße Wind hereinblies. Und mit dem Wind kam ein schwacher, aber scharfer Brandgeruch: die Buschfeuer. Bec verzog die Nase. Die Feuer machten ihr schon Sorgen, seit sie in der *Canberra Times* darüber gelesen hatte. Auf Seite vier war das Schwarzweißfoto einer tobenden Feuersbrunst gewesen. Normalerweise las sie keine Zeitung, diesen Artikel jedoch schon. Niemand schien das für eine große Sache zu halten. Oder sie waren alle nur zu abgelenkt von all dem anderen Mist. Direkt neben dem Artikel forderte eine ganzseitige Anzeige in fetten Großbuchstaben auf: *„Siehst du was, dann sage was"*. Das kannte sie schon. Würde sie die Nummer darunter anrufen, hätte sie eine Chance von eins zu zehn, ihre Mutter am Apparat zu haben. Es war die neue Anti-Terror-Kampagne, die man derzeit überall sah. Nicht nur in der Zeitung, sondern auch auf Werbetafeln und im Fernsehen. Und als wäre das nicht genug, kam ihre Mutter auch noch täglich mit langatmigen, dämlichen Geschichten über Leute nach Hause, die ihre Nachbarn ausspionierten. Von Politik und all dem Mist hatte Bec keine Ahnung. Trotzdem kam es ihr merkwürdig vor, dass den Leuten offenbar das neue Auto ihres Nachbarn mehr Kopfzerbrechen bereitete als das Feuer, das so nah war, dass man es tatsächlich riechen konnte.

Bec bedankte sich nicht mal beim Fahrer. Sie sprang aus dem Bus und stürmte die Straße hinauf zum Haus. Auf halbem Weg fing sie an zu rennen, egal, wie sehr sie dabei ihre Frisur ruinierte oder das Make-up verlief. Sie musste unbedingt wissen, ob das Geld noch da war. Bis zum Haus rannte sie, fischte dort die Schlüssel aus der Tasche und knallte die Tür hinter sich zu.

„Das war doch nur ein Witz!", hörte sie Andrew aus der Küche jammern.

„Das ist aber nicht lustig." Zögernd blieb sie vor der Treppe stehen. Ihr Vater klang wirklich sauer.

„Sei nicht so streng", hörte sie leise ihre Mutter. „Sie sind doch nur Kinder, das verstehen sie nicht."

„Du bist so was von schwach", sagte er ganz ruhig.

Bec wollte das nicht hören. Zwei Stufen auf einmal nehmend, rannte sie die Treppe hoch.

„Bec?", rief ihre Mutter. Bec ignorierte sie, warf ihre Zimmertür auf und griff nach der sprechenden Cabbage-Patch-Puppe auf der Kommode. Sie schob das Kleidchen hoch und zog den Klettverschluss auf dem Rücken auf, unter dem die Batterien sein sollten. Stattdessen waren da nur das Gelb und das Orange von Zwanzigern und Fünfzigern. Gott sei Dank. Das war ihr Lohn des gesamten letzten Jahres. Fast sechstausend Dollar, eng gebündelt im Bauch des Spielzeugs. Von der Treppe kamen die langsamen, gleichmäßigen

Schritte ihrer Mutter. Behutsam setzte sie die Puppe zurück an ihren Platz. Dann nahm sie das Kleid aus der Handtasche, hielt es vor sich und betrachtete sich im Spiegel.

„Alles in Ordnung? Warum rennst du denn so?“, fragte ihre Mutter und beäugte das Kleid.

„Ich wollte das Kleid noch mal probieren“, sagte sie lächelnd. „Was ist denn da unten los?“

Ihre Mutter sah sich auf die Hände

„Paul und Andrew haben sich offenbar ins Nachbarhaus geschlichen. Max meinte, er hätte sie erwischt, wie sie unter seinem Bett lagen und flüsterten.“

„Flüsterten?“

„Sie taten, als wären sie die Stimmen in seinem Kopf“, seufzte ihre Mutter. „Die beiden sind zu jung, um das zu verstehen. Sie hielten das für einen Witz, meinten, das wäre schon okay, weil er verrückt ist.“

„Na, ist er ja auch, oder?“, fragte Bec, ohne den Blick von dem Kleid im Spiegel zu nehmen. Am liebsten wollte sie anmerken, dass die beiden das vermutlich nicht getan hätten, wenn sie öfter vor die Tür dürften.

„Nein, er ist krank. Schizophren.“

Bec war ziemlich sicher, dass schizophren dasselbe war wie verrückt, wollte aber nicht mehr darüber reden. Ihre Mutter betrachtete das Kleid.

„Sieht ganz schön teuer aus, Bec.“

„Scanlan Theodore. Was es gekostet hat, willst du gar nicht wissen“, sagte Bec mit hochgezogenen Brauen.

Ihre Mutter verschränkte die Arme.

„Du arbeitest so viel und verschleuderst immer gleich dein

ganzes Gehalt. Warum sparst du nicht mal auf was richtig Tolles?"

„Das *ist* richtig toll!" Bec tat beleidigt, fand sich aber insgeheim selbst ganz schön toll. Mittlerweile fiel ihr das alles viel zu leicht.

„Tja, ist ja dein Geld. Aber hör mit der Rennerei auf, du holst dir noch einen Hitzschlag." Mit diesen Worten verließ Becs Mutter das Zimmer und zog mit leisem Klicken die Tür hinter sich zu.

Einen Moment fühlte Bec sich schuldig, wie sie sich da im Spiegel sah, das gestohlene Kleid vor sich, mit verwuscheltem Haar und glänzendem Gesicht. Doch als ihr Blick auf das Spiegelbild der Cabbage-Patch-Puppe fiel, empfand sie nur noch ein Triumphgefühl.

FÜNFTES KAPITEL

2014

Einen Augenblick bilde ich mir ein, ich wäre wieder zu Hause. Unter der Decke drücke ich mir selbst die Daumen, dass meine Stiefmutter schon beim Früh-Pilates für Schwangere ist, damit ich mit Dad frühstücken kann, ohne mir dabei anhören zu müssen, wie sie kläfft und winselt wie ein verhätschelter Pudel. Dann öffne ich die Augen, und der Raum scheint zu kippen. Die Teenieposter, die Fotos an der Wand, die Cabbage-Patch-Puppe auf dem Nachttisch. Die letzte Woche kehrt mit Gewalt zurück, einen dicken Kloß Sorgen im Schlepptau. Mich in einen völlig anderen Menschen zu verwandeln wird kein Zuckerschlecken.

Im Kopf ziehe ich Zwischenbilanz: Die Eltern habe ich in der Tasche, mit Andopolis muss ich höllisch aufpassen. Offenbar ist er doch nicht so ein Stümper, wie ich zuerst dachte, aber wenn er sich wirklich so schuldig fühlt, Rebecca nicht gerettet zu haben, kann ich ihn trotzdem um den kleinen Finger wickeln. Wirklich Sorgen machen mir die Zwillinge. Sie sind herzlich, fielen mir sofort um den Hals, als ich zum Essen kam, aber dennoch spürte ich bei beiden ein leises Zögern. Die große Schwester habe ich noch nie gespielt, die Rolle ist mir nicht vertraut. Die beiden sind attraktiv und erfolgreich: Einer ist Anwalt, der andere studiert Medizin. Auseinanderhalten kann ich sie nur schwer. Wenn ich einen Zwilling hätte, täte ich alles, um möglichst anders auszusehen. Für Paul und Andrew scheint das kein Thema zu sein.

Beide sind glatt rasiert, haben das rote Haar ganz kurz geschnitten und tragen perfekt sitzende T-Shirts. Das Beste wäre, sie verschwänden bald wieder.

Ich stehe auf und öffne Rebeccas Schrank. Entweder der muffige Geruch hat nachgelassen, oder ich hab mich daran gewöhnt. In aller Ruhe gehe ich ihre Klamotten durch, mustere jedes Stück einzeln. Zu meinem Erstaunen hat sie ein paar richtig gute Markensachen. Hinter der Kleidung fällt mein Blick auf eine rosa Steppdecke und ein paar Stofftiere. Fast muss ich lachen. Sie wollte nicht mehr wie ein Kind rüberkommen, sich von den Sachen aber auch nicht trennen. Einen Augenblick lang sehe ich sie als echten Menschen vor mir, nicht bloß als Foto oder Vermisstenplakat.

Ich entscheide mich gegen die Designer und nehme ein leichtes Baumwollkleid heraus. Irgendwas an der tiefen Taille und dem blassen Stoff schreit förmlich Unschuld. Wenn ich nachher Andopolis treffe, will ich sein bisheriges Bild von mir so gut wie möglich unterstreichen. Die Schwellung in meinem Gesicht verblasst bereits zu einem unappetitlichen Gelb. Lange kann ich mich darauf nicht mehr verlassen – ich brauche ein Kostüm, das zur Rolle passt.

Beim Überstreifen des Kleids spüre ich etwas Festes in der Tasche. Ein gefalteter Zettel, auf dem fett *EXORZISMUSZAUBER* steht. Und im Banner darunter, in gotischen Lettern: *MAGIE FÜR DIE MODERNE HEXE*. Kaum zu glauben, dass Bec auf so was stand. Ihr Zimmer wirkt so adrett. Andererseits haben Teenies gern Geheimnisse. Ich falte den Zettel wieder und werfe ihn zu den anderen versteckten Sachen in den Schrank. Wenn sie das so lange geheim gehalten hat, will ich sie jetzt auch nicht verraten.

Mit sechzehn hab ich Joints im Saum meiner Vorhänge versteckt. Das war in meiner Hippiephase. Ich hatte ein paar ältere Kids kennengelernt, mit Dreads und Batikshirts, die in der Nähe vom Bahnhof Straßenmusik machten. Einen ganzen Monat glaubten die mir, dass ich in einer Kommune bei Fremantle wohnte, wo niemand Kleidung tragen durfte. Damals hatte ich die Kunst der Realitätsanpassung noch nicht ganz gemeistert, und irgendwann fand einer raus, dass ich die Tochter eines Ölmagnaten bin. Diese Hippies labern immer von Liebe und Offenheit, aber einer abfälligeren Bande als denen bin ich nie begegnet. Ich betaste Becs Vorhänge. Nichts.

Auf dem Flur höre ich leise die Stimmen der beiden Brüder. Einen Moment bleibe ich stehen, hoffe, was zu verstehen, doch sie verstummen abrupt. Wahrscheinlich haben sie meine Schritte gehört. Ich überlege kurz, an ihre Tür zu klopfen, aber ich wüsste nicht, was ich sagen soll.

Unten sitzt der Vater im Wohnzimmer und sieht fern. Oder glotzt er nur den Bildschirm an? Seine Augen wirken trübe. Unheimlich. Er blickt nicht auf, als ich reinkomme, also gehe ich weiter in die Küche. Die Mutter steht an der Spüle und macht den Abwasch.

„Morgen“, sage ich und sie erschrickt.

„Entschuldige, Bec, ich war in Gedanken. Möchtest du was frühstücken?“

„Gern, wenn's dir passt.“

„Aber klar“, versichert sie, zieht den Stöpsel und streift die Handschuhe ab. Das Wasser gluckert in den Abfluss.

„Danke! Brauchst du Hilfe?“, frage ich, immer noch die brave Tochter.

„Nein, nein, setz dich ruhig. Wann kommt Vince?“

„Weiß nicht genau. Am Vormittag, meinte er.“

Ich sehe zu, wie sie Eier mit Milch verrührt und die Mischung in eine Pfanne gießt. Von dem Geruch läuft mir das Wasser im Mund zusammen. Jetzt, wo ich echten Hunger kenne, wird Essen wohl nie mehr dasselbe für mich sein.

„Ich habe dir ein Handy besorgt“, sagt sie und nickt zu dem brandneuen iPhone auf dem Tresen.

„Wow!“, rufe ich aus. „Danke schön!“

Beim Einschalten habe ich dieses warme Gefühl in der Brust, das ich immer bei glänzenden neuen Sachen kriege. Besser, ich schiebe es weg – ihm nachzujagen hat mir schon jede Menge Ärger eingebrockt.

„Es hat deine alte Nummer“, sagt die Mutter.

„Toll, wie hast du das denn hingekriegt?“

„Es war leichter, deinen Vertrag einfach weiterlaufen zu lassen.“

Ich lege das Handy auf den Tisch. Obwohl sie Rebecca für sehr wahrscheinlich tot halten mussten, haben die Eltern noch über zehn Jahre ihre Handyrechnung bezahlt. Meine Freude über das neue Spielzeug kommt mir plötzlich unpassend vor. Eine traurige Geschichte.

„Hier, mein Liebling“, sagt sie und stellt mir das dampfende Rührei hin. „Kaffee kommt gleich, keine Sorge.“

Ich lächle sie an. So fühlt sich also Mutterliebe an. Ob meine Mom auch so war, mich umsorgt hat wie einen Schatz? Wohl kaum. Sonst würde ich mich sicher besser an sie erinnern. Wenn ich an sie denke, fällt mir nichts ein als das gerahmte Foto auf dem Kaminsims meines Vaters. Gäbe es das nicht, wüsste ich vielleicht nicht mal, wie sie aussah. Ich schaufle mir Rührei in den Mund. Wunderbar fluffig und nur ganz leicht gesalzen.

„Danke, Mom“, sage ich schluckend.

Ich bemerke nicht, wie ihr die Tasse aus der Hand rutscht, höre sie nur auf dem Boden zerspringen.

„Fuck, alles okay?“, rufe ich und bereue sofort den Kraftausdruck. Sie hat ihn offenbar überhört. Auf allen vieren rutscht sie über die Fliesen und wischt hektisch den heißen schwarzen Kaffee auf. Um sie herum liegen Scherben. Ich stehe auf, um ihr zu helfen.

„Tut mir leid“, wispert sie und blickt zu mir hoch.

„Macht doch nichts, ich helfe dir.“

„Nein, nein, lass. Das ist meine Schuld. Ich bin so blöd.“

Ich schnappe mir eine Plastiktüte und knie mich neben sie, um die Porzellanscherben aufzusammeln.

„Es tut mir so leid, Bec“, sagt sie, immer noch mit gedämpfter Stimme.

„Schon okay, ist doch kein Beinbruch.“

„Du verrätst es ihnen doch nicht, oder?“

Sie sieht mich an wie ein verängstigtes Kind. Auf dem Lappen prangen neben den dunkelbraunen Flecken vom Kaffee auch ein paar rote.

„Hast du dir wehgetan?“ Ich greife nach ihrer Hand. Zwischen Daumen und Zeigefinger klafft eine Schnittwunde.

„Schon gut, geschieht mir recht, mir altem Tollpatsch.“

„Ich mach das schon. Wasch du dir lieber die Hände und besorg dir ein Pflaster."

„Ach Becky. Du warst immer so ein liebes Mädchen. Ich wünschte, ich hätte mir mehr Zeit für dich genommen. Es tut mir so leid."

Zum ersten Mal empfinde ich tiefes Mitleid mit ihr. Sie gibt sich selbst die Schuld für das, was Bec zugestoßen ist.

„Das braucht es nicht, Mom. Kümmere dich einfach um deine Hand." Von dem aus der Schnittwunde strömenden Blut wird mir langsam etwas übel. Sie steht auf und wäscht sich die Hand. Ich wische den restlichen Kaffee auf und werfe die Scherben in den Müll.

„Siehst du, als wäre nichts passiert!" Ich versuche, aufmunternd zu klingen, so wenig ich diese Rolle auch gewohnt bin.

„Ich hätte dir zeigen sollen, wie wichtig du mir bist", sagt sie mit leerem Blick. Mein Dad würde so was niemals zu mir sagen. Er fand mich nicht wichtig, sondern hinderlich.

„Schon gut", tröste ich sie. „Jetzt bin ich ja wieder da und werde eine gute Tochter sein."

„Du sollst einfach nur du selber sein", erwidert sie.

Sie drückt mir fest die Hand. Sie meint es ernst. Ich muss keine Rolle spielen, damit sie mich lieb hat. Das tut sie auch so.

„Ich brauche dich hier. Du gehst doch nicht wieder fort, oder?", fragt sie leise und starrt in die Spüle. Müde sieht sie aus, völlig erledigt.

„Nein."

Sie blickt mich an und scheint mich wirklich zu sehen,

die Augen voll Hoffnung und Liebe und Angst. Es ist überwältigend.

„Versprochen?“, fragt sie.

„Versprochen“, sage ich und meine es auch so. Ich weiß nicht genau, wann ich die Entscheidung gefällt habe, doch ich bin entschlossen zu bleiben. Ich habe hart für dieses neue Leben gearbeitet, habe mit meiner eigenen Haut dafür bezahlt. Diesmal spiele ich, um zu gewinnen.

Während ich auf Andopolis’ blauen Holden Commodore zugehe, bemerke ich, wie er etwas unter seinen Hemdkragen stopft. Als ich die Tür öffne, lächelt er mir zu. Ich schnalle mich auf dem Beifahrersitz an.

„Morgen!“, rufe ich herzlich strahlend.

„Guten Morgen. Wie geht es Ihnen heute?“

„Prima. Es war so toll, mein Bett wiederzuhaben.“

„Das freut mich.“

Sein Auto stinkt nach warmem Essen. Offenbar hat er auf der Fahrt gefrühstückt.

„Wohin fahren wir denn?“, frage ich.

„Ich dachte, wir nehmen einen kleinen Umweg zum Revier.“ Er lässt den Motor an und legt den Rückwärtsgang ein. „Mal sehen, ob Ihnen irgendwas auffällt.“

Er blickt über die Schulter, um zurückzusetzen, und das Hemd spannt ihm auf der Brust. Darunter zeichnet sich ein Kruzifix an einer Kette ab. Ich blicke aus dem Fenster, um mein Grinsen zu verbergen. Katholisch. Daher also der Schuldkomplex. Das wird ein Kinderspiel.

„Mir ist klar, dass es schmerzhaft ist, aber bitte versuchen

Sie sich trotzdem an den Abend zu erinnern, als Sie entführt wurden." Mit den Knöpfen an seiner Tür lässt er unsere Seitenfenster runter. „Vielleicht löst irgendein Geruch oder Geräusch ja was aus."

Eine Weile fahren wir schweigend durch die Gegend. Draußen zieht Canberra vorbei. Ganz anders als Perth. Wir schlängeln uns durch die Vorstadt; überall kontrastieren kleine Fleckchen Busch mit der nüchternen Architektur.

Die Häuser sind hübsch und neu, mit frisch gestrichenen Zäunen und sauber gemähtem Rasen. Keine alten Reihenhäuser oder abgewohnten Hütten, wie ich sie kenne; nichts sieht älter aus als fünfzig Jahre. Je näher wir dem Zentrum kommen, desto breiter und prächtiger werden die Straßen. Überall gibt es Brunnen und große, repräsentative Bauten. Alles ist blitzsauber und symmetrisch. Steril, ohne jede Spur von Großstadtschmutz.

Schließlich biegen wir auf den Parkplatz hinter dem Polizeirevier.

„Sind wir heute wieder nur zu zweit?" Ich kann darauf verzichten, von einem verschmähten Malik ausgehorcht zu werden. Ein einziger Ausrutscher könnte alles verderben.

„Unsere Psychologin würde gern mit Ihnen reden."

Nichts da.

„Ich möchte aber nur mit Ihnen sprechen", sage ich.

„Keine Sorge, wir gehen's langsam an. Allerdings glaube ich, sie könnte wirklich helfen, wenn Sie so weit sind."

Vielleicht ist der Typ doch ein Idiot.

Wieder mit der Hand auf meinem Rücken führt er mich in denselben Raum wie gestern. Die Sofas und das Spielzeug sind noch da, aber heute stehen außerdem ein Fernseher und ein alter Videorekorder bereit. Ohne ein Wort darüber zu verlieren, setzt sich Andopolis mir gegenüber.

„Wie war's gestern Abend?", erkundigt er sich.

„Traumhaft", sage ich mit vor Ergriffenheit ganz schmalziger Stimme.

„Bestimmt ein unglaubliches Gefühl."

Merkwürdig, wie er mich ansieht. Wenn er nicht lächelt, wirkt er so gefühlstief. Er fühlt sich schuldig, schon klar, aber da ist noch was anderes. Sein Blick wirkt getrieben. Ob er zu Hause wohl Bilder von Rebecca an der Wand hat? Würde mich nicht wundern.

„Wozu ist das?" Ich deute auf den Fernseher. Eigentlich will ich nur, dass er wegschaut, sonst kriege ich noch Gänsehaut.

„Das soll Ihrem Gedächtnis auf die Sprünge helfen", erklärt er, hebt aber sofort abwehrend die Hand. „Nicht bezüglich der Entführung – noch nicht –, sondern der Zeit davor."

Davor? Warum interessiert ihn, was vor Rebeccas Verschwinden los war? Keine Ahnung, wieso das relevant sein soll, aber wenn sich damit etwas Zeit verschwenden lässt, bin ich dabei.

Andopolis nimmt die Fernbedienung von der Sofalehne. Eine Sekunde hält er sie einfach in der Hand.

„Das könnte jetzt unangenehm werden, aber ich glaube, es ist wichtig. Okay?"

„Okay." Hoffentlich Familienvideos. Vielleicht erfahre ich was Neues über sie. Über mich.

Er drückt auf Play. Schwarze Striche flackern auf, dann ist ein graues Zimmer zu sehen. An einem Tisch sitzt ein Teenager, das Gesicht in den Händen vergraben.

„Elizabeth Grant, fünfte Sitzung, 6. Januar 2003, neun Uhr siebenundvierzig", sagt eine Stimme hinter der Kamera. Ein Mann setzt sich dem Mädchen gegenüber. Nur der Hinterkopf ist sichtbar, doch ich merke überrascht, dass es sich um Andopolis handelt.

„Ich hab Ihnen doch schon alles erzählt", sagt das Mädchen mit erstickter Stimme. „Warum müssen wir immer weiter darüber reden?"

Ein Verhörzimmer, ganz ähnlich dem in Sidney.

„Wir brauchen sämtliche Details, jede Kleinigkeit, wie unwichtig sie auch scheinen mag."

Das Mädchen blickt auf. Ihr Gesicht ist ein Schlachtfeld. Schwarze Schminke ist unter den Augen verschmiert, die Haut ist fleckig und rot, die Nase läuft. Trotz alledem erkenne ich sie. Rebeccas beste Freundin Lizzie.

„Okay", sagt sie.

Ich habe Mitleid mit ihr. Sie ist viel zu jung, um so kaputt, so niedergeschlagen auszusehen.

„Du hast mir von den letzten Wochen erzählt, aber vielleicht erinnerst du dich noch an irgendwas anderes? Hat sie vielleicht was Ungewöhnliches gesagt, über die Schule oder ihr Zuhause?"

„Nein", sagt sie. „Gar nichts."

Irgendwas verbirgt sie, das sehe ich ihr an. Ob Andopolis es auch sieht? Auf dem Bildschirm blickt er sie einen Moment schweigend an, lässt sie zappeln.

„Deine Freundin wird vermisst“, fährt er schließlich fort, klingt jetzt aber anders, kälter. „Wer weiß, was ihr angetan wird, während wir hier Spielchen spielen.“

„Ich spiele keine Spielchen!“, heult Liz.

Ich blicke zu Andopolis. Das war hart. So viel Grausamkeit hätte ich ihm gar nicht zugetraut. Er betrachtet weiter ungerührt den Bildschirm.

„Dann streng dich an“, setzt er auf dem Band nach. „Denk an jedes Mal, wenn Rebecca dir anders als sonst vorkam. Wenn dir irgendwas merkwürdig schien.“

Lizzie holt ein paarmal tief Luft. Ich beuge mich vor, beobachte sie.

„Eins fällt mir ein. Ich glaub nicht, dass es was bringt, aber wenn Sie's wissen wollen …“ Eindeutig verängstigt blickt sie zu ihm hoch, fährt von selbst fort, als er nichts sagt. „Ist schon ewig her. Letzten Sommer. Ich war weg, bei meiner Tante. Als ich zurückkam, war Bec irgendwie anders.“

„Wie anders?“

„Ich weiß nicht. Ist schwer zu erklären.“ Lizzies Worte purzeln übereinander. „Sie war bloß … es war nicht viel. Wahrscheinlich gar nichts. Ich glaub nicht, dass sonst überhaupt einer was bemerkt hat. Jedenfalls hat niemand was gesagt. Aber wir sind ja auch beste Freundinnen, wie Schwestern eigentlich.“

Lizzie schluckt, ihr Kinn zittert.

„Bitte, kein Geheule mehr“, blafft Andopolis.

Was für ein Arsch. Ich rücke ein Stück von ihm weg. Auf dem Bildschirm legt Lizzie die zitternden Hände auf den Tisch, versucht, sich zu beruhigen.

„Tut mir leid“, flüstert sie und schluckt noch einmal.

„Was hat sich verändert? Ich brauche Details“, sagt Andopolis.

„Das ist echt schwer zu erklären. Sie war total nervös, ist dauernd erschrocken. Jede Kleinigkeit brachte sie total aus dem Konzept. Und, also … irgendwie hielt sie sich anders. Früher stand sie immer ganz aufrecht, wollte so groß wie möglich wirken. Als ich damals nach Hause kam, sah sie anders aus. Ihre Sachen hingen so komisch von ihr runter, und ich merkte ewig nicht, wieso. Dann fiel mir auf, dass sie einen Buckel machte. Als wollte sie in Deckung gehen oder so.“

„Wachstumsschmerzen?“

„Sie wollten's ja hören!“, gab Lizzie erstaunlich bissig zurück. Vielleicht war sie doch nicht bloß ein ängstliches kleines Mädchen. „Das war aber nicht alles. Sie vertraute mir nicht mehr so viel an wie früher. Und Jack meinte, sie kam zu mir nach Hause, wenn ich gar nicht da war. Warum sollte sie kommen, wenn sie doch wusste, dass ich weg war? Das war komisch.“

„Hast du sie danach gefragt?“

„Nein.“

Ich beuge mich noch weiter vor, will Liz ansehen, ob es da noch was anderes gab, etwas, das sie Andopolis nicht verriet. Aber je näher ich komme, desto mehr löst sich ihr Gesicht in winzige farbige Quadrate auf.

Andopolis schaltet aus.

„Also, was war da los?“ Er sieht mir direkt in die Augen. „In dem Sommer vor Ihrem Verschwinden, 2002?“

Darauf war ich nicht vorbereitet.

„Keine Ahnung. Gar nichts", sage ich. „Hat sie sich wohl eingebildet. Ich war halt in der Pubertät."

„Sie hat es sich eingebildet oder Sie waren halt in der Pubertät? Was denn nun?"

Ich komme mir vor wie im Kreuzverhör. Als hätte er vergessen, dass ich eine erwachsene Frau bin, kein Teenager wie Lizzie. Ich muss mich zusammenreißen, nicht zurückzubeißen.

„Beides vermutlich. Ist lange her." Ich muss das Thema wechseln, und zwar schleunigst. Möglicherweise weiß er mehr, als er zugibt.

„Lizzie sah so traurig aus", sage ich. „Die Arme. Am liebsten hätte ich in den Bildschirm gefasst und sie umarmt."

„Sie können die Zeit nicht zurückdrehen, Bec", sagt er, die Stimme voll tiefem Schmerz, den getriebenen Blick noch immer in den Augen.

Das läuft nicht gut. Ich kapier einfach nicht, wie er tickt. Der freundliche Mann mit dem schiefen Grinsen wirkt wie ausgewechselt. Vielleicht hätte ich doch Malik nehmen sollen.

„Na los. Ich muss es wissen, und zwar gleich." Er starrt mich immer noch an.

„Hä? Was müssen Sie wissen?"

„Ob Sie jemanden decken", sagt er.

Das haut mich völlig von den Socken. Hoffentlich sieht er mir das an.

„Natürlich nicht! Warum sollte ich den decken, der mir das angetan hat?" Meine Stimme klingt hoch und zittrig. Ich sehe ihn an, als hätte er mich verraten.

Er kauft es mir ab.

„Entschuldigen Sie, Bec. Ich wollte Sie nicht beleidigen." Er streckt die Hand aus, um mich zu trösten, besinnt sich dann jedoch. Er hat sich entschuldigt, aber das genügt nicht. Die Machtverhältnisse haben sich verschoben. Er reißt viel zu schnell wieder die Kontrolle an sich. Das kann ich nicht zulassen.

Später, als er mich nach Hause fährt, lasse ich die Stille zwischen uns wirken. Die Menschen hassen Ungewissheit. Erst richtig nett zu ihnen zu sein und dann plötzlich ohne ersichtlichen Grund kalt zu werden macht sie total kirre.

„Geht's Ihnen gut?", fragt er schließlich.

Ich schweige. Er fährt an den Straßenrand.

„Was ist los, Bec?", fragt er. „Sind Sie immer noch sauer wegen dem, was ich auf dem Revier gesagt habe?"

Ich schüttle den Kopf.

„Was dann?"

Ich glotze mir auf die Knie und zähle stumm bis zehn.

„Wie lange dauert das noch?", frage ich.

„Ist Ihnen schlecht?" Er glaubt, ich spreche von der Fahrt.

„Nein. Ich will mich nur nicht mehr an Dinge erinnern, die ich lieber vergessen will."

„Sie wollen nicht, dass wir rausfinden, wer Ihnen das angetan hat?" Er wirkt ehrlich schockiert.

„Ich will einfach nur nach Hause und bei meiner Familie sein." Das war eine Spur zu aggressiv. Ich beiße mir auf die Wange, bis mir die Tränen kommen.

„Warum lassen Sie mich nicht einfach glücklich sein?", frage ich und blicke ihn an, als wäre er ein Ungeheuer.

„Ich tu das doch für Sie, Bec! Ich will rausfinden, wer Sie entführt hat, und ihn büßen lassen."

„Und was ich will, ist egal?"

„Natürlich nicht", sagt er leise, obwohl wir beide wissen, dass das nicht stimmt.

Ich schweige, und nach ein paar Sekunden dreht er wieder den Zündschlüssel. Verdammt. Ich hab die Schnauze voll von diesem Spiel. Ich will mich einfach nur entspannen, mich in meinem neuen Leben einrichten. Irgendwie muss ich ihn doch dazu bringen können, etwas lockerzulassen. Wenn ich dauernd schauspielern muss, kann ich nicht richtig denken. Ich brauche einen Augenblick Ruhe.

Ich blicke auf mein Handy, drücke auf den Icons herum, als wüsste ich nicht, wie es funktioniert.

„Yes!", rufe ich leise nach ein paar Minuten schweigender Fahrt.

„Was ist los?"

„Ich hab endlich rausgekriegt, wie man auf dem Ding eine SMS öffnet! Ich verstehe nicht, wieso man die heutzutage so kompliziert machen muss."

Er schweigt, als wäre ein junger Mensch, der kein iPhone bedienen kann, das Traurigste, was er je gesehen hat.

„Könnten Sie mich stattdessen bei den Läden in Yarralumla absetzen?", frage ich, jetzt, wo ich ihn wieder weicher gekocht habe. „Das war mein Dad. Ich soll ihm beim Einkaufen helfen."

Er wirft mir einen schnellen Blick zu, als wolle er widersprechen, bremst sich dann jedoch. Gut so. Ich brauche unbedingt eine Zigarette. Und ich will klarstellen, wer hier das Sagen hat. Er parkt neben einem Lieferwagen vor den Geschäften und dreht sich zu mir.

„Ich versteh schon, dass Sie das alles hinter sich lassen wollen“, sagt er, das Auto noch im Leerlauf. „Aber es ist erst vorbei, wenn wir den Schuldigen geschnappt haben.“

Das schaffen die eh nie. Wer immer das war, ist längst über alle Berge.

„Morgen würde ich gern anfangen, mit Ihnen den Tag vor Ihrem Verschwinden zu rekonstruieren. Den Fußweg von der Bushaltestelle, die Busfahrt, wie Sie aus der Arbeit kamen. An irgendwas erinnern Sie sich bestimmt. Bitte, versuchen Sie es wenigstens. Mir zuliebe.“

„Na gut“, sage ich und sehe ihn mit großen Augen und leicht geöffnetem Mund an. „Ihnen zuliebe.“

Ich erwische ihn, wie sein Blick kurz an meinem weißen Baumwollrock und den nackten Beinen hängen bleibt. Schnell wendet er sich ab. Ich frage mich, wie viele Ave -Marias er wohl dafür wird beten müssen, was immer er gerade Unreines gedacht haben mag.

„Bis morgen“, sage ich, springe aus dem Auto und schlage die Tür hinter mir zu.

Auf dem Weg nach Hause rauche ich Kette. Wer weiß schon, wann ich dazu wieder Gelegenheit kriege. Genüsslich atme ich den Rauch ein und spüre, wie meine Muskeln sich lockern. Die Sonne scheint, aber die Luft ist kühl. Auf den Waden habe ich leichte Gänsehaut, aber das kümmert mich nicht. Es tut gut, ein paar Minuten nicht unter

Beobachtung zu stehen. Der kleine blaue Pfeil auf meinem neuen Handy weist mir den Weg zu Bec nach Hause.

Hinter mir höre ich das Geräusch langsam rollender Reifen. Ich drehe mich um. Ein schwarzer Lieferwagen. Muss deutlich unterhalb der Höchstgeschwindigkeit fahren. So einer stand auch neben Andopolis' Auto, als wir vor den Läden parkten. Ist der mir gefolgt? Unsinn. Andopolis hat mich schon ganz verrückt gemacht. Ich biege in meine Straße und der Lieferwagen fährt vorbei. Ich lache über meine Paranoia und ziehe kräftig an der Zigarette. Vielleicht hätte ich ein paar Minzbonbons besorgen sollen. Die liebe kleine Rebecca hat nicht geraucht.

Mein Handy klingelt. Diesmal ist es wirklich eine Nachricht. Bestimmt will die Mutter wissen, wann ich nach Hause komme. Doch die Nachricht ist nicht von ihr.

HAU AB, steht drin. Sonst nichts.

Reifen quietschen, und plötzlich ist der Lieferwagen zurück, folgt mir die Straße rauf. Mein Herz klopft wie wild. Der ist hinter mir her, definitiv. Ich lasse die Zigarette fallen und renne los. Der Lieferwagen beschleunigt. So schnell ich nur kann, stürme ich die Einfahrt rauf und durch die Haustür. Ich schlage sie hinter mir zu, lehne mich mit dem Rücken dagegen und japse nach Luft.

„Bist du das, Liebling?", höre ich die Mutter aus der Küche.

„Ja!", rufe ich zurück.

Fast will ich ihr von der Nachricht und dem Lieferwagen erzählen. Aber dann würde sie sofort Andopolis anrufen, und das will ich nicht. Er soll nicht noch einen Grund haben, an diesem Fall dranzubleiben. Ich spähe durch die Buntglasscheibe in der Tür; die Straße ist leer.

Mit dem Rücken zur Küche, damit die Mutter mich nicht sehen kann, rufe ich die Nummer an, von der die Nachricht kam.

„Der Teilnehmer ist momentan nicht erreichbar“, meldet eine Frauenstimme. Ich stecke das Handy wieder in die Tasche und gehe ins Wohnzimmer.

Dort sitzen Andrew und Paul mit dem Vater, der vor sich ins Leere starrt. Im Fernsehen laufen die Nachrichten, doch wieder mal scheint niemand richtig hinzusehen.

„Wie lief's?“, fragt die Mutter und kommt ins Wohnzimmer, wieder mal mit Gummihandschuhen.

„Ist die Ader auf Vince' Stirn schon geplatzt?“, will Andrew wissen.

„War okay.“ Ich setze mich auf den freien Sessel. Hector, der Kater, springt mir auf den Schoß. Er rollt sich ein, und ich kraule ihn hinter den Ohren. Mein Herzschlag verlangsamt sich wieder, aber ich bin immer noch leicht panisch. Es tut gut, was mit meinen Händen anzustellen.

„Ist dir was eingefallen?“, fragt Paul.

„Nicht wirklich“, sage ich.

Wir sehen die Nachrichten. Der neue Premierminister gibt eine Pressekonferenz. Das Licht kommt unvorteilhaft von hinten, unterstreicht die riesigen rosa Ohren. Nach einem Schnitt werden Kinder und ihre Mütter von uniformierten Männern mit großen Gewehren von einem Boot geführt.

„Wer war das?“, frage ich. Eine gute Gelegenheit, die ich nicht ungenutzt verstreichen lassen will.

„Wer?“

„Der da“, sage ich, als der Premierminister wieder zu sehen ist.

„Du weißt nicht, wer Tony Abbott ist?“, staunt einer der Brüder. Andrew, glaube ich.

Gespielt beschämt blicke ich zu Boden.

„Er ist unser Premierminister“, erklärt der Vater, ohne den Blick vom Fernseher zu nehmen. Paul und Andrew sehen mich an, aber mit dem völlig falschen Gesichtsausdruck. Sie wirken verwirrt und überrascht, wo ich es doch auf Mitleid abgesehen hatte. Ich muss sie zum Reden bringen. Die meisten Leute mögen einen lieber, wenn man sie dazu bringt, sich einem anzuvertrauen.

„Wisst ihr noch, wann ihr mich das letzte Mal gesehen habt? Vielleicht hilft das beim Rekonstruieren.“

„Das weißt du nicht mehr?“

„Nicht so richtig. Es ist alles ziemlich verschwommen.“ Plötzlich wünschte ich, was anderes gefragt zu haben. Die Vergangenheit ist gefährliches Terrain.

„Na ja“, fängt der an, den ich für Andrew halte. „Ehrlich gesagt … warst du da eine ziemliche Zicke.“

Wir müssen alle drei lachen, und die Anspannung verfliegt. Innerlich klopfe ich mir auf die Schulter.

„War ich nicht!“, wehre ich mich, einfach weil es sich richtig anfühlt.

„Ein bisschen schon, Becky“, meint Paul. „Du hattest versprochen, mit uns ins Schwimmbad zu gehen, weißt du noch? Dann bist du ausgetickt, weil du in meinem Rucksack ein Schmuddelheft gefunden hast.“

„Und gleich danach bist du auf Nimmerwiedersehen verschwunden", ergänzt Andrew. „Und unser Verhältnis zu Sex war gründlich ruiniert!"

Wieder lachen wir, obwohl mir auffällt, dass der, der ziemlich sicher Paul ist, mich ganz genau im Auge behält. Als erwarte er, dass ich was Bestimmtes sage. In dem Moment klopft es an der Tür, und ich fahre vor Schreck fast aus der Haut. Die Mutter macht auf.

„Für dich, Bec", ruft sie kurz darauf.

Ich gehe zur Tür, erwarte halb schon einen Mann, der mich in einen schwarzen Lieferwagen stecken will. Aber hier kann er mich nicht mitnehmen, nicht solange all die anderen da sind.

Statt eines Manns steht eine Frau auf der Schwelle. Professionell und erfolgreich sieht sie aus, in dunkelgrünem Blazer, passendem Rock und glänzenden Nylonstrümpfen. Das blonde Haar ist zu einem Dutt aus dem Gesicht gebunden. Mit großen Augen und offenem Mund blickt sie mich an, als wäre ich ein Gespenst.

„Bec?", sagt sie, und dann, als sie gerade auf mich zustürzen und mir um den Hals fallen will, erkenne ich sie aus dem Video.

Sie lässt mich los. Sie heult, und der Rotz läuft ihr übers Gesicht.

„Lizzie."

SECHSTES KAPITEL

BEC 12.01.03

Bec hatte heute Frühschicht. Das war nicht weiter schlimm, sie hatte sowieso nicht schlafen können. Zwar klemmte der Stuhl fest unter dem Türgriff, doch ihr war klar, dass der ohnehin nicht viel nützen würde, falls sie es wirklich mit etwas Übernatürlichem zu tun hatte. Außerdem war es furchtbar heiß und stickig im Zimmer. Trotz Klimaanlage spürte sie, wie die Hitze durch die Fenster und Backsteine des Hauses drückte. Heute sollten es dreiundvierzig Grad werden.

Ganz still lag sie da und lauschte auf die Geräusche ihrer Eltern im Erdgeschoss: das Klappern, als ihre Mutter die Müslischalen ausspülte, das Piepsen, als sie die Spülmaschine öffnete. Die Stimme ihres Vaters klang tief und brummig, ihre Mutter hörte sie gar nicht sprechen. Erst als die Haustür zuging und draußen das Auto angelassen wurde, streifte sie die verschwitzte Decke ab, stand auf und ging nach unten, um einen Schluck Wasser zu trinken.

Becs Mutter hatte ein Händchen dafür, jede Spur ihrer Anwesenheit in einem Zimmer auszulöschen. Wie immer sah die Küche aus wie ein Filmset, nicht wie ein Ort, an dem die ganze Familie aß und lebte. Selbst die Spüle war staubtrocken. Bec musste grinsen. Wenn die Zwillinge erst wach waren, würde sich das schnell ändern. Sie lief am Küchentisch vorbei und strich mit den Fingerspitzen über das warme Holz. Beim Abendessen gestern hatte sie kurz überlegt, ihrer Mutter von dem Phantom zu erzählen. Doch die war wie immer so mit den Zwillingen beschäftigt, dass sie Bec kaum eines Blickes würdigte. Manchmal schien ihre Mutter fast zu vergessen, dass sie auch eine Tochter hatte. Und wenn Bec ehrlich war, wusste sie ohnehin, dass ihre Mutter ihr niemals glauben würde. Sie würde Bec entweder für eine Lügnerin halten oder für verrückt.

Plötzlich knallte etwas. Noch ehe Bec wusste, wie ihr geschah, war sie schon in Deckung, die Wange an die Küchenfliesen gepresst. Dann hörte sie es erneut. Ein Schuss war es nicht; es klang nicht mal wie einer. Sie stand auf und linste durch die dünnen Vorhänge. Max, der Nachbar, nagelte ein paar lose Latten im Zaun fest. Bec atmete auf. Natürlich war das keine Waffe gewesen. So ein Quatsch. Und doch ging ihr der geschmeidige Glanz der Schrotflinte nicht aus dem Kopf. Vor ein paar Monaten hatte sie das Ding im Schrank ihrer Eltern gefunden, als sie die neuen schwarzen Lederpumps ihrer Mutter anprobieren wollte. Nur um zu sehen, ob sie darin gehen konnte. Die Flinte hatte ganz hinten im Schrank gesteckt, hinter den Bügeln. Sie sah neu aus. Der tiefschwarze Schaft war makellos sauber, der lange Doppellauf glänzte glatt und kalt. Noch nie zuvor hatte Bec ein Gewehr gesehen. Bei ihrem letzten Blick in den Schrank war es definitiv noch nicht da gewesen.

Sie füllte ein Glas mit Wasser, nahm einen großen Schluck und spie es fast wieder aus. Aus dem blau markierten Hahn kam das Wasser so heiß, dass sie sich den Mund verbrannte. Bec hielt die Hand in den Strahl und wartete, dass er kühler wurde. Wurde er aber nicht. Die Leitungen vor dem Haus mussten sich in der Morgensonne aufgeheizt haben. Energisch stellte sie das Glas genau in die Mitte der leeren Arbeitsplatte und ging nach oben, um sich für die Arbeit fertigzumachen.

Auf dem Weg zur Bushaltestelle verspürte Bec das inzwischen bekannte Prickeln im Nacken. Sie zog die Schultern hoch, um es zu vertreiben. Das war nur in ihrem Kopf, wo auch sonst? Doch da sah sie aus dem Augenwinkel eine Gestalt. Und die Gestalt bewegte sich. Bec wirbelte herum – und blickte in die erstaunten Augen eines Kindes. Ein Junge, um die zehn, der Flugblätter an Bäume heftete. Unterhalb seiner furchtbar kurzen Hose mit Fußbällen darauf glänzte der weiße Flaum auf seinen Beinen in der Sonne.

„Hast du ihn gesehen?", fragte er.

Bec betrachtete das Flugblatt in den Händen des Jungen. Ein weißer Malteser-Terrier war darauf abgebildet, und es schien bereits an jedem Baum eines zu hängen. Der Junge sah sie hoffnungsvoll an, die Augen rot und verquollen.

„Nein, tut mir leid."

Kurz bevor ihm die Mundwinkel wieder nach unten rutschten, wandte er sich ab. Armer Kerl.

„Ich halte die Augen offen!", rief sie, und er lächelte ihr über die Schulter hinweg traurig zu, während er Klebeband abriss, um das nächste Flugblatt aufzuhängen.

Bec musste daran denken, wie ihre Eltern solche Flyer wegen ihrer Katze Molly verteilt hatten. Nur eine Woche hatten sie die hängen lassen, dann brachten sie eine Überraschung nach Hause: ein winziges schwarzweißes Katzenbaby. Hector. Dass ihre Eltern Molly für so austauschbar hielten, hatte Bec traurig gemacht. Offenbar hatten sie geglaubt, Bec würde den Unterschied nicht mal bemerken. Bescheuert war das, dachte sie, als sie sich an die Haltestelle setzte. Niemand konnte je wirklich verschwinden. Irgendwo existierte man immer.

Durchs Fenster sah Bec zu, wie Luke die Fritteuse befüllte. Sein Blick war leer, seine Aufmerksamkeit nach innen gekehrt. Bec fand gut, nie genau zu wissen, was Luke dachte. Am liebsten mochte sie jedoch, wie sein Blick sich veränderte, wenn er *sie* ansah. Zärtlich wurde er dann, und in den Augenwinkeln bildeten sich kleine Fältchen. Wie er sie wohl wahrnahm? Vermutlich glaubte er, sie wache jeden Morgen einfach so auf, mit makelloser Haut und perfekt frisiert. Dass sie jung und hübsch war und das Leben auf die leichte Schulter nahm. Ob er wohl auch manchmal schlecht über sie dachte, sie für dumm, naiv oder verwöhnt hielt?

Als sie klopfte und er aufsah, schmolz sie dahin. „Lass mich rein!“, rief sie. „Ich verbrenne hier draußen!“

„Wie heißt das Zauberwort?“, fragte er, schon auf dem Weg zu ihr.

„Ist es vielleicht Arschloch?“, rief sie zurück.

Lachend bückte er sich, um die Tür zu entriegeln. Ihn so zu ihren Füßen hocken zu sehen jagte ihr einen merkwürdigen, angenehmen Schauder durch den Körper. Wäre die Scheibe nicht zwischen ihnen, könnte sie die Hände nach ihm ausstrecken und seinen Kopf an sich ziehen. Er stand auf, öffnete die Tür, und sie spürte, wie sie errötete.

„Bist ja ausnahmsweise sogar pünktlich“, sagte er.

„Nur wegen dir“, antwortete sie und ging schnurstracks an ihm vorbei, wobei sie hoffte, dass er ihre glühenden Wangen nicht bemerkte. Sie legte ihre Tasche im Hinterzimmer ab und ging erst wieder nach vorn zum Tresen, als die Röte sich definitiv gelegt hatte.

„Glaubst du, heute ist viel los?“, fragte sie Luke, während sie die Düsen an den Softdrinkspender klickte.

„Also ich persönlich kann mir nichts Widerlicheres vorstellen, als bei vierzig Grad Frittiertes zu futtern. Allerdings sind unsere Kunden ziemlich widerlich. Wer weiß?“

Da lag er nicht so falsch. Als sie öffneten, wartete bereits ein kleines Grüppchen vor der Tür. Matty rannte in die Küche, band sich unterwegs die Schürze zu.

„Sorry, Alter“, sagte er zu Luke.

„Mir egal, weißt du doch“, antwortete der.

„Pfannkuchen“, bellte ein mittelalter Mann. „Aber den Ahornsirup extra.“

„Gerne, das macht dann drei Dollar fünfundsiebzig.“ Bec rang sich ein Lächeln ab.

Nach dem ersten Ansturm wurde es etwas ruhiger. Einzeln sitzend schaufelten die Gäste sich Essen in den Mund.

„Warum bestellt der den Sirup immer extra?“, raunte Bec Luke zu. „Der Typ kommt jeden Morgen, der weiß doch, dass der Sirup sowieso in ’nem Plastikpäckchen ist.“

„Weil er ein Snob ist“, sagte Luke in normaler Lautstärke. „Weil wir in der Vorstadt wohnen, wo die Leute sogar bei Meckes noch tun, als wären sie im verdammten Ritz.“

So hatte Bec das noch nie gesehen. Sie sah zu, wie eine Mutter leise ihr Kind rügte, weil es Fritten nach ihr warf, und sich umsah, ob das jemand mitbekam. Zum Tresen schaute die Frau nicht. Ob Bec sie sah, war ihr vermutlich völlig gleich; vor jemandem, der bei McDonald's arbeitete, brauchte man sich schließlich nicht zu schämen. Luke hatte recht: Diese Leute kamen zwar freiwillig, hielten sich aber dennoch für zu gut für Bec und ihren Arbeitsplatz. Der Gedanke löste in ihr den starken Wunsch aus, etwas aus sich zu machen, irgendwas richtig Tolles zu tun und es allen zu zeigen. Was genau das sein sollte, wusste sie allerdings nicht. In der Schule war sie überall halbwegs gut, stach aber nirgends wirklich hervor. Ab und zu sprachen Lizzie und sie darüber, ein Styling-Unternehmen zu gründen. Angefangen hatte das als Witz: Sie saßen in Gus' Café, beäugten die Passanten und diskutierten, wie sie die jeweilige Person umstylen würden, überlegten, welcher Stil zu ihren Körpertypen und welche Farben zu ihrem Teint passen würden. Anfangs war das vor allem Lästerei gewesen, doch inzwischen nahmen sie die Aufgabe wirklich ernst.

Luke und Matty alberten neben dem Herd herum und rissen schmutzige Witze, die Bec nicht verstand. Zu gern hätte sie sich eingeklinkt, wollte aber nicht wie die nervige kleine Schwester rüberkommen. Sie fragte sich, wie die beiden mit diesem Job überhaupt noch zufrieden sein konnten. Luke war zwanzig, Matty mindestens siebenundzwanzig. Matty hatte ihr mal erzählt, dass er kreatives Schreiben studiert hatte. Ein paar seiner Kurzgeschichten waren in Zeitschriften veröffentlicht worden, und er hatte sogar mal einen Roman verfasst, doch als den keiner gewollt hatte, hatte er mit dem Schreiben aufgehört. Einfach so seinen Traum aufzugeben fand Bec ziemlich traurig.

Mit Luke war es noch schlimmer, der war nicht mal auf der Uni. Dabei war er doch so klug! Manchmal hatte Bec den Eindruck, dass er sich einfach vorm Leben drückte. Wenn sie erst ein Paar wären, würde sie ihm zeigen, wie toll das Leben sein konnte, wenn man sich etwas Mühe gab.

„Ich frage mich ja oft, worüber du dir immer so den Kopf zerbrichst", sagte Luke plötzlich. Er sah sie direkt an. Nicht rot werden, nicht rot werden, dachte sie.

„Über deinen Arsch", antwortete sie ganz langsam. „Ich muss andauernd an deinen Arsch denken."

„Du bist so versaut!", rief er.

In der Küche lachte Matty sich kaputt, aber bevor Luke sich eilig abwandte, um die Fritten aus dem Öl zu nehmen, sah sie noch, wie seine Wangen rot anliefen.

Der Tag zog sich und wurde immer heißer. Matty schwitzte auf die Burger und steuerte ab und an etwas zum Gespräch zwischen Bec und Luke bei. Bec hatte Matty gern, hätte aber doch vorgezogen, er wäre nicht da. Solange er dabei war, hatte Bec das Gefühl, sie müsse aufpassen, was sie sagte, dürfe nicht zu offensichtlich flirten oder sonst ihre Gefühle zeigen. Dennoch war es immer erhebend, mit Luke zu arbeiten. Matty und er behandelten Bec wie eine Erwachsene, geistig Ebenbürtige, nicht wie ein dummes Kind, das nichts kapierte. Zwar kam sie sich manchmal selbst so vor, doch das war nicht weiter schlimm – dass die beiden Jungs sie als gleichberechtigt anerkannten, genügte ihr völlig. Gedanklich notierte sie sich ein paar der Dinge, über die sie redeten, um sie später im Internet nachzusehen.

Unter einem der Tische bemerkte Bec einen Rucksack. Schwarz, unauffällig, prallvoll. Sie versuchte, ihn zu ignorieren. Wahrscheinlich hatte ihn nur irgendwer vergessen. Zur Ablenkung spielte sie mit Luke eine Runde „Wer findet das mieseste Tattoo". Da es heute so heiß war, blieb auch Menschen, die sonst keine Haut zeigten, nichts anderes übrig, und so kamen plötzlich faltiger Armstacheldraht und verblasste Beindelfine zum Vorschein. Eine halbe Stunde später war der Rucksack noch immer da. Bec stellte sich die Druckwelle vor, wenn er explodierte, sah schon ihrer aller Körperteile in einem verkohlten, zerfetzten Haufen vor sich.

Sie zeigte Luke den Rucksack, hielt ihn aber zurück, als der ihn holen wollte.

„Was ist?", fragte er.

„Keine Ahnung. Klingt vielleicht doof, aber irgendwie macht mir das Schiss, wie das Ding da so verlassen steht."

„Siehst du was, dann sage was!", rief Matty aus der Küche, wobei er versuchte, die Stimme aus dem Fernsehspot zu imitieren.

„Nein, das ist es nicht, nur …" Bec verstummte. Langsam kam sie sich doch etwas bescheuert vor. Vielleicht hatte sie nur zu viele Nachrichten geschaut. Am 11. September war der Fernseher in der Schule den ganzen Tag gelaufen.

Matty kam aus der Küche und wischte sich über die Stirn. Er sah sie merkwürdig an. Auf einmal schüchterte seine große Statur Bec ein.

„Ach komm, sei keine Idiotin. Diese Anzeigen sind doch der blanke Rassismus", stellte er fest.

„Wieso?“, fragte sie. „Es könnte schon was passieren. Es ist ja schon was passiert!“

Matty holte tief Luft und lehnte sich an den Tresen. Er sah wütend aus.

„Wir züchten die Aborigines weg, schicken Flüchtlinge ins KZ nach Villawood, und die paar, die's trotzdem schaffen, schlägt man dank unserer rassistischen Propaganda zusammen. Willkommen zurück im Weißen Australien.“

Jetzt kam Bec sich wirklich wie ein dummes Kind vor. Sie verstand kein Wort von dem, was Matty da sagte.

„Falls es wirklich irgendwann ein Jüngstes Gericht gibt“, fuhr er fort, „sind wir alle angeschissen. Ausgelöscht werden wir, ins Meer gespült. Das ist widerwärtig, was wir da machen, und es wird immer schlimmer.“

„Vielleicht frisst uns auch ein Riesenwal!“, sagte Luke.

„Moby Dick!“, rief Bec, und die beiden lachten.

Matty ging wortlos zurück in die Küche. Erneut wünschte Bec, er wäre nicht da. Wie er alle als Rassisten beschimpft und von Auslöschung gesprochen hatte, hatte ihr ein wenig Angst eingejagt. Fast schien ihr, er hatte auch sie gemeint. So einen Ausbruch erlebte Bec nicht zum ersten Mal von Matty. Er hatte schon bei früheren Gelegenheiten John Howard als Heuchler und homophob und alles Mögliche beschimpft. Becs Eltern mochten den Premier auch nicht besonders. Eigentlich mochte ihn niemand, schien es. Aber Matty war schon ein bisschen arg radikal.

In diesem Augenblick kam ein Mann ins Restaurant, verschwitzt und sonnenverbrannt. Hörbar erleichtert aufatmend, schnallte er sich den Rucksack um. Luke schnitt eine

Grimasse, und Bec kam sich albern vor. Dicke Luft bei der Arbeit konnte sie nicht leiden. Also ging sie rüber zu Matty und legte ihm den Kopf an die Schulter.

„Tut mir leid", sagte sie. „Diese Anzeigen haben mich total verrückt gemacht. Das war dämlich von mir."

Matty legte einen breiten Arm um sie und drückte ihre Wange an seine Brust.

„Entschuldige dich nicht, Becky, jetzt fühle ich mich selber schlecht! Manchmal vergess ich einfach, wie jung du noch bist, weil du so viel auf dem Kasten hast."

Sie war nicht sicher, ob das ein Kompliment war, aber es war jedenfalls schön, wie er sie an sich presste, also sagte sie nichts. In der Wolke aus Mattys warmem, schwitzigem Geruch fühlte sie sich so sicher, als könnte ihr niemals etwas Schlimmes widerfahren.

„Hey, und was ist mit mir?", hörte sie Luke sagen und spürte, wie zwei weitere Arme sie beide umfassten.

„Zurück an die Arbeit, ihr zwei", rief Matty und schob sie weg. „Es ist viel zu heiß für so was."

Ein Lächeln auf den Lippen, ging Bec zurück an den Tresen. Bei der Arbeit konnte sie ein völlig anderer Mensch sein, unverstellt und herzlich. Zu Hause war das unmöglich.

„Nächsten Monat hab ich Geburtstag, weißt du", sagte sie zu Luke. „Was schenkst du mir denn?"

Siebzehn. Sie wurde siebzehn, was hieß, dass er sie fragen konnte, ob sie mit ihm ausgeht. Das wäre das tollste Geschenk überhaupt.

„Eigentlich habe ich jetzt schon was für dich", antwortete er. „Sekunde mal."

Als ihr gerade so richtig der Kopf davon schwirrte, was Luke ihr wohl schenken könnte, kam er mit dem Mopp zurück.

„Alles Gute vorträglich! Das Damenklo ist überflutet."

Gern hätte sie was Cleveres erwidert, doch ihr fiel nichts ein, also nahm sie einfach den Mopp und stapfte ins Frauenklo.

Das Wasser stand schon gut einen Zentimeter hoch. Jemand hatte den Hahn offen gelassen, sodass jetzt das Waschbecken überlief. Sie watete hinüber und drehte ihn zu. In dem Moment ging ihr auf, dass nicht nur jemand den Hahn offen gelassen hatte, sondern jemand anders das gesehen haben und sich bei Luke beschwert haben musste, ohne auch nur zu versuchen, selbst etwas zu unternehmen. Es würde ewig dauern, das alles aufzuwischen. Außerdem stank es hier drin, und die Klimaanlage reichte auch nicht so weit.

Bec feudelte eine volle Stunde, begleitet vom langsamer werdenden Tröpfeln aus dem Waschbecken und hin und wieder unterbrochen von einer Kundin, die aufs Klo wollte. Wenn Bec auf die Überschwemmung hinwies, musterten die Gäste sie angewidert von oben bis unten und stampften davon, als wäre das alles ihre Schuld. Bestimmt sah sie schrecklich aus. Erbärmlich und schmutzig. Inzwischen schwitzte sie auch noch. So sah sie sich überhaupt nicht gern. Falls hinter dem Spiegel tatsächlich eine Kamera war, dann war hoffentlich gerade Werbepause. Das hier war einer der seltenen Momente, in denen sie ihren Job wirklich hasste.

Endlich war der Boden trocken genug. Sie warf einen Blick in den Spiegel, wischte sich den zerlaufenen Eyeliner ab und probte ein paarmal ihr Lächeln. Im Grunde sah sie noch ziemlich gut aus – nicht so frisch wie zuvor, aber auch nicht wie jemand, der gerade eine Stunde einen nassen, schmutzigen Toilettenboden gewischt hatte. Als sie durch die Tür trat, hörte sie Lizzies Stimme; offenbar hatte ihre Schicht begonnen. Becs Zeit mit Luke am Tresen war also bereits vorbei. Sie stellte den Mopp ab und ging zu den anderen. Die drei verstummten und blickten sie an.

„Was ist?“, fragte sie. „Riech ich nach Pisse?“

Luke blickte nervös zu Lizzie.

„Hey, es tut mir leid“, sagte die. „Ich dachte, du hättest’s ihnen erzählt. Das mit dem Phantom.“

„Liz!“, rief Bec, der nun klar war, wieso alle sie so ansahen. Sie hatte so viel über Luke nachgedacht, dass sie das Phantom erstaunlicherweise komplett vergessen hatte.

„Geht’s dir gut?“, fragte Luke. „Klingt echt furchtbar!“

„Schon okay“, sagte Bec.

„Sicher, dass es nicht bloß das Licht war? Oder ein Traum?“, fragte Matty.

„Ganz sicher“, antwortete sie. „Ihr braucht mir nicht zu glauben, aber ich weiß, was ich gesehen hab.“

Bestimmt hielten die sie für komplett irre. Auf Lizzies Plappermaul war eben Verlass; darum passte Bec sonst so auf, was sie ihr erzählte.

„Ich glaub dir“, sagte Luke. „Wenn du sicher bist, bin ich’s auch.“

Sie schwoll innerlich an.

„Echt?“

„Klar“, sagte er. Lizzie wandte sich ab, und Bec hoffte, dass sie das aus Schuldbewusstsein tat.

In diesem Moment kam eine Familie ins Restaurant. Sie hatten rote Gesichter und zankten miteinander. Tolles Timing. Luke nahm ihre Bestellung auf, Matty ging wieder an den Grill. Immer mehr Leute drängten zum Mittagessen herein. Lizzie erhaschte hinter Lukes Rücken Becs Blick.

Mit den Lippen formte sie ein „Tut mir echt leid“, und Bec wusste, dass sie es auch so meinte.

Später, als es ruhiger wurde und Becs Schicht fast vorbei war, konnten sie sich unterhalten.

„Ich hatte gestern Abend eine Idee. ’ne blöde vielleicht, aber man kann’s ja mal versuchen“, sagte Lizzie.

„Was denn?“, fragte Bec.

„Na ja, ich hab mich gefragt: Was machen die Leute im Kino, wenn so was passiert?“

Bec wusste sofort, worauf sie hinauswollte.

„Wir brauchen einen Exorzismus!“

Bec hörte Matty in der Küche aufstöhnen. Ihr fiel auf, dass er nie gesagt hatte, er glaube ihr.

„Ich weiß nicht“, sagte Bec.

„Warum nicht? Wenn’s nix nutzt, schadet’s auch nix.“

„Ich finde, wir sollten’s versuchen“, meinte Luke.

Das erstaunte Bec; sie hatte ihn eher für einen Zweifler gehalten.

„Na ja, eigentlich will ich bloß dein Schlafzimmer sehen“, setzte er hinzu.

„Ach, hör auf!“, sagte sie und boxte ihn leicht, lächelte aber dabei.

„Denk einfach mal drüber nach“, sagte Lizzie.

„Okay. Falls noch mal was passiert, machen wir's", lenkte Bec ein. „Aber drückt lieber die Daumen, dass nicht."

Lizzie hob zwei gedrückte Daumen. Bec wollte gar nicht daran denken, dass noch einmal etwas passieren könnte. Wieder solche Angst zu haben war gar nicht auszudenken. Kalt lief es ihr den Rücken hinunter. Sie versuchte, sich nichts anmerken zu lassen. Ein Blick auf die Uhr zeigte, dass ihre Schicht zu Ende war.

„Ich bin fertig. Hast du immer noch Lust auf Kino später?", fragte sie Lizzie.

„Auf *Catch Me If You Can*? Und wie!"

„Das schaut ihr doch nur wegen Leo."

„Nein!", wehrte Bec ab, doch Lizzie quiekte gleichzeitig: „Ja!"

„Ach Bec", mahnte Liz. „Jetzt tu nicht so, als hättest du keinen Ich-liebe-Leo-Schrein in deinem Zimmer. Ich hab's doch gesehen!"

„Sei still! Ich hab nur gehört, dass der Film echt super ist, okay?"

Luke runzelte die Stirn. Einen Moment überlegte sie, ihn zu fragen, ob er mitkommen wollte. Nein, das könnte seltsam werden. Besser, sie wartete, bis er sie auf ein richtiges Date einlädt. Sie ging nach hinten, zog ihr Sommerkleid wieder an und schnappte sich die Handtasche.

„Macht's gut, Leute", rief sie und wünschte, sie müsste nicht diese Glastür öffnen und wieder raus in die brennend heiße Nachmittagssonne.

SIEBTES KAPITEL

2014

Die Sonne scheint, doch die Luft ist eisig. Abgesehen vom leisen Rascheln des Herbstlaubs im Wind und dem Knirschen meiner Schuhe auf dem Kies ist es still in der Straße. Nur wenn ich die Ohren spitze, höre ich noch das Schnurren von Andopolis' Wagen, der mir folgt, während ich versuche, die letzte Etappe auf Becs Heimweg nachzuspielen. Aber ich bemühe mich, das zu ignorieren und den Augenblick einfach zu genießen. Es ist kälter als gestern. Ich schiebe die Hände tief in die Jackentaschen.

Die Mutter wollte meine Jacke schon wegwerfen; das Futter war noch immer dunkel von meinem Blut befleckt. Im Schrank hing Rebeccas alte Jacke, wartete auf mich, lilafarben und mit Kunstfell an der Kapuze. Die Kleine hatte echt einen beschissenen Geschmack – obwohl, vielleicht war das damals in. Ich weiß es nicht mehr. Eigentlich hätte es mir ja egal sein können, zumal ich sogar schon ihre Unterwäsche trug, aber ich fand es schön, noch was Eigenes zu haben. Andererseits gehört die Jacke auch nicht richtig mir. Sondern Peter.

Eine Weile war Peter mit seinem sonnengebleichten Wuschelkopf und der konstant guten Laune als Freund gar nicht übel. Wir waren beide arbeitslos, also hingen wir bei gutem Wetter immer am Strand rum. Das war letztes Jahr, in meiner Surferphase. Mein Schrank war voller Flip-Flops und Roxy-Boardshorts. Obwohl wir Mädels eigentlich gar nicht surften. Am Strand rumsitzen und unseren Freunden zusehen, das war unser Job. Den anderen schien das sogar Spaß zu machen. Sie trugen Bikinis und arbeiteten an ihrer Bräune. Mir war das bald zu blöd. Ich kaufte mir ein Board und wollte mir von Peter das Surfen beibringen lassen, doch der war genervt und ungeduldig. Die Jacke hat er mir geliehen, weil mir beim Lagerfeuer am Strand kalt gewesen war. Dann hab ich ihn erwischt, wie er mit einem der Bikinimädels rummachte. Die Jacke hab ich nicht als Andenken an ihn behalten, sondern weil er nicht genug Geld für eine neue hatte. An jedem kalten Wintertag sollte ich es etwas wärmer haben, weil ich wusste, dass er fror.

Ich ziehe die Jacke fester zu, atme den Duft von Rosengärten und gemähtem Rasen. Schon aufregend, jemand anderes zu sein, aber auch verdammt anstrengend. Es tut gut, mich ausnahmsweise nicht verstellen zu müssen.

„Bleiben Sie stehen!“, ruft Andopolis aus dem Auto.

Er fährt links ran und kommt auf mich zu.

„Fällt Ihnen irgendwas ein?“, fragt er.

Ich bin halb den Hang rauf, etwa fünf Häuser von Rebeccas Familie weg. Erst als er näher ist, antworte ich.

„Ich erinnere mich an die Angst.“

„Und sonst?“, fragt er ruhig.

„Ich dachte, ich wäre allein.“

„Waren Sie aber nicht?“

Ich denke an den schwarzen Lieferwagen gestern. „Ich erinnere mich, wie ich ein Auto hörte, das schneller wurde.“

„Weiter“, flüstert er. Er ist aufgeregt.

„Reifenquietschen.“

„Und dann?“

„Dunkelheit.“

„Und danach?“

„Das ist alles.“

„Erinnern Sie sich an das Auto? An Marke und Modell? Oder wenigstens an die Farbe?“

Kurz überlege ich, ihm zu erzählen, es sei ein schwarzer Lieferwagen gewesen, lasse es aber dann doch. Ich versuche, nicht an die SMS zu denken. Wer auch immer am Steuer des Lieferwagens saß, hat bestimmt auch die geschrieben. Könnte das Becs Entführer gewesen sein?

Ich bin hin und her gerissen. Gebe ich Andopolis die Nummer, von der die SMS geschickt wurde, könnte er den Fahrer ermitteln, aber möglicherweise auch die Wahrheit rausfinden – sowohl über Bec als auch über mich.

„Nein“, sage ich schließlich. „Nichts.“

„Sicher?“

„Ja.“

Wieder sieht er mich so durchdringend an, als suchte er einen Hinweis in der Art, wie ich die Augen zusammenkneife oder die Mundwinkel verziehe. Als glaubte er, dass ich lüge.

„Woher wissen Sie, dass es hier passiert ist?“, frage ich.

„Wir haben Ihr Handy geortet und hier gefunden.“ Er deutet auf den Rosenbusch rechts neben mir. „Da drunter.“

Hier war es also, da, wo ich jetzt stehe. Ich stelle mir die dunkle Straße vor, Becs schneller schlagendes Herz, als das Auto sie einholte, den Kampf. Sie war fast zu Hause.

Und jetzt: als ob die Geschichte sich wiederholt. Ich rede mir ein, dass der Lieferwagen mir gar nicht folgte. Wahrscheinlich fuhr er nur zufällig in dieselbe Richtung, und der Fahrer hat sich kaputtgelacht, als ich losrannte. Bei der SMS könnte sich einfach jemand verwählt haben. Was sonst? Dass Bec zurück war, wusste ja keiner. Das konnte nichts miteinander zu tun haben. Ich war nur paranoid.

„Steigen Sie ein, ich bring Sie nach Hause", sagt Andopolis.

„Aber ich bin doch gleich da", sage ich.

„Steigen Sie ein, Bec."

Folgsam steige ich in seinen Wagen. Er setzt sich hinters Lenkrad und schließt die Tür, lässt aber den Motor noch nicht an.

„Psychologische Beratung wollen Sie nicht, ich weiß."

Ich schweige. Nicht dieser Mist schon wieder.

„Also habe ich einen Termin mit einem Hypnotiseur vereinbart. Der könnte mit dem Gedächtnisverlust helfen."

Ein Hypnotiseur! Das wäre das Schlimmste überhaupt. Ich muss mir schnell was einfallen lassen. Wenn man mich wirklich hypnotisiert, gestehe ich wahrscheinlich sofort alles. Ich hole tief Luft.

„Es tut so gut, zu Hause zu sein", sage ich mit zittriger Stimme. „Wenn ich daran denke ... Da ist nur ein großes schwarzes Loch voller Schmerz und Angst, sonst nichts. Daran zu denken ist, wie wieder dort zu sein."

Er sieht mich an, sucht nach etwas, das nicht da ist.

„Soll das heißen, Sie wissen nicht, was passiert ist?"

„Nein! Nur ..." Wenn er nicht so glotzen würde, könnte

ich auch denken. „Ich glaube, das ist alles zu viel für mich. Ich bin sowieso schon am Limit.“

Er sagt nichts. Schaut einfach. Ich frage mich, ob er vor all den Jahren auch Lizzie beim Verhör so angesehen hat.

„Irgendwann glaubte ich fast, Ihr Gesicht besser zu kennen als meins. Ich habe Ewigkeiten mit Ihren Fotos zugebracht. Habe in Ihre Augen gesehen und versucht, die Geheimnisse dahinter zu entschlüsseln. Und gewusst, dass sich alles aufdecken ließe, wenn ich Sie nur fände. Doch jetzt sehe ich Sie direkt vor mir, und es kommt mir vor, als ob ich Ihr Gesicht kein bisschen kenne.“

Fuck. Er spricht ganz ruhig, aber mir stellen sich die Armhaare auf. Ein schwelender Zorn liegt in seiner Stimme, den er kaum zurückhalten kann. Hätte er geschrien, hätte mir das weniger Angst gemacht.

„Aber Sie haben mich nicht gefunden, oder?“, erwidere ich. „Ich hab gewartet, aber niemand kam, um mich zu retten. Ich musste mich selbst retten. Jetzt lassen Sie mich bitte einfach in Ruhe.“

„Es tut mir leid, Rebecca, aber das geht nicht“, sagt er. „Nicht solange Sie mir nicht verraten, wen Sie decken.“

„Niemanden!“, schreie ich. Allerdings ist das jetzt wirklich gelogen, und ich frage mich, ob er es merkt. Möglicherweise decke ich tatsächlich Rebeccas Mörder.

Ich steige aus dem Auto und renne zum Haus. Wut flammt in mir auf. Nicht nur, weil er mir auf der Schliche ist, sondern auch, weil er nicht lockerlässt. Andopolis interessiert sich mehr für seine Antworten als für Bec. Er ist gar nicht bloß der nette Kerl, den Schuldgefühle plagen. Ich hab ihn furchtbar unterschätzt. Ein Elend liegt in seiner Stimme. Ob er auf sich oder auf mich so wütend ist, das weiß ich nicht. Vielleicht beides. Wie auch immer, dieser Fall hat ihn um den Verstand gebracht, und aus irgendeinem Grund meint er, ihn zu lösen sei die einzige Rettung. Ich habe niemals an Erlösung geglaubt – er schon, und er ersehnt sie sich von mir, doch ich kann sie ihm nicht geben.

Mein einziger Trumpf ist der DNA-Test, der unumstößliche Beweis, dass ich Rebecca bin. Gäbe es den nicht, hätte er mich wahrscheinlich längst durchschaut.

Zwei Stufen auf einmal nehmend, spurte ich die Treppe rauf. Wie kann der Typ nur so egoistisch sein? Ich kann ihn nicht leiden, darf das aber nicht zeigen. Irgendwie muss ich ihn wieder auf meine Seite ziehen. Wenn er glaubt, ich würde jemanden decken, fängt er vielleicht an zu graben. Und Fragen zu stellen, auf die ich keine Antwort weiß.

Ich stürme durch meine Zimmertür. Und stehe vor der Mutter, die mir den Rücken zudreht und erschrickt.

„Was machst du hier?" Plötzlich richtet mein Ärger sich auf sie. Was hat sie in meinem Zimmer verloren? Hat sie die Zigaretten unterm Bett gefunden? Glaubt sie mir auch nicht mehr?

„Ich hab nur sauber gemacht, mein Schatz", sagt sie, während sie sich zu mir umdreht. Hinter ihr sehe ich mein gemachtes Bett. „Tut mir leid."

„Oh, entschuldige. Das ist nur …" Ich weiß nicht, was ich sagen soll.

„Nein, du hast recht. Ich sollte vorher fragen." Sie blickt zu Boden, duckt sich beinahe, als fürchte sie, dass ich sie schlage. Ich nehme sie in den Arm und spüre, wie sie die Muskeln anspannt.

„Danke fürs Saubermachen. Du bist die tollste Mom der Welt.“ Sie entspannt sich etwas. „Ich war bloß gereizt, weil mir der Arm wieder wehtut.“

„O Becky, wieso sagst du nichts?“ Sie löst sich und nimmt meinen Arm, betrachtet die verbundene Stelle. „Dein Termin im Krankenhaus ist erst morgen, aber vielleicht kann ich anrufen und ihn auf heute verlegen?“

„Nein, schon gut. Bis morgen kann ich warten.“ Den Termin hatte ich komplett vergessen. Der Verband soll gewechselt werden, aber eigentlich will ich gar nicht wissen, wie übel die Wunde aussieht.

„Na gut, dann besorge ich dir mal ein paar Ibuprofen und mach dir einen Tee, bevor du zu Lizzie gehst.“

„Okay, danke, Mom.“

Leise schließt sie beim Gehen die Tür hinter sich. Ich bereue, sie so angepflaumt zu haben. Ihre Reaktion kam mir allerdings unverhältnismäßig stark vor, genau wie bei der Sache mit der zerbrochenen Tasse.

Jetzt, wo ich dieses neue Leben habe, will ich es nicht mehr loslassen. Ich fühlte mich so lange einsam und verlassen, dass ich schon dachte, das sei normal. Anfangs war ich nur auf Freiheit und Sicherheit aus, aber inzwischen ist da mehr. Eine Familie um mich zu haben ist ein unglaubliches Gefühl; wieder eine Mutter zu haben ist besser, als ich mir erträumt hätte. Sosehr ich selbst darüber staune, merke ich doch, dass ich sie langsam wirklich gernhabe. Gleichzeitig weiß ich jetzt aber auch, dass ich sie mit Wut kontrollieren kann, wenn nötig. Hoffentlich kommt es dazu nicht.

Ich gehe auf alle viere und linse unters Bett. Die Zigaretten sind noch da, aber ich brauche ein besseres Versteck. Als Teenager hab ich Kondome in Sockenpaaren versteckt – vielleicht wäre das was. Aus Becs Unterwäscheschublade nehme ich ein paar knielange Schulstrümpfe. Als ich sie auseinanderziehe, fällt etwas Schweres auf den Boden. Ich hebe es auf, weiß erst nicht, was es sein könnte, doch dann erkenne ich es. Ein Ink-Tag. So ein Ding, das Klamottenläden an ihre Sachen heften, damit man sie mit Tinte ruiniert, wenn man es selbst zu entfernen versucht. Ein kleiner Stoffkreis hängt noch an der Klammer, so perfekt ausgeschnitten, dass ich grinsen muss. Ich stecke das Ding wieder in die Strümpfe und stöbere weiter durch die Schublade. Ganz hinten im Eck finde ich ein winzig klein gefaltetes Foto, Bec blickt mir davon entgegen, jünger und mit strahlendem Lächeln. Auf dem Arm hält sie eine braune Tigerkatze, an deren Kopf sie ihre Wange drückt.

Ich setze mich aufs Bett und betrachte das Bild genauer. Die Katze ist nicht Hector, denn der ist schwarzweiß. Muss ein Vorgänger sein. Mein Blick fällt auf das Halsband. Der Name Molly ist darin eingraviert. Warum versteckt Bec so was? Traurigkeit überkommt mich, und ich lege das Bild zur Seite. Gerade habe ich noch die letzten Schritte dieses Mädchens nachgespielt. Falls Bec wirklich einfach so von der Straße gepflückt wurde, ist sie höchstwahrscheinlich tot. Ihre Familie glaubt, sie sei zurück, doch sie kommt nie mehr wieder. Vielleicht ist ihre Leiche ganz in der Nähe, ein kleines

Häufchen Knochen, irgendwo in dieser Stadt verscharrt. Mich fröstelt; besser nicht dran denken.

Erneut wähle ich die Nummer, von der die SMS kam, höre aber wieder nur die „Nicht erreichbar"-Nachricht. Ich drehe das Handy in der Hand herum, überlege zurückzuschreiben. Aber ich will kein Öl ins Feuer gießen. Wer immer das war, ich will ihn nicht wütend machen.

Eher sollte ich mir den Kopf über Andopolis zerbrechen. Er wird ungeduldig. Schlimmer: Ihm kommen Zweifel. Der Typ im Lieferwagen kriegt mich nicht, solange ich Polizei und Familie um mich habe, aber wenn ich nur einen winzigen Fehler mache, kann Andopolis mich für eine ganze Weile hinter Gitter bringen. Ich muss ihm irgendwas anbieten, irgendein Detail, das ihn ablenkt.

Ich gebe Rebeccas Namen in die Suchmaschine auf dem Handy ein. Das ergibt seitenweise Resultate. Ich klicke aufs Geratewohl eins an: *Polizei fürchtet, Rebecca Winters Leiche wurde verbrannt*. Die Seite lädt, und ein Bild von Andopolis erscheint ganz oben. Sein Haar ist pechschwarz und das Gesicht weniger schlaff, aber müde wirkt er auch da schon. Mit offenem Mund steht er hinter einem Podium. Ich überfliege den Artikel.

Senior Investigator Vincent Andopolis gab heute die Befürchtungen der Polizei bekannt, Rebecca Winters Leiche könnte in den Buschfeuern vom 18. Januar verbrannt sein.

„Ob Rebecca aus freien Stücken von zu Hause wegging oder eine Straftat vorliegt, wird noch untersucht", sagte Andopolis. „Die räumliche Nähe des Brandes zum Haus der Winters sowie der Zeitpunkt von Rebeccas Verschwinden

legen jedoch die Möglichkeit nahe, dass ihre Überreste nie gefunden werden.“

Das Bild ihres Gesichts schießt mir durch den Kopf, dieses Gesichts, das meinem so ähnlich ist, von Flammen verschlungen. Ich will mir das nicht vorstellen.

„Wenn Rebecca noch am Leben ist, werde ich sie finden. Das habe ich Familie Winter fest versprochen.“

Auf Fragen nach eventuellen Tatverdächtigen gab Andopolis keine Auskunft.

Ich will einfach nur zu Hause bleiben. Mit der Mutter abhängen, vielleicht was mit ihr kochen. Ich fühle mich ausgezehrt, unendlich müde, und mein Arm tut tatsächlich wieder weh. Aber ich muss zu Lizzie. Gestern ist sie nicht lang geblieben. Sie stand nur heulend in der Tür und meinte, sie müsse zurück zur Arbeit, ging aber trotzdem nicht. Am Ende musste ich versprechen, sie heute zu besuchen. Die Adresse schickte sie mir per SMS, mit angehängtem Smiley. Ich hab darauf zwar nicht das kleinste bisschen Lust, aber alle scheinen zu glauben, ich müsste mich freuen. Immerhin war Liz Rebeccas beste Freundin. Ihr aus dem Weg zu gehen wäre verdächtig.

Eilig schlüpfe ich in das erwachsenste Kleid, das Becs Kleiderschrank zu bieten hat. Lizzie wirkte gestern trotz Schniefnase so elegant; in Kinderklamotten käme ich mir da komisch vor. Die Zigaretten nehme ich auch mit – das ist leichter, als sie zu verstecken, und gibt mir vielleicht die Chance, irgendwann heimlich eine zu rauchen. Unten auf dem Küchentisch steht schon der Tee für mich bereit, daneben liegt eine Packung Ibuprofen.

„Wir bringen dich statt Mom zu Lizzie, okay?", meint einer der Zwillinge, der in diesem Moment in die Küche kommt.

„Wir haben dich ja noch fast nicht gesehen!", ruft der andere aus dem Wohnzimmer.

„Macht euch das auch keine Umstände?", frage ich. Ich hatte eigentlich gehofft, die zweifellos schweigsame Fahrt mit der Mutter zu nutzen, um mich auf Lizzie vorzubereiten.

„Nein, liegt eh auf dem Weg", antwortet der erste Zwilling. „Ich will ein paar Leute von der Uni besuchen, die hier in der Klinik arbeiten."

Dann ist das wohl Andrew.

„Okay, danke." Ich stürze die Schmerztabletten mit einem Glas Wasser runter und lasse den Tee stehen. Beim Gehen bemerke ich, wie die Mutter die blitzsauberen Regale im Wohnzimmer abstaubt.

„Bis später, Mom", rufe ich.

„Tschüss", antwortet sie, dreht sich jedoch nicht um. Ich warte einen Moment, doch sie wischt weiter Staub, als wäre ich gar nicht da.

„Los geht's", drängt Paul von hinten. Ich wende mich ab und gehe über den kleinen Fußweg zum Auto. Andrew lässt mich vorn bei Paul sitzen und klettert in den Fond. Ich wünschte, ich könnte eine rauchen.

Paul betastet vorsichtig die Reste der gelblichen Schwellung in meinem Gesicht. „Tut das weh?"

„Nee", sage ich. Es ist fast nichts mehr zu sehen.

Paul lächelt. „Gut."

„Ist's eigentlich komisch, wieder hier zu sein?", fragt Andrew, während Paul aus der Einfahrt zurücksetzt.

„Es ist toll!“ Ich drehe mich zu ihm um. Er trägt das Haar nach vorn gekämmt, während Paul seines nach hinten gelt. Das muss ich mir merken – abgesehen davon gleichen sie sich bis auf die letzte Sommersprosse.

„Du hast uns echt gefehlt“, sagt er. Erneut fällt mir auf, wie gut er aussieht. Wie gut sie beide aussehen. Aber ich soll schließlich ihre Schwester sein. Fast werde ich etwas rot, als ich mich wieder umdrehe.

„Ihr mir auch.“

„Gut so“, erklärt Paul. „Wir wollen ja nicht, dass du noch mal abhaust.“

Ich blicke ihn von der Seite an. Warum sagt er so was? Als glaubte er, Bec sei freiwillig gegangen. Dann kapiere ich; mir wird klar, wieso die beiden so distanziert waren. Irgendwo tief drinnen glauben sie, Bec wäre von zu Hause weggelaufen. Sie glauben, ich hätte sie im Stich gelassen.

„Ich wollte nicht von euch weg“, sage ich sanft. „Es war nicht meine Entscheidung.“

Sie schweigen.

„Ich hab euch so lieb wie nichts sonst auf der Welt“, sage ich und versuche, so viel Liebe und Schmerz wie nur möglich in meine Stimme zu legen.

„Wissen wir doch“, sagt Paul. „Wir haben dich auch lieb.“

„Komm her!“, ruft Andrew, lehnt sich nach vorn und legt von hinten die Arme um mich und den Sitz.

„Das ist jetzt aber rapide in Schnulz abgedriftet“, sagt er mir ins Ohr. Es kribbelt, wo er mich berührt. Ich versuche, nicht darauf zu achten.

„Ja“, pflichtet Paul bei. „Ich dachte schon, Andrew heult gleich.“

„Du musst reden! Ich weiß noch, wie du wegen Bec geflennt hast“, sagt Andrew, und sie müssen beide lachen.

Ein bisschen derb finde ich das schon, aber ich lache mit, um den grade gefundenen Zusammenhalt nicht zu verlieren.

Paul hält neben einem kleinen weißen Ziegelhaus.

„See you later, Alligator!“, sagt er. Muss wohl Lizzies Haus sein.

„Macht's gut!“ Erleichtert, hier rauszukommen, und gleichzeitig besorgt wegen dem, was kommt, steige ich aus.

Auf dem Weg zur Tür überlege ich, welche Rolle Lizzie sich wohl von mir wünscht. Ich denke an die Mädchen in der Schule, die so richtige beste Freundinnen hatten. Die immer Arm in Arm rumliefen und Insiderwitze machten. Wie sollte ich das bloß faken?

Laut dem Video, das Andopolis mir gezeigt hat, kannten Liz und Bec sich so gut, dass Liz sogar merkte, wie sich Becs Haltung änderte. Ich mag ja zehn Jahre Abstand auf meiner Seite haben, aber trotzdem: Das wird richtig schwer. Ich überlege, ob ich vor dem Haus noch schnell eine rauchen kann, doch sie öffnet die Tür schon, bevor ich klopfe.

„Hey, Süße! Dacht ich's doch, dass ich dich gehört hab. Komm rein.“

Das sagt sie, ohne mich anzusehen, und macht dann ruckartig auf der Hacke kehrt. Ich folge ihr ins Haus. Wunderschön eingerichtet, mit einfachen Möbel und Gemälden an den Wänden.

„Ich dachte, wir könnten draußen sitzen, aber es ist doch ein bisschen kalt, also hab ich alles im Wohnzimmer vorbereitet."

„Ist doch spitze", sage ich und setze mich aufs Sofa. Mitten auf dem Kaffeetisch steht eine Flasche Rotwein, daneben zwei passende Gläser. Liz will sich schon auf den Sessel gegenüber setzen, hält dann aber inne.

„Oder trinkst du lieber Weißen? Ich hab welchen im Kühlschrank, wenn du magst."

„Rot ist prima."

„Okay, gut", sagt sie und setzt sich. Ein Sekundenbruchteil Schweigen, dann springt sie wieder auf.

„Ich hol noch den Käse."

Sie ist aufgeregt, hat sich richtig Mühe gegeben. Zum Glück hab ich mich noch umgezogen. Liz eilt mit einer aufwendigen Käseplatte zurück, stellt sie zwischen uns auf den Tisch, setzt sich – und beugt sich vor, um den Käse anders zu arrangieren. Ich nehme ihre Hand.

„Lizzie." Ich sehe ihr in die Augen. „Lass gut sein. Ich bin's nur."

Einen Augenblick sehen wir uns schweigend an. Dann fängt sie an zu lachen, ein wenig hysterisch vielleicht.

„Scheiße, tut mir leid", sagt sie. „Das ist alles so verrückt, dass ich gar nicht weiß, wohin mit mir."

„Mach doch einfach den Wein auf", schlage ich vor.

„Gute Idee."

Lizzie greift nach der Flasche, bohrt den Korkenzieher in den Korken und dreht. Als sie ihn herausziehen will, zittern ihr die Hände. Wieder muss sie lachen.

„Soll ich mal?“, frage ich.

Sie blickt zu mir auf. Tränen schießen ihr in die Augen, und sie schlägt die Hand über den Mund.

„Wo warst du, Bec?“, flüstert sie. „Was ist passiert?“

„Ich weiß es nicht mehr“, sage ich ruhig. Zum ersten Mal fühle ich mich richtig beschissen dabei. Lizzie braucht ganz dringend Antworten, und ich kann ihr überhaupt keine bieten. Ich starre mir in den Schoß und warte, bis sie aufhört zu weinen. Und wie ich da so sitze, nagt plötzlich etwas an mir. Mein Unbewusstes scheint es wichtig zu finden, aber ich komme nicht drauf, was es ist.

„Entschuldige“, unterbricht sie meine Gedanken. „Tut mir echt leid. Ich wollte das nicht.“

„Schon gut.“ Wenn sich bloß nicht dauernd alle bei mir entschuldigen würden, davon fühle ich mich nur selbst schlecht. Liz stellt die Flasche ab und geht Taschentücher holen. Ich schnappe mir den Wein und ziehe mit dumpfem Plopp den Korken raus. Dann fülle ich beide Gläser, trinke, während sie mir den Rücken zudreht, meins in einem Zug aus und fülle es umgehend nach. Lizzie setzt sich mir wieder gegenüber – das Gesicht etwas verquollen, die Mascara ein wenig verschmiert –, und die Wärme vom Alkohol strömt mir durch den Körper.

„Cheers“, sage ich und strecke ihr mein Glas entgegen.

„Cheers“, erwidert sie und stößt mit mir an.

„Wirklich schönes Haus übrigens“, stelle ich fest, um das Gespräch auf festeren Boden zu bringen.

„Danke.“

„Wohnst du allein?“

„Ja. Hab's erst letztes Jahr gekauft. Ich bin ziemlich häuslich geworden."

„Eh besser, wenn wir drinbleiben. Ich will vorerst kein großes Aufsehen." Ich lade etwas Käse auf einen Cracker.

„Klingt vernünftig", sagt sie. „Trotzdem schade. Wir hätten zu Gus gehen können, ein paar Eier essen."

„Bisschen spät für Frühstück, meinst du nicht?", lache ich. Der Käse ist genau richtig, schwer und schmelzig. Als ich aufblicke, bemerke ich, dass sie mich komisch ansieht. Offenbar hab ich was Falsches gesagt. Ich ziehe die Jacke aus, in der Hoffnung, der verbundene Arm lenkt sie ab.

„Ich weiß noch, wie wir das besorgt haben", freut sie sich beim Anblick meines Kleids von Scanlan Theodore.

„Ich auch", stimme ich ein. „Hab locker fünfzig Stunden Big Macs dafür eingewickelt."

Wieder dieser merkwürdige Blick. Dann klopft es an der Tür.

„Wer ist das?", frage ich.

„Keine Ahnung, ich erwarte niemand." Sie steht auf. Wieder so ein Blick.

Da fällt mir die Tintenpatrone in Becs Schublade wieder ein. Ich Idiotin. Das Kleid ist geklaut, na klar. Während ich noch überlege, wie der Fehler sich beheben lässt, ist Liz schon an der Tür.

„Es passt grade nicht so gut", höre ich sie sagen.

„Jetzt sei nicht sauer." Eine Männerstimme. „Ich kann nicht leiden, wenn du sauer auf mich bist."

„Dann lass eben diesen Mist."

„Na komm, lass mich rein und wir reden in Ruhe."

„Das passt jetzt aber wirklich nicht."
„Jetzt stell dich doch nicht so an."
„Tu ich gar nicht!"
„Was soll dann die Heimlichtuerei?" Schritte.
„Jack! Warte!"
Ich drehe mich um. In der Tür steht ein langer Kerl mit struppigem Haar. Als er mich sieht, reißt er die Augen auf und die Kinnlade klappt nach unten. Diesen Blick kenne ich inzwischen viel zu gut: ungläubiger Schock, als wäre ich eine lebende Tote.
„Hi", sage ich.
„Komm mit!", befiehlt Liz und zerrt ihn in die Küche. Er lässt sie zerren und glotzt mich an, bis er durch die Tür ist.
„Was, zur Hölle ...", höre ich ihn flüstern.
„Sie ist wieder da", flüstert Lizzie zurück.
„Wo war sie denn?"
„Keine Ahnung, sie hat Amnesie oder so."
Kurzes Schweigen. Ich grinse. Amnesie klingt albern.
„Warum hast du mir nicht erzählt, dass sie wieder da ist?!" Er hebt seine Stimme. „Deinem eigenen Bruder!"
„Ich hab's doch selbst erst erfahren."
„Trotzdem. Du hättest anrufen sollen."
„Ich musste vorsichtig sein. Die Medien sollen das nicht mitkriegen."
„Ach, jetzt komm aber. Du weißt genau, dass ich das nicht verraten hätte."
„Es ist echt wichtig! Außerdem war ich sauer."
„Tja, jetzt bin *ich* sauer!"

Er marschiert aus der Küche zurück ins Wohnzimmer.

„Hi, Bec“, sagt er. „Entschuldige, dass ich so geglotzt habe. Ich wusste nicht, dass du …“

„Schon okay.“ Komisch, hier zu sitzen, während die zwei mich von der anderen Seite des Zimmers aus beäugen.

„Ich gehe dann wohl mal besser“, sagt Jack und blickt sich auf die Schuhe, sodass die braunen Zotteln ihm ins Gesicht hängen.

„Macht's dir was aus, mich zu Hause abzusetzen? Ich bin ziemlich kaputt.“ In Wahrheit fürchte ich bloß das nächste Fettnäpfchen. Die Unterhaltung mit Liz ist wie ein Minenfeld; sie kannte Bec viel zu gut.

„Jetzt schon? Na gut. Klar“, sagt sie.

„Ja. Also nein, ich mein: klar, kein Problem“, sagt Jack. Ich stehe auf und ziehe die Jacke wieder an.

„Danke für alles, Liz. Es ist toll, dich wieder sehen zu können.“

„Dich auch“, erwidert sie, wirkt jedoch vor den Kopf gestoßen.

Jack und ich gehen zu seinem Auto auf der anderen Straßenseite. Er sieht mich immer wieder aus dem Augenwinkel an, aber sobald ich zurückschaue, dreht er sich weg.

„Pass auf“, sage ich, „sonst läufst du noch irgendwo gegen.“

Jack lacht. „Muss der Schock sein.“ Er schließt auf, steigt ein und beugt sich rüber, um auch meine Tür zu entriegeln. Das Auto ist alt und klapprig, die Polster sind zerschlissen. Jack wirkt fast zu groß dafür, muss den Kopf leicht einziehen, um nicht an die Decke zu stoßen. Beim Anschnallen erwische ich ihn wieder, wie er mich beäugt.

„Willst du mich weiter begaffen oder vielleicht einfach mal umarmen?", frage ich.

„Tut mir leid, ich stelle mich echt an wie der letzte Weirdo." Er beugt sich zu mir und nimmt mich sanft in den Arm. Unerwarteterweise kribbelt mir davon die Haut.

Er fährt an. Wenn ich ihn auf meine Seite ziehe, kann ich ihn benutzen, um Liz zu überzeugen. Das Wiedersehen grade habe ich versaut. Das muss ich wieder gradebiegen.

„Ich glaub's nicht, dass sie nichts erzählt hat!", ruft er plötzlich.

„Sie war eben sauer auf dich", sage ich.

„Das hast du gehört?"

„Im Flüstern seid ihr eher mittel."

„Sorry. Trotzdem, sie hätt's mir erzählen sollen."

„Finde ich auch." Die Leute mögen, wenn man ihnen zustimmt.

„Danke", sagt er und hält an der Ampel. Wieder blickt er mich an, doch diesmal ist es anders. Der Schock hat sich gelegt; stattdessen lächelt er jetzt freundlich. Staunt mich an, als wäre ich irgendein wunderschönes Fabelwesen. Ganz offensichtlich stand er auf Bec. Und steht jetzt auf mich.

„Lass dir doch von Liz meine Nummer geben", sage ich. „Vielleicht können wir mal was machen."

„Oh. Ja. Das wär, ähm, cool." Er läuft rot an. Da hupt der Wagen hinter uns und er erschrickt. Die Ampel ist grün, die Autos vor uns sind schon abgebogen.

„Fuck. Scheiße. Ups, sorry“, sagt er und wechselt den Gang. Ich lache. Schon möglich, dass ich auch ein bisschen auf ihn stehe.

Über die Schulter blicke ich zu den verärgerten Fahrern hinter uns. Dann rutscht mir das Herz in die Hose. Ein paar Fahrzeuge weiter wartet der schwarze Lieferwagen. Ich drehe mich um, als wir losdüsen, aber von der getönten Windschutzscheibe glänzt mir nur die Sonne entgegen. Der Fahrer ist nicht zu erkennen.

ACHTES KAPITEL

BEC 13.01.03

Irgendetwas steckte ihr im Mund, nahm ihr den Atem. Bec schreckte aus dem Schlaf hoch, sog gierig nach Luft. Als sie sich ans Gesicht griff, schmierte ihr etwas Weiches, Warmes über die Finger. Lizzie wieherte vor Lachen.

Bec betrachtete ihre Hand. Sie war voller geschmolzener Schokolade.

„Du blöde Bitch!“, kreischte sie.

Lizzie hatte das schon einmal gemacht, als Bec bei ihr übernachtet hatte: Sie hatte Schokopralinen auf Becs Lippen gestapelt, um zu sehen, wie hoch sie die Dinger auftürmen konnte, ehe Bec davon wach wurde. Bec stürzte sich auf Lizzie und schmierte ihr die Schokolade übers ganze Gesicht. Lizzie wollte sie wegstrampeln, schlug quiekend mit dem Kissen nach ihr.

Die Zimmertür ging auf, und Lizzies Dad steckte seine glänzende Fast-Glatze herein.

„Alles okay bei euch beiden?“ Er beäugte sie genüsslich. „Ich störe doch hoffentlich nicht?“

Bec begriff, wie das aussehen musste: So gut wie nackt saß sie breitbeinig auf Lizzie im Bett. Sie kletterte von ihrer Freundin und zog sich die Decke über das knappe Unterhemd.

„Hau ab, Dad!“, stöhnte Lizzie. Mit kurzem Stirnrunzeln schloss er wieder die Tür.

„Mann, der kann echt nerven!“, sagte Liz.

„So übel ist er doch gar nicht. Wenigstens hat er Humor", entgegnete Bec.

„Wie du meinst." Lizzie versuchte, sich die Schokolade von den Wangen zu reiben.

„Erste in der Dusche!", rief Bec und sprang aus dem Bett, bevor Lizzie sie aufhalten konnte.

Sie nahm eine kurze, kalte Dusche, gerade lang genug, um Schlaf und geschmolzene Schokolade abzuspülen.

Bec war froh, dass sie bei Lizzie übernachtet hatte. Sie hatten so viel Spaß gehabt, als sie in Manuka *Catch Me If You Can* geschaut hatten, und die Vorstellung, nach Hause zu gehen und sich mit ihrem nächtlichen Besucher herumärgern zu müssen, war ihr ziemlich dämlich vorgekommen. Eigentlich wollte sie diesen Mist wirklich lieber vergessen.

Als sie in ein Handtuch gewickelt zurück in Lizzies Zimmer ging, erschallte aus Jacks Zimmer eine seiner Metal-Platten. Wie kann man sich so was nur schon am frühen Morgen reinziehen? Sie schloss Lizzies Tür, um es nicht hören zu müssen, und sah ihrer Freundin einen Moment zu, wie sie ihre Klamotten durchstöberte und mit wackelndem Po leise zum Radio mitsummte.

Bec konnte nicht anders, als mitzumachen.

„*It's got so hot in here, so take off all your gear*", johlte sie in ein unsichtbares Mikrofon. Lizzie wirbelte lachend herum.

„Du kannst ja den Text gar nicht!"

Bec sprang aufs Bett, tanzte gespielt aufreizend in ihrem Handtuch.

„*I'm so sweaty, I smell like spaghetti*", quietschte sie halbwegs passend zur Melodie.

„Au, das tut echt weh!", lachte Lizzie und verpasste Bec einen Klaps mit dem Handtuch, das sie über die Schulter gehängt hatte.

Bec fand die Szene fantastisch, wie aus einem Film.

„Uuuh, Baby, du bist so heiiiß!", schmalzte sie.

„Hooolla die Waldfee, du bist viiiel zu sexy!", erwiderte Lizzie, die sich auf dem Weg ins Bad vor Kichern gar nicht mehr einkriegte. Die Zimmertür hatte sie einen Spaltbreit offen gelassen. Keuchend setzte Bec sich aufs Bett. Die Dusche hätte sie sich sparen können: Schon brach ihr wieder der Schweiß aus. Während sie Schlüpfer und BH anzog, hoffte sie insgeheim ein wenig, Jack käme zufällig vorbei und würde sie sehen. Tat er aber nicht, also streifte sie das Sommerkleid von gestern über und ging zu seiner Tür.

Jack lag angezogen auf dem Bett. Bec lehnte sich an den Türrahmen und hoffte, die Pose sähe zugleich lässig und unangestrengt sexy aus.

„Hey", sagte sie. Jack sah hoch, wurde blass und setzte sich schnell auf.

„Hey." Er wischte sich die Haare aus den Augen und sah sie eindringlich an. Sie musste daran denken, wie Jack früher gewesen war: der größere Junge mit den roten Wangen, der immer gern mit ihnen gespielt hatte. Heute, in den Metal-Shirts und schmutzigen Jeans, wirkte er immer irgendwie fettig.

„Wie kannst du so was nur am frühen Morgen schon hören?", fragte sie.

„Keine Ahnung, gefällt mir halt", antwortete er.

Bec ließ den Blick durch sein Zimmer schweifen. Ein heilloses Durcheinander. Der Boden war mit Klamotten übersät, und es roch nach einer Mischung aus Schweiß und Deospray. Die Wände waren mit Metal-Postern tapeziert; ein riesengroßes in Silber und Lila von Black Sabbath hatte einen Ehrenplatz erhalten.

„Immerhin besser als Nelly", fügte er hinzu. Er hatte sie also singen gehört. Total peinlich! Jack grinste, und einen Augenblick sah er wieder aus wie früher. Sah man über die schlechte Haut und die schrecklichen Klamotten hinweg, war er eigentlich ganz süß.

„Nichts ist besser als Nelly", erwiderte sie und konnte nicht anders, als das Grinsen zu erwidern.

„Hey, ähm, sorry wegen gestern noch mal", sagte er. Kurz musste sie überlegen, was er meinte, dann begriff sie, dass er von ihrem Zusammenstoß auf dem Flur sprach.

„Ach so, dafür musst du dich doch nicht entschuldigen." Sie wünschte, er hätte nichts gesagt.

„Nee, ich weiß. Aber ... na ja. Ich will nicht, dass du mich für 'nen Grapscher hältst oder so."

„Tu ich nicht", sagte sie. Er war so anders als Luke. Warum musste er daraus eine große Sache machen? Luke hätte einfach einen Witz über Wichsfantasien gerissen, sie hätten gelacht, und alles wäre wieder beim Alten gewesen. Das Rauschen von Lizzies Dusche verstummte.

„Bis später, Grapscher!" Grinsend verzog sie sich zurück in Lizzies Zimmer, bevor er reagieren konnte.

Als Bec und Lizzie nach unten gingen, machte Lizzies Vater gerade Pfannkuchen.

„Habt ihr Hunger?", fragte er.

„Okay, du hast definitiv den besten Dad der Welt!", verkündete Bec an Lizzie gewandt.

„Das macht er nur, wenn du da bist", grummelte die.

„Ehrlich gesagt hab ich gehofft, euch alle beide damit bestechen zu können, wegen einer kleinen Meinungsverschiedenheit mit deinem Bruder, Lizzie."

Bec setzte sich neben Jack. Der stierte auf seinen leeren Teller, sodass ihm das schwarz gefärbte Haar ins Gesicht fiel. Er tat sein Bestes, übellaunig zu wirken, doch Bec war ziemlich sicher, dass er nur seine Akne vor ihr verbergen wollte. Dass sie mal auf ihn gestanden hatte, konnte Bec heute kaum glauben. Obwohl, wenn sie ganz ehrlich war, tat sie das immer noch ein kleines bisschen. Hoffentlich hatte er kapiert, dass sie ihn nur aus Spaß Grapscher genannt hatte.

„Wegen seiner Musik schon wieder?", fragte Lizzie.

„Wenigstens hör ich nicht solche Teenybopper-Scheiße wie du", blaffte Jack zurück, ohne aufzusehen.

„Hallo?! Ich wollt dir grade helfen, du Arsch!", gab Liz zurück.

„Keine Gossensprache!", warf ihr Vater ein.

„Ach komm, Dad. Du fluchst doch am meisten von uns allen", erwiderte Liz.

„Das stimmt allerdings", pflichtete Jack bei.

„Ach, verpisst euch doch, alle beide!", sagte ihr Vater und sie lachten.

„Worum ging's denn nun?", fragte Bec, froh darüber,

quasi Ehrenmitglied der Familie zu sein. Hier war alles so locker und angenehm.

„Wie Liz gesagt hat: um die Musik." Liz' Dad wendete den Pfannkuchen und fügte rasch hinzu: „Aber nicht um alles. Nur um diesen schrecklichen Ozzy Osbourne."

„Das ist Black Sabbath, Dad. Die sind Musikgeschichte", erzählte Jack seinem Teller.

„Ja, ich kenn die schon noch. Aber heute ist der Typ doch bloß noch ein Wrack. Und diese Realityshow über seine Familie ist ekelhaft."

„Ich find sie lustig!", widersprach Lizzie.

„Ja, schlimm genug. Ich dachte, du hättest mehr im Kopf."

Lizzie stöhnte, wirkte aber doch leicht betroffen.

„Wenn du dieses Zeug schon am laufenden Band hören musst, mach's doch bitte, während ich bei der Arbeit bin." Lizzies Dad legte den letzten Pfannkuchen auf den Stapel und stellte den Herd ab.

„Ich weiß schon, was du gegen ihn hast", sagte Jack.

„Und zwar?"

„Dass er auf der Bühne Fledermäusen und Tauben die Köpfe abbeißt."

„Das ist doch nur Show!", rief Lizzie.

„Stimmt nicht!"

„Esst eure Pfannkuchen, bevor sie kalt werden", mahnte ihr Vater.

Bec sah zu, wie Jack sich über seinen Pfannkuchen hermachte. Ihr war flau; sie hatte Magenkrämpfe, und kalter Schweiß bildete sich auf ihrer Stirn. Das Bild, wie der alte Mann aus dem Fernsehen einer kleinen Fledermaus den

Kopf abbeißt, ging ihr nicht mehr aus dem Kopf – wie das arme Ding zu fliehen versucht, wie das Blut aus seinem leblosen Körper spritzt. Wie konnten die anderen darüber lachen, als wäre nichts dabei? Sie versuchte, die Vorstellung zu verdrängen, doch sie lief immer wieder vor ihren Augen ab wie ein Endlosvideo.

„Jetzt erzähl mir bloß nicht, dass du dir Sorgen um deine Figur machst, Bec."

„Lass sie in Ruhe!"

Das Quietschen der Messer auf dem Porzellan vermischte sich in Becs Kopf mit dem Quieken der Fledermaus. Sie sah Ozzy vor sich, schwarzes Haar und schwarze Augen, wie er grinsend Blut ausspuckt. Überall Blut. Es stieg ihr so scharf in die Nase, als ob sie es wirklich roch. Sauer und metallisch, so deutlich, dass sie es fast schmeckte.

So viel Blut, alles voller Blut.

„Ist sie okay?"

Die Endlosschleife riss, und Bec bemerkte, dass alle sie ansahen.

„Ihr habt mir den Appetit verdorben", sagte sie, doch ihre Worte klangen merkwürdig.

„Du bist blass. Ich dachte, ihr zwei wolltet gestern nur ins Kino?"

„Waren wir auch!"

„Ich muss los", sagte Bec wieder mit normalerer Stimme. „Mir ist grade eingefallen, dass ich mit meiner Mom zum Frühstück verabredet war. Die bringt mich um!"

Kaum war sie aus Lizzies Haus, fühlte sie sich schon besser. *Durch die Nase ein-, durch den Mund wieder aus-*

atmen. Das hatte ihre Mom ihr geraten zu tun, wenn ihr übel wurde. Es funktionierte. Die Luft war immer noch hitzeschwer, was sie merkwürdigerweise beruhigte. Es half gegen das innerliche Frösteln. Sie hatte sich blamiert, das wusste sie. Lizzie und ihre Familie redeten garantiert gerade über sie. Aber das war ihr egal. Irgendwas hatte sich völlig falsch angefühlt, und sie hatte dringend dort rausgemusst. Eine kleine Stimme im Kopf hatte ihr zugeflüstert, dass sie sich komisch verhielt. Wie eine Verrückte. Noch einmal atmete Bec tief ein und zwang sich zu lächeln, damit die Bilder vom letzten Sommer nicht wieder hochkamen.

Sie war nicht verrückt. Wer immer sie jetzt sähe, würde sie einfach für eine junge Frau auf dem Heimweg halten. Und genau das war sie ja auch. Daran war doch nichts Merkwürdiges.

Der Teer hatte zu schmelzen begonnen, und ein paar Kiesel klebten an den Sohlen von Becs Sandalen. Statt stehen zu bleiben, versuchte sie, die Steinchen beim Gehen abzustreifen. Schon wieder hatte sie die Sonnencreme vergessen. Ihre Sommersprossen störten Bec nicht, aber mehr mussten es auch nicht werden. Auf der Grundschule hatte sie ein Mädchen gekannt, die hatte so viele Sommersprossen gehabt, dass sie auf den Wangen ineinander übergegangen waren, wodurch sie ausgesehen hatte, als hätte sie einen seltsamen rostroten Ausschlag im Gesicht gehabt. Nein, so was konnte Bec nicht gebrauchen.

Vielleicht könnte sie auf dem Heimweg noch mal bei der Arbeit vorbeischauen. Sie könnte Luke erzählen, ihre Eltern seien um die Ecke beim Einkaufen und sie warte auf sie.

Oder sogar, sie selbst sei zum Einkaufen in der Gegend – das würde viel erwachsener klingen. Dann überkam sie wieder dieses Gefühl. Dieses Gefühl, als ob jemand sie beobachtete.

Bec senkte den Kopf und ging weiter Richtung Manuka, vorbei an der Bushaltestelle und durch den kleinen Park. Den Park mochte sie gern: eine kleine Insel der Ruhe inmitten des unbarmherzigen Sommertags. Die Bäume kühlten sie mit ihrem Schatten und verdeckten die von der Straße reflektierte Sonne, sodass sie einen Moment darauf verzichten konnte, die Augen zuzukneifen. Doch sie sah sich nicht um. Nein. Das blöde Gefühl sollte nicht die Oberhand gewinnen. Sie war nicht verrückt. Dann hörte sie Schritte. Echte, feste Schritte. Die auf sie zurannten. Sie wollte sich gerade umdrehen, da wurde auf einmal die ganze Welt weiß.

Bec fühlte sich, als würde sie schweben. Ihre Glieder waren schwerelos geworden. Ihr Geist schlug wild um sich, versuchte, sich am Bewusstsein festzuklammern, war jedoch geradezu schwindelerregend unfähig dazu.

Sie schlug die Augen auf. Vor sich sah sie nichts als Blutkörperchen. Ihre eigenen, winzigen Blutkörperchen, die sanft im Wind wogten.

„Hörst du mich?"

Bec wollte antworten, bekam jedoch die Lippen nicht auseinander.

„Sie macht die Augen auf."

„Alles okay", brachte sie hervor, versuchte, sich aufzusetzen.

Starke Frauenhände drückten sie zurück zu Boden.

Sie blinzelte noch einmal, schluckte. Das Schwebegefühl war verflogen, ihre Glieder wurden wieder schwer. Jetzt kamen sie ihr vor wie tote Fleischklumpen, die nichts mit ihr zu tun hatten.

Unter Becs Fingerspitzen knisterte Laub, und als sie aufsah, begriff sie, dass ihr nicht Blutkörperchen vor den Augen trieben, sondern Lichtfleckchen, die durch die Baumkronen über ihr fielen. Sie drehte sich ein wenig zur Seite und blickte ins Gesicht eines mittelalten Manns.

„Was ist denn passiert?“, fragte sie.

„Wahrscheinlich bist du wegen der Hitze zusammengebrochen. Wir haben dich stürzen gehört.“

„Geht’s dir gut, Süße?“ Eine Frauenstimme, von der anderen Seite.

„Ähm, ja, ja, schon okay.“ Bec versuchte erneut, sich aufzusetzen, und diesmal ließ die Frau sie gewähren. Ihr war ziemlich schwindlig, aber sie wollte nicht wieder liegen. Vorsichtig tastete sie sich an den Hinterkopf. Stechender Schmerz raste ihr bis ins Rückenmark. Ihre Fingerspitzen waren voller Blut.

„Ich glaub, irgendwer hat mich geschlagen“, sagte sie.

Der Mann und die Frau tauschten einen kurzen Blick aus.

„Kann ich mir nicht vorstellen“, erwiderte der Mann. „Wir kamen sofort her. Da war niemand Verdächtiges.“

„Du bist sicher nur auf den Kopf gefallen, armes Ding. Möchtest du mit meinem Handy deine Mutter anrufen?“

„Ich hab selber eins, danke“, antwortete Bec.

Sie griff nach der Handtasche, doch als sie den Verschluss

öffnen wollte, fingen ihre Hände an zu zittern. Die Frau kam ihr zu Hilfe.

„Danke“, sagte Bec. Plötzlich war ihr nach Heulen zumute.

Schluckend rief sie die Nummer ihres Vaters auf. Vor dem allerletzten Läuten nahm er ab.

„Hi, Becky.“ Der Hintergrundlärm an seinem Ende der Leitung übertönte fast seine Stimme.

„Dad“, sagte sie um Fassung ringend. „Ich bin in Ohnmacht gefallen.“

„O nein, Becky, du Arme! Bestimmt die Hitze. Ist ja kaum auszuhalten, heute!“ Er klang eigenartig überdreht und ein wenig verschwommen.

„Ähm … Kannst du mich abholen? Mir geht's nicht so gut.“

Lange Stille. Im Hintergrund klirrten Gläser. Er war in einer Bar.

„Das ist grade schlecht, mein Schatz. Kannst du Mom anrufen?“

„Okay.“

Mit glühenden Wangen legte sie auf.

Auf der Heimfahrt ruhte Bec den Kopf am Seitenfenster aus. Ihre Mutter redete wie ein Wasserfall, doch Bec hörte nicht mehr zu. Sie hatte sich kaum richtig erkundigt, wie es Bec ging, da fing sie schon wieder von den Zwillingen an. Ob die beiden sich zu Hause wohl langweilten, ob sie sich freinehmen sollte, um etwas mit ihnen zu unternehmen. Bec war indessen selbst nicht ganz sicher, wie es ihr ging. Ihr war merkwürdig kalt und die Hände zitterten noch immer. Ein Teil von ihr wollte ihrer Mutter das einfach an den Kopf werfen. Wollte schreien, dass sie sie jetzt brauchte. Dass sie sich fürchtete. Aber das würde nichts ändern. Ihre Eltern dachten immer zuerst an die Jungs. So war das nun mal.

Eine halbe Stunde hatte sie auf die Ankunft ihrer Mutter warten müssen und dieses Paar, Tony und Fiona, hatte sie nicht allein lassen wollen. Tony hatte Bec eine Cola besorgt, von der es ihr gleich viel besser ging, obwohl sie Cola sonst nicht ausstehen konnte. Nach einer Weile wäre sie die beiden trotzdem lieber los gewesen. Sie wurde einfach nicht schlau daraus, was da passiert war. Sie war ganz sicher, Schritte gehört zu haben, ehe sie das Bewusstsein verloren hatte, doch die beiden meinten, sie hätten niemanden bemerkt. Allerdings hatte sie sich ja schon vorher ziemlich komisch gefühlt – vielleicht war es doch ein Hitzschlag gewesen. Gestern hatte sie zwei Stunden in der brüllenden Hitze auf Lizzies Schichtende gewartet. Ihr Handy piepste.

DENKE AN DICH. HOFFE, DIR GEHT'S GUT.

Als hätte er es geahnt. Als spürte Luke noch aus der Ferne ihren Schmerz. Schon ging es ihr ein wenig besser.

Das Auto bog in die Einfahrt, und Bec stieg auf wackligen Beinen aus. Die Haustür kam ihr sehr weit weg vor. Ein starker Arm legte sich um sie.

„Bist du auch wirklich okay?", fragte ihre Mom, die sich nun endlich auch mal um sie kümmerte.

„Ich glaube, mein Kopf blutet", antwortete Bec.

„Ach Becky, du Dummchen! Manchmal bist du eine ganz

schöne Mimose, meinst du nicht?" Sie lächelte Bec an, und die konnte nicht anders, als das Lächeln zu erwidern. All ihr Ärger löste sich in Luft auf.

Auf dem Weg zur Haustür fand sie langsam wieder mehr zu sich selbst, obwohl sie um ein Haar über die Räder ihrer Brüder gestolpert wäre, die auf dem Fußweg übereinanderlagen. Als die Tür aufging, musste sie lachen: Auf der Treppe saßen Paul und Andrew in Badehosen.

„Warum lauft ihr denn zu Hause in Badehose rum, ihr Spinner?", fragte sie.

„Bec!", mahnte ihre Mutter.

„Ist ja nur Spaß, wisst ihr doch, oder?"

Die Jungs sagten keinen Ton, sahen Bec nur aus identischen, ausdruckslosen Gesichtern an. Dann fiel es ihr wieder ein. Sie hätte mit ihnen ins Schwimmbad sollen.

„Du hast gesagt, du verbringst den ganzen Tag mit uns, und jetzt hast du nicht mal hier geschlafen!", schrie Paul.

Mehr sagten sie nicht, warfen ihr einfach nur stinkwütende Blicke zu. Sie wollte heulen. Nicht zu glauben, dass sie das vergessen hatte. Bestimmt hatten sie den ganzen Vormittag in den Startlöchern gesessen, bis ihnen langsam dämmerte, dass der Ausflug nicht mehr stattfinden würde.

„O Mann, das tut mir echt leid."

„Du gehst ein andermal mit ihnen. Nicht wahr?" Alle Herzlichkeit war aus der Stimme ihrer Mutter gewichen.

„Ja. Versprochen."

„Gut. Dann sehen wir jetzt mal nach deinem Kopf."

Bec ließ sich von ihr ins Bad führen. Unter der Halogenlampe betastete ihre Mutter vorsichtig ihr Haar. Bec zuckte zusammen, als sie mit etwas feuchter Watte auf die Wunde tupfte.

„Stimmt, es blutet. Aber nicht schlimm, nur eine kleine Platzwunde. Bist wohl auf irgendwas gefallen."

„Ich weiß nicht. Was, wenn mich jemand niedergeschlagen hat?"

„Red keinen Quatsch."

Bec wünschte, ihre Mutter würde das blöde Licht ausschalten, von dem ihr schon der Schädel brummte. Doch die betrachtete sie nur aufmerksam im Spiegel.

„Dir ist doch nicht schwindlig, oder?"

„Nein", log Bec.

„Und deine Sicht ist klar?"

„Mir geht's gut", sagte sie, obwohl sie sich in Wahrheit am liebsten einfach auf die kalten Fliesen gelegt hätte. Selbst ihr eigenes Gesicht verschwamm im Spiegel.

„Gut", meinte ihre Mutter. „Aber richtig fit siehst du nicht aus. Ich hoffe, du hast keine Gehirnerschütterung. Sag Bescheid, wenn dir übel wird, ja? Mit so was ist nicht zu spaßen."

„Sicher bloß die Hitze."

„Leg dich doch erst mal ein bisschen hin."

„Danke, Mom." Und ganz spontan nahm sie ihre Mutter fest in den Arm.

Bec wünschte, sie könnte ihrer Mutter alles erzählen, alles, was ihr Sorgen machte, aber das ging nicht. Ihre Mutter drückte sie einmal kurz zurück und ging. Umarmungen waren noch nie ihr Ding gewesen, irgendwie schienen ihr die immer unangenehm zu sein. Bec betrachtete sich aufmerksam im Spiegel. In diesem Licht sah es aus, als wären ihre Pupillen unterschiedlich groß. Merkwürdig. Sie schaltete das Licht aus, von dem ihr die Augen so schmerzten, dass sie sich fast übergeben musste.

Bec war schrecklich müde, und ihr wurde immer schwindliger. Sie musste ins Bett. Doch zuerst klopfte sie am Zimmer nebenan.

„Darf ich reinkommen?"

„Hau ab! Mädchen verboten!"

„Vor allem Arschmädchen wie du!"

Bec öffnete die Tür.

„Wenn Mom das hört, kriegt ihr Riesenärger."

„Du bist trotzdem ein Arsch", sagte Paul. Sie lagen auf dem Boden ausgetreckt und sahen so sehr aus wie mürrische Teenager, dass Bec fast grinsen musste.

„Ich weiß. Der größte Arsch der Welt."

„Der größte Arsch im ganzen Universum!", brummte Andrew, doch seine Mundwinkel zuckten dabei leicht nach oben.

Bec setzte sich zwischen die beiden auf den Boden.

„Ihr langweilt euch, ich weiß. Ist bestimmt kacke."

Sie schwiegen.

„Wenn ihr mir verzeiht, erzähl ich euch, was ich mir überlegt hab, um das von heute wiedergutzumachen."

Sie blickten einander an, überlegten, ob es das wert war, und Bec musste daran denken, wie ausgegrenzt sie sich oft fühlte. Die beiden teilten ihre eigene kleine Welt, in der Bec stets nur eine Nebenrolle spielte. Ihre Mutter meinte, die Jungs hätten erst ein Jahr später als andere

Kinder mit dem Sprechen begonnen, so als hätten sie ihre eigene Art zu kommunizieren gehabt und nichts anderes gebraucht.

„Na gut“, lenkte Paul schließlich ein.

„Was haltet ihr vom ... Big Splash?!“, fragte sie.

Das Big Splash war das riesige Spaßbad, drüben in Macquarie. Sogar Bec fand es super. Der Geruch von Chlor und Sonnencreme, die Geräuschkulisse der Kinder, die gleichzeitig vor Angst und Freude schrien, den ganzen Tag Pommes mit Ketchup futtern – es war großartig.

„Na ja, ihr könnt euch ja noch überlegen, ob ihr mir verzeihen wollt“, sagte sie und ging zur Tür.

„Wir verzeihen dir!“, rief Paul.

„Dachte ich's mir doch. Wir gehen am Donnerstag. Aber nicht vergessen!“, sagte sie und schloss schnell die Tür, bevor sie etwas nach ihr werfen konnten.

Lächelnd legte sie sich ins Bett. Die Sonne schien noch, aber das war ihr egal. Ihr war schwindlig, und die Augen fielen ihr fast zu. Nachdem sie die Rollos runtergelassen und sich unter der Decke verkrochen hatte, fiel ihr ein, dass sie vor dem Schlafen noch ein letztes Gespräch führen musste. Sie wählte Lizzies Nummer und klemmte das Handy zwischen Wange und Kissen. Die Übelkeit ließ einfach nicht nach. Sie schloss die Augen.

„Hey, Psycho“, meldete sich Lizzie.

„Hi, Bitch“, antwortete sie. Beide lachten.

„Ich wollt mich nur entschuldigen“, sagte Bec nach kurzer Pause. „Weiß auch nicht, was mit mir los war. Ich glaub, ich hab 'nen Hitzschlag oder so.“

„Brauchst dich nicht zu entschuldigen. Ich bin froh, dass es dir gut geht", tröstete Lizzie. „Hab mir Sorgen gemacht. Wir alle eigentlich. Mein Dad ist dir sogar mit dem Auto nach, als du gegangen bist."

„O Gott, ist das peinlich!", sagte Bec. Beim Gedanken, dass Lizzies Dad durch die Gegend gefahren war, um sie zu suchen, kam sie sich komisch vor. Auf einmal wollte sie Lizzie nicht mehr erzählen, was passiert war.

„Mach dir keinen Kopf. Hauptsache, es geht dir gut."

„Tut es."

NEUNTES KAPITEL

2014

Jemand klopft an meine Tür.

„Was?“, rufe ich.

„Wir müssen los, der Termin ist um zehn.“

Das Krankenhaus. Hatte ich schon wieder vergessen. Ich schaue auf mein Handy. Neun Uhr dreißig.

„Fuck! Warum hast du mich nicht früher geweckt?“, maule ich. Stille von der anderen Seite der Tür.

„Tut mir leid“, sagt sie mit gebrochener Stimme.

Seufzend reibe ich mir die Augen. Als ich die Tür öffne, tritt sie einen Schritt zurück.

„Entschuldige, Mom. Ich beeil mich. Danke fürs Wecken.“

Ich lächle. Sie erwidert es zögerlich. Erst dreißig Sekunden wach, und schon fühle ich mich, als hätte ich Mist gebaut. Ich hole tief Luft, nehme mir fest vor, in Zukunft besser nachzudenken, bevor ich etwas zu ihr sage.

Aber ich bin nicht nur durch den Wind, weil ich die Mutter verletzt habe. Ich hatte Albträume. Also eigentlich nur einen. Wieder und wieder. Bec, wie sie die Straße entlanggeht, ängstlich und allein. Plötzlich hält der schwarze Lieferwagen neben ihr. Bec dreht sich um, lächelt, ahnt nicht, was kommt. Die Scheibe wird runtergelassen. Die Haut des Fahrers blubbert und flackert, sein Gesicht ist ein Schatten. Er greift nach Bec und sie schreit.

Meine Jacke liegt noch immer auf dem Stuhl, auf den ich sie gestern Abend geworfen habe, und Hector hat sich zum Schlafen darauf eingeigelt. Ich ziehe sie unter ihm weg, worauf er mir einen bösen Blick zuwirft und aus dem Zimmer stakst. Auf der Jacke hat er einen feinen Haarteppich zurückgelassen. Ich versuche, die Haare abzuschütteln, aber der Großteil bleibt hängen.

„Bin so weit!“, rufe ich.

„Hat ja auch lang genug gedauert“, erwidert Andrew, der mit der Mutter aus der Küche kommt. Doch er lächelt. Gestern Abend haben die Zwillinge und ich noch zu dritt ferngesehen. Nach der gemeinsamen Autofahrt hat sich ein Großteil der Spannung gelöst. Außerdem kann ich sie endlich auseinanderhalten. Wir haben zusammen gelacht und uns über die Leute im Fernsehen lustig gemacht. Trotzdem kamen sie mir noch ein winziges bisschen reserviert vor. Wenn ich doch nur auf irgendein besonderes gemeinsames Erlebnis oder so anspielen könnte. Irgendwas, das ihnen zeigen würde, dass ich wirklich ihre Schwester bin und bleiben werde.

Zu fünft steigen wir ins Auto, die Mutter hinters Lenkrad, der Vater auf den Beifahrersitz. Ich sitze hinten zwischen den Zwillingen. Eine richtige Bilderbuchfamilie.

„Kommt ihr auch mit ins Krankenhaus?“, frage ich Paul und Andrew.

„Nee, wir wollen nur in die Stadt“, antwortet Paul.

Ich blicke auf die Uhr. Wenn wir die beiden noch absetzen müssen, schaffen wir’s niemals bis zehn.

„Cool bleiben, Schwesterchen“, sagt Andrew und stupst

mich mit dem Ellbogen „Ärzte sind eh nie pünktlich, glaub mir das ruhig."

„Ja, bleib cool", pflichtet Paul bei und stupst mich von der anderen Seite.

Das Auto biegt auf die Hauptstraße.

„Kurve!", ruft Andrew und wirft sich mit seinem ganzen Gewicht auf mich, quetscht mich gegen Paul, der schon mit dem Gesicht an der Scheibe klebt.

„He!", sage ich und strecke den Arm aus, damit er nicht noch mehr abbekommt.

„O-oh, Linkskurve voraus!", ruft Paul und schiebt mich in die andere Richtung.

Die beiden lachen sich kaputt und stecken mich ebenfalls damit an. Das Kurvenspiel hab ich seit der Grundschule nicht mehr gespielt.

„Kreisverkehr!", rufen sie beide gleichzeitig.

„Neeein!", kreische ich, während sie mich hin und her schubsen. Wie sie so kichern, sehe ich sie plötzlich als kleine Jungs vor mir. Und mag sie noch viel lieber.

„Die arme kleine Becky wird zermatscht", lacht Andrew.

„Meine Rache hab ich schon. Ich sag nur: Katzenhaare."

„Ach, Mist!" Der Ärmel seines schwarzen Wollmantels ist voll weißer Haare von meiner Jacke. Er versucht, sie abzuklopfen.

„Verdammter Hector", murmelt er.

Da fällt mir das Bild in Becs Schublade ein, das mit der anderen Katze.

„Manchmal fehlt mir Molly noch immer", sage ich.

Jackpot! Andrew dreht sich zu mir, wirkt auf einmal aufgewühlt. Ich blicke zu Paul, und der sieht mich genauso an. Ich nehme Pauls Hand und lege ihm den Kopf auf die Schulter. Andrew nimmt meine andere Hand. So sitzen wir die ganze Fahrt bis in die Stadt.

Endlich hab ich sie im Sack. Jetzt kann ich mich zu Hause gemütlich zurücklehnen. Erst habe ich sie mir zwar vom Hals gewünscht, aber jetzt freue ich mich auf ein paar zusätzliche Tage mit ihnen.

Andrew hatte recht. Obwohl wir zehn Minuten zu spät im Krankenhaus waren, warten wir noch immer. Ich kann Krankenhäuser nicht ausstehen. Gegenüber hustet eine Frau so widerwärtig vor sich hin, als kotze sie sich gleich die Lungen aus. Ein Teenager kratzt sich unablässig unterm Shirt, wobei seine Fingernägel mit einem grässlichen Geräusch kleine Partikel seiner fiesen, unidentifizierten Hautkrankheit an die Luft freisetzen. Ich erschaudere. Die Mutter drückt mir die Hand. Bestimmt glaubt sie, ich hätte Angst vorm Doktor. Da hat sie womöglich sogar recht. Vorsichtig streiche ich über den Verband am Arm. Die Mullbinde fühlt sich rau an. Das Ding juckt fürchterlich, aber ich will trotzdem nicht, dass man es abnimmt. Mir graut davor, wie schlimm mein Arm wirklich aussehen mag. Dauernd muss ich daran denken, wie die Scherbe mir durchs Fleisch schnitt.

Aus dem Augenwinkel bemerke ich einen schwarzen Schatten. Er ist da. Der Lieferwagen. Ich umklammere die Hand der Mutter noch fester. Woher wusste der, wohin wir fahren?

Vielleicht sollte ich der Mutter doch davon erzählen. Sicher eine blöde Idee, aber ich verspüre den überwältigenden Drang, meine Angst mit jemandem zu teilen. Dann höre ich das Klippklapp der Schuhe der Krankenschwester auf uns zukommen.

„Rebecca Winter? Kommen Sie bitte mit."

Der Vater lächelt mir zu, während ich mit den Beinen baumelnd abwarte, dass der Doktor seine Instrumente bereitlegt. Wie ein Kleinkind komm ich mir hier oben vor. Das Zimmer ist etwas zu klein für uns alle. Der Doktor beugt sich neben mir über seinen Kram, die Schwester steht an seiner Seite, und die beiden Eltern drücken sich an der Tür herum. Ob andere Eltern ihre Mittzwanziger-Kinder wohl auch ins Behandlungszimmer begleiten?

Unter allgemeinem Luftanhalten wickelt der Doktor den Verband auf. Die letzte Schicht klebt an der Wunde, die einfach widerlich aussieht. Glänzend, merkwürdig klumpig, etwa so groß wie ein Fünfzig-Cent-Stück. Der Verband zieht die Kruste ab, es blutet wieder. Mir wird übel, und ich muss wegschauen.

„Ist es schlimm?", fragt der Vater den ebenfalls leicht angeschlagen wirkenden Arzt.

„Nein, nein. Nur eine Fleischwunde", erklärt der. Ich spüre seinen warmen Atem an der Haut.

„Bist du okay?", fragt die Mutter und sieht mich eindringlich an.

„Alles gut", sage ich.

Ich zucke zusammen, als der Arzt ein dickflüssiges Antiseptikum aufspritzt. Dann legt er einen durchsichtigen Plastikverband darüber und wickelt alles wieder in Mull ein.

„Gut, jetzt noch die Blutprobe, dann sind wir fertig."

„Wieso Blutprobe?"

„Für die Polizei. Hätten Sie schon letztes Mal abgeben sollen", sagt er, ohne mich anzusehen. Wahrscheinlich denkt er, ich schäme mich, rumgeheult und mir die Haare ausgerissen zu haben.

„Für Andopolis?", frage ich. Er blickt in die Akte.

„Genau, Vincent Andopolis", bestätigt er.

„Aber wozu? Was wollen die denn wissen?"

„Eigentlich alles. Ob Sie eine Infektion oder andere Krankheit haben. Einen Drogentest machen wir auch", sagt er und fügt mürrisch hinzu: „Obwohl der viel aussagekräftiger gewesen wäre, wenn wir ihn gleich gemacht hätten."

Jetzt bin ich angeschissen. Weil ich ihm nicht gebe, was er will, glaubt mir Andopolis kein Wort mehr. Der verpeilte Schnarchsack vom ersten Tag im Krankenhaus ist nicht mehr wiederzuerkennen. Schon bereitet die Schwester eine Nadel vor. Vor mir auf dem Tisch liegt Becs Akte. Blutgruppe A positiv. Spätestens heute Abend kommt die Wahrheit ans Licht. Und mir fliegt alles um die Ohren. Ich muss ins Gefängnis. Und die Mutter sehe ich nie wieder.

Die Kanüle in der Hand, kommt die Schwester auf mich zu.

„Ich will das nicht!", sage ich.

„Schon gut, mein Schatz, wir sind ja bei dir", beschwichtigt die Mutter.

Schreckliche, nervöse Panik steigt in mir auf. Die Schwester streckt meinen gesunden Arm und rubbelt mit Gummihandschuhfingern an der Vene in der Ellenbeuge herum. Sie darf mir diese Nadel keinesfalls setzen. Ich könnte eine Ohnmacht vorspielen, vielleicht wär das was. Aber nein, dann könnten sie mich anzapfen, während sie mich für bewusstlos halten. Die Nadel schwebt schon dicht über der Haut. Mir bleibt keine Wahl: Ich schlage sie der Schwester aus der Hand. Klappernd fällt sie zu Boden, das einzige Geräusch in der schockierten Stille. Alle sehen mich an.

„Rebecca", raunt der sichtlich erschrockene Doktor, „wenn Sie gewalttätig werden, muss ich Sie fixieren lassen." Er spricht gleichmäßig und gefasst, doch ich höre, wie es darunter brodelt.

„Ich will nicht, dass Sie mir Blut abnehmen", erkläre ich.

Die Mutter tritt auf mich zu und legt die Arme um mich.

„Hab keine Angst", sagt sie. „Ist doch nur ein kleiner Pikser."

„Hört mir eigentlich jemand zu? Ich sage Nein!"

Der Doktor blickt mich streng an. „Das ist eine polizeiliche Verfügung, Rebecca. Wir können den Sicherheitsdienst rufen, um Sie festzuschnallen, wir können Sie verhaften lassen oder Sie lassen mich in Ruhe eine Blutprobe nehmen. Liegt ganz bei Ihnen."

Diesmal packt der Arzt mein Handgelenk, viel fester als die Schwester. Ich blicke zum Vater, der mit dem Kopf zwischen den Schultern auf den Linoleumboden starrt. Er ist meine letzte Chance.

„Daddy!", flehe ich und lasse die Tränen kullern. „Bitte!"

Ruckartig blickt er auf, mir in die Augen, und wird aktiv.

„Hände weg von meiner Tochter!“, befiehlt er dem Arzt. Er macht einen Schritt nach vorn. Plötzlich wirkt er größer. Der Doktor scheint das auch zu merken, denn er lässt mich augenblicklich los.

„Tut mir leid, Sir, aber Rebecca muss wirklich kooperieren. Wir wollen doch nur ihr Bestes …“

„Indem Sie meiner traumatisierten Tochter androhen, sie festzuschnallen? Ich bringe Rebecca jetzt nach Hause. Sofort.“

Ich lasse mich von der Liege auf die Füße rutschen und strahle den Vater an. Hätte ich ihm echt nicht zugetraut.

Grade noch mal gut gegangen. Haarscharf war das. Andopolis macht ernst, nimmt sich jedes Quäntchen Kontrolle zurück, das ich zu haben glaubte. Und nicht nur aus Frust – er hat Zweifel. Er bezweifelt meine Story, meine Motive. Ich kann nur hoffen, dass er nicht auch noch den DNA-Test anzweifelt, doch auch das kann ich nicht mehr ausschließen.

Auf der Fahrt zurück nach Hause herrscht Stille im Auto. Bei jeder Abzweigung drehe ich mich unwillkürlich um, halte Ausschau nach dem Lieferwagen. Als wir endlich ankommen und die Tür vor der Außenwelt verschließen, fällt mir ein Stein vom Herzen. Solange Andopolis und der Lieferwagen da draußen sind, würde ich am liebsten gar nicht mehr vor die Tür. Ich werde gejagt. Überall lauert man mir auf. Nur zu Hause bin ich noch sicher.

Ich setze mich aufs Sofa und versuche durchzuatmen. Hilflosigkeit bringt mich nicht weiter. Angst bringt mich nicht weiter. Ich schlucke beides runter, so gut ich kann.

Die Eltern wollen nicht, dass ich am Nachmittag Andopolis treffe. Der Vater ruft ihn an, um abzusagen, aber so leicht wird das bestimmt nicht.

Pünktlich auf die Minute biegt Andopolis in die Einfahrt. Ich könnte den Vater bitten, ihm zu sagen, dass ich nicht komme. Allerdings bin ich ziemlich sicher, dass es nichts nützt, sich vor Andopolis zu verbarrikadieren. Das kennt er sicher schon. Und wird nur noch mehr Druck machen.

Gestern meinte er, ich solle was mitbringen, um mein Gesicht zu verbergen, weil wir mit dem Bus fahren würden, den Bec immer von der Arbeit nahm. Ich setze mir einen Sonnenhut auf und gehe ihm entgegen. Auf ins Gefecht.

Schweigend sitzen Andopolis und ich im Bus. Ich bin so wütend auf ihn, dass ich kein Wort rausbekomme. Sich derart über mich hinwegzusetzen, über meine Rechte an meinem Körper. Er hat die harten Bandagen angelegt, macht keine Mätzchen mehr. Aber er hat keine Ahnung, worauf er sich einlässt. Vor Wut kochend sehe ich durchs Fenster zu, wie die Vorstadt an uns vorbeizieht. Um mich herum im Bus plappern Leute – miteinander und übers Handy.

„Sie sind so schweigsam heute“, sagt Andopolis.

Ich balle die Fäuste. Am liebsten würde ich ihm eine verpassen. Stattdessen starre ich aus dem Fenster ins Leere und versuche, die Fassung zu bewahren. Meiner Wut nachzugeben würde mich nur noch mehr Kontrolle kosten.

„Ich dachte, wir sollten vielleicht eine Pressekonferenz einberufen“, nuschle ich.

Das überrascht ihn. Gut so.

„Keine gute Idee, wenn Sie mich fragen." Er sieht sich um, vergewissert sich, dass niemand zuhört.

„Finde ich schon. Die Leute sollten erfahren, dass ich entkommen bin. Das könnte anderen Opfern Mut machen."

Und ihn als Idioten dastehen lassen. Was hat er damals noch gesagt? Wenn Bec noch lebt, wird er sie finden? Tja, hat er aber nicht.

„Ich möchte meine Geschichte erzählen", fahre ich fort. „Die Leute wollen bestimmt von der endlosen Fahrt im Polizeiauto hören, während der ich fast verblutet wäre. Und davon, wie toll Sie mir geholfen haben, mein Gedächtnis wiederzufinden. Also mal abgesehen von heute, als ich mich entscheiden sollte, ob ich lieber festgeschnallt oder verhaftet werden will."

Er knirscht mit den Zähnen.

„Wissen Sie, wer Ihre Geschichte wirklich gerne hören würde? Ich. Nichts wäre mir lieber."

Ich sage nichts. Er soll ruhig wissen, dass er nicht der Einzige ist, der eine Vorliebe für Opfer hat. Ich sehe schon die Schlagzeilen von mir: *Grobe Schnitzer bei der Polizei, zehn Jahre Ermittlungspannen, Senior Investigator blamiert.* Fotos von mir, dem armen kleinen Mädchen, und dem großen bösen Andopolis.

Natürlich ist das ein Bluff. Mich an die Presse zu wenden würde mir tausendmal mehr schaden als ihm.

„Und das hier kurbelt Ihr Gedächtnis also nicht an?", blafft er.

Arschloch. Ich schäume vor Wut.

„Bitte, lassen Sie mich in Ruhe!“, schreie ich in leicht hysterischem Ton.

Der Bus verstummt; einige Leute sehen ihn böse an.

„Beruhigen Sie sich, Rebecca“, murmelt er, und seine Augen huschen hin und her.

„Lassen Sie mich!“, kreische ich.

„Hey, Kumpel!“ Der Typ mit der Baseballmütze im Sitz vor uns dreht sich um. „Lassen Sie das Mädchen in Ruhe.“

Andopolis zeigt dem Mann seine Marke.

„Halten Sie sich raus“, weist er ihn an. Der Mann blickt kurz zu mir und dreht sich schnell wieder um. Allerdings fiel mir etwas auf, als Andopolis ihm die Marke ins Gesicht streckte: Seine Fingernägel sind splittrig. So sahen die anfangs nicht aus. Er muss angefangen haben, sie zu kauen.

„Hören Sie auf mit dem Unsinn“, knurrt Andopolis mich leise an. Ich wünschte, ich könnte einfach aussteigen und nach Hause laufen, aber ich habe zu große Angst, allein unterwegs zu sein. Bestimmt folgt der Lieferwagen gerade diesem Bus, wartet auf eine Gelegenheit.

Endlich erreichen wir Becs Haltestelle. Andopolis steht auf, drückt den Knopf, packt mich am Arm und zerrt mich aus dem Bus.

„Was, zur Hölle, sollte das?“, fragt er auf der Straße.

„Lassen Sie los!“

„Hören Sie auf, Bec!“

„Sie tun mir weh!“, schreie ich, obwohl das nicht stimmt. Er lässt los, als stünde mein Arm unter Strom. Stinkwütend marschiere ich die Straße rauf, hoffe jedoch, dass er mir folgt, bis ich näher am Haus bin. Tut er auch.

„Sie erinnern sich also an gar nichts?" Er muss fast rennen, um mit mir Schritt zu halten. Sein Bauch wackelt dabei auf und ab.

„Wissen Sie, woran ich mich erinnere? An das Arschloch von Arzt, dem Sie gesagt haben, er soll mich notfalls ans Krankenhausbett fesseln, um mir Blut abzuzapfen."

„Wenn Sie zur Presse gehen, sind wir am Ende."

„Umso besser!"

Er stöhnt frustriert. „Ich will Ihnen doch nur helfen, sogar wenn Sie das selbst nicht wollen."

„Und das machen Sie, indem Sie einem traumatisierten Entführungsopfer drohen, ja?" Ich bin sauer, einfach nur sauer, aber jetzt sind Tränen angesagt. Ich hab ihm gezeigt, wozu ich fähig bin. Also bleibe ich jetzt einfach stehen, blicke zu Boden und beiße mir so fest in die Wange, dass ich Blut schmecke. Aber die Tränen fließen auch.

„Ich dachte, ich könnte Ihnen trauen", schluchze ich.

Hin und her gerissen blickt er mich an.

„Tut mir leid", sagt er schließlich ein wenig knapp.

Ich sehe mich um. Niemand zu sehen. Also laufe ich weg, die Straße hoch zu Becs Haus.

Am nächsten Vormittag liege ich bäuchlings auf dem Sofa und warte auf das Geräusch von Andopolis' Wagen. Er hätte längst hier sein sollen. Sieht aus, als hätte ich's geschafft, hätte ausreichend Druck gemacht, dass er nicht mehr kommen mag. Wahrscheinlich hat er mir die Drohung mit den Medien abgekauft. Wenn das stimmt, gehört Becs Leben von nun an ganz offiziell mir. Ich müsste mir keine Sorgen mehr machen – es wäre vorbei.

Ich spiele mit Hector, der neben mir auf dem Teppich sitzt und nach einem alten Schnürsenkel schnappt, den ich hin- und herschwenke. Keine Ahnung, was ich mit dem Tag noch anfangen soll. Die Mutter ist mit den Zwillingen shoppen. Sie will mir ein paar Klamotten mitbringen, da ich ja mit Andopolis unterwegs sein sollte. Hätte ich mal Jack nach seiner Nummer gefragt, statt zu sagen, er solle sich meine besorgen – dann könnte ich ihn jetzt bitten, mich abzuholen. Andererseits sähe es wohl komisch aus, wenn ein Entführungsopfer sich an einen Kerl ranschmeißt. Hector dreht sich auf den Rücken, streckt auf der Jagd nach dem Schnürsenkel alle vier rosa Pfoten in die Luft. Ich kraule ihm den Bauch, und er erschrickt, springt auf die Füße und weicht zurück, als würde er angegriffen.

In diesem Moment dringt ein Geräusch an mein Ohr. Es klingt, als würde jemand weinen. Ganz leise, fast nicht zu hören. Einen verrückten Moment lang glaube ich, es sei Bec, die endlich nach Hause gekommen ist und merkt, dass sie ersetzt wurde. Je näher ich der Treppe komme, desto lauter wird es. Ich bilde es mir also nicht ein. Irgendwer weint hier – ein Mann. Ich erreiche den Fuß der Treppe. Das Geräusch kommt von links, aus dem Elternschlafzimmer. Die Tür ist zu, also klopfe ich vorsichtig an. Keine Antwort, aber das Weinen verstummt. Ich überlege, wieder raufzugehen, denn aus irgendeinem Grund will ich den Vater nicht weinen sehen. Andererseits gehört er jetzt zur Familie, schließlich hat er mir gestern im Krankenhaus den Arsch gerettet. Ich drücke die Tür auf. Schwer sitzt der Vater auf dem Rand des makellos gemachten Betts. Abgesehen von den beiden ordentlich aufgeräumten Nachttischen gibt es hier keine Möbel. Heruntergelassene Rollos sperren die Sonne aus. Seufzend vergräbt der Vater das Gesicht in den Händen, ein schwarzer Schemen im grauen Zimmer.

„Dad?"

Er dreht sich um, das Gesicht grau und zerknirscht.

„O Gott", wispert er. Wieder fließen Tränen. Es klingt schmerzvoll, als ob jedes Schluchzen ihn von innen zerreißt.

„Was hast du denn, Daddy?"

„Geht schon", flüstert er.

„Warum flüsterst du?", frage ich in normaler Lautstärke.

Panisch reißt er die feuchten Augen auf und legt einen Finger auf die Lippen.

„Hier ist doch niemand außer uns", sage ich.

„Geh!", flüstert er drängend.

Er wendet sich ab und blickt zu Boden, wartet, dass ich verschwinde. Mir stellen sich die Armhaare auf. Das kann doch unmöglich derselbe Mann sein, der mich im Krankenhaus gerettet hat? Was ist seit gestern nur passiert?

„Bitte, sei nicht traurig." Es klingt furchtbar gezwungen, aber ich kann ihn hier nicht so sitzen lassen. „Ich hab dich lieb, Dad. Du hast mich gestern gerettet."

Er antwortet so leise, dass ich mich vorbeugen muss, um etwas zu verstehen. „Nein. Es ist zu spät. Viel zu spät."

Ich habe keine Ahnung, was er meint, aber langsam macht er mir Angst. Mit schmerzhaft klopfendem Herzen schließe ich die Tür und gehe wieder auf mein Zimmer.

Auch von hier oben höre ich ihn noch schluchzen.

ZEHNTES KAPITEL

BEC 14.01.03

Zuerst dachte Bec, das Geschrei wäre nur Teil ihres Traums. Ein fieser Traum, die übelste Sorte. Auch nach dem Aufwachen lebten seine schwitzigen, eitrigen Bilder noch kurz weiter, bevor sie sich wieder ins Unbewusste verzogen. Das Geschrei war jedoch immer noch zu hören. Einen Moment lauschte sie teilnahmslos. Einbildung war das nicht. Entweder ihre Mutter, ihr Vater oder einer ihrer Brüder.

Bec quälte sich aus dem Bett und ging auf die Tür zu, doch die taumelte und tanzte hin und her. Der Türgriff schien zu flackern. Bec streckte die Hand aus, bis sie mit den Fingerspitzen das kalte Plastik berührte, und zog. An die Wand gestützt tappte sie zur Treppe, wo sie sich auf die oberste Stufe setzte, um den Abgrund vor sich zu überblicken. Wieder ein dumpfer Schrei, erstickt und panisch. Auf allen vieren krabbelte sie zitternd die Treppe hinab. Auch unten kam sie nicht recht auf die Füße, also krabbelte sie einfach weiter in Richtung des Geräuschs. Es kam aus der Waschküche.

Die Waschküche schien von einer merkwürdigen Energie zu beben. Das Geräusch kam allerdings von dahinter. Von hinter der Tür. Aus der Garage. An den Wandkacheln zog Bec sich auf die Füße. Sie griff nach dem Türknauf, hörte das Geräusch plötzlich ganz laut. Zu laut. So laut, dass ihr die Ohren schmerzten. Ihre Hand rutschte auf dem Knauf ab – er war nass. Und ihre Finger glänzten rot.

Bec war früh wach. Ihr Zimmer erstrahlte im Morgenlicht, und der Wind klang wie Wellen, die sich am Ufer brechen. Einen Augenblick stellte sie sich vor, sie wäre am Strand. Dass sie alleine lebte, in einem kleinen Schindelhäuschen, wo sie jeden Tag mit einer Staffelei auf der Veranda saß und den Horizont malte. Nur konnte sie in Wahrheit leider überhaupt nicht malen. Wackelig stemmte sie sich aus dem Bett hoch, auf unter der Last zitternden Unterarmen. Sie hatte furchtbare Albträume gehabt. Die schlimmsten seit Langem. Jetzt blinzelte sie die Bilder von Blut und Folter fort.

Merkwürdig. Sie konnte sich gar nicht erinnern, wie sie gestern ins Bett gegangen war. Wie sie bei Lizzie gewesen, dort wie eine Idiotin weggelaufen und im Park gestürzt war, wusste sie noch genau. Danach war jedoch alles seltsam diffus. Sie blickte an sich hinab und stellte fest, dass sie in ihren Klamotten geschlafen hatte. Aber was waren diese dunkelroten Flecken auf ihrem Kleid? Das sah aus wie Blut! Sie schlug sich die Hand über den Mund, um nicht zu kreischen. Unter der Decke war noch mehr. Und auf ihren Händen, überall auf ihren Händen. Die Handflächen waren komplett rot. Zitternd hob sie ihr Kleid an, erwartete, dass darunter eine blanke Wunde klaffte. Doch die Haut war unversehrt. Das Blut war also nicht von ihr.

Bec zog sich das Kleid über den Kopf und lief ins Bad, sprang samt Unterwäsche in die Dusche und drehte sie voll auf. Ihr war schlecht. Von Ekel gepackt, kam es ihr gallig hoch. Sie kniete sich auf den Boden und übergab sich auf die Wandkacheln.

Als sie abgeschrubbt und in ein Handtuch gewickelt aus

dem Bad kam, fielen ihr die kleinen roten Flecken auf dem Teppich auf, die zu ihrem Bett führten. Rasch zog sie die Bettwäsche ab und warf sie auf den Boden. Sie hatte selbst Schuld. Sie war eingeschlafen, ohne vorher den Stuhl unter die Tür geschoben zu haben. Das Phantom war da gewesen. Es hatte sich ins Zimmer geschlichen und sie mit Blut übergossen. Mit geschlossenen Augen kämpfte sie gegen die Vorstellung an, von der sie sich fast noch einmal übergeben musste.

Sie zog sich an und ging in die Küche, um Kaffee zu kochen. Im Zimmer wollte sie nicht bleiben. Der Anblick der kleinen roten Flecken auf dem Teppich war nicht zu ertragen.

„Du bist aber früh auf", sagte ihr Vater, der am Küchentisch saß und frühstückte.

„Du auch", entgegnete sie und schaltete den Wasserkocher ein.

„Ich steh immer so früh auf. Du kriegst das nur nie mit, weil du noch schläfst."

Bec beschäftigte sich lieber mit dem Kaffee, als sich mit ihm zu unterhalten.

„Entschuldigung wegen gestern, Becky. Ich hatte im Büro was wirklich Dringendes zu erledigen. Geht's dir denn besser?"

„Ja. War sicher nur ein Hitzschlag."

„Hm, na, mach heute mal langsam, ja?"

„Okay", sagte sie und setzte sich an den Tisch.

„Mom meinte, du hast vergessen, mit den Jungs ins Schwimmbad zu gehen?"

„Ich hab doch gesagt, es tut mir leid!" Er hatte sich noch

nicht mal selbst richtig entschuldigt und fing bereits von ihren Brüdern an.

„Ich weiß. Aber sieh zu, dass du das wiedergutmachst, ja?"

Bec ignorierte ihn einfach. Wie krank musste sie eigentlich werden, bevor ihre Eltern mal auf sie achteten statt auf die Zwillinge? Die aufgeschlagene Zeitung auf dem Tisch zeigte ein Foto von Rauch und Flammen. Es war schwer, sich vorzustellen, dass in diesem Augenblick ganz in der Nähe dieses Feuer loderte. Ihr Vater aß auf und trug den Teller zur Spüle; er hatte ihr noch nie sehr viel zu sagen gehabt. Wie er so über die Fliesen schlurfte, fiel Becs Blick auf seine Füße: bleich und unbehaart, die Nägel ein Stück zu lang. Schnell wandte sie sich ab, bevor ihr der Kaffee wieder hochkam.

Von oben hörte sie, wie ihre Mutter aus der Dusche kam. Sie schnappte sich ihre Tasche und ging auf ihr Zimmer. Seit wann war es mit ihrem Vater eigentlich so seltsam? Als sie noch klein gewesen war, hatte er jeden Freitag nach der Arbeit ein Puzzle mit nach Hause gebracht. Schon beim Reinkommen hatte er es triumphierend geschüttelt, und sie hatte aufbleiben dürfen, bis es fertig war. Das war ihr gemeinsames Ding, nur für sie beide. Bis er eines Freitags ein Puzzle mit Pferden mitbrachte. Hielt er sie etwa ernsthaft für eins dieser Pferdemädchen? Für eine dieser Tussis, die in Reitstiefeln in die Schule kamen und merkwürdigerweise nie Ärger dafür kriegten, dass die nicht zur Schuluniform gehörten? Ständig tauschten die Sammelbildchen mit Pferden aus oder taten, als wären ihre Stühle Ponys, und ritten debil kichernd darauf herum. Wie ihr Vater sie für eine von denen halten konnte, war Bec schleierhaft. Das Puzzle wollte sie schon aus Prinzip nicht machen. Na gut, hauptsächlich aus Prinzip, aber auch, weil all ihre anderen Freundinnen inzwischen freitagabends ins Kino durften. Seinen Gesichtsausdruck von damals hatte sie allerdings nicht vergessen. Und Puzzle hatte er nie wieder mitgebracht.

Später, als ihre Eltern zur Arbeit gegangen waren, schleppte sie das Bündel blutigen Bettzeugs und das Kleid nach unten. Wie eine verschämte Bettnässerin bei der Vernichtung der Beweise kam sie sich vor. Sie stopfte alles in die Waschmaschine und tränkte es in Bleichmittel. Eine Weile sah sie zu, wie die Sachen sich in der Maschine im Kreis drehten. Fast wünschte sie, sie könnte mit hineinklettern. Und gebleicht und makellos wieder heraussteigen.

Als sie gerade gehen wollte, bemerkte sie, dass die Tür zur Garage aufstand. Sie zog sie zu und mit einem Mal überkam sie unerklärliche Panik. Der Traum von letzter Nacht meldete sich wieder. Schnell griff sie nach Bleiche und einem Schwamm und ging nach oben, um den Teppich zu reinigen.

Zu Beginn ihrer Schicht hatte Bec sich wieder gefangen. Das kratzige Polyester der Uniform und der Geruch brutzelnden Fleisches wirkten merkwürdig beruhigend auf sie. Es war viel los, also stellte sie sich sofort hinter eine der Kassen und nahm Bestellungen entgegen. Ellen stand an der Kasse links neben ihr, Luke an der zu ihrer Rechten. Hinter ihr klapperte Matty in der Küche, und Lizzies Stimme ertönte aus dem Lautsprecher vom Drive-in. Ohne richtig miteinander zu sprechen, waren sie doch aufeinander abgestimmt wie Tänzer auf der Bühne. Bec fühlte sich sicher, so als könnte ihr niemals etwas Schlimmes zustoßen, solange sie diese Menschen um sich hatte. Sie waren wie eine Familie.

Als der Andrang nachließ, warf Luke ihr die Arme über die Schultern. Sofort wurde ihr wieder schwindlig, so völlig umfangen von seinem Duft, wie sie war.

„Wie läuft's?“, fragte er.

„Es ist schon wieder passiert“, antwortete Bec.

Davon zu erzählen tat gut. Sie hätte erwartet, dass es ihr peinlich sein würde, aber das war es nicht. Stattdessen fühlte sie sich mit alldem nun nicht mehr so allein.

„Wie viel Blut genau?“, erkundigte sich Ellen.

„Eine Menge. Überall verschmiert und angetrocknet.“ Das Blut an ihren Händen verschwieg sie.

„Könnte das nicht deins gewesen sein?“, fragte Luke.

„Er meint, ob du deine Tage hast“, übersetzte Lizzie.

„Nein! Meinte ich nicht!“, wehrte Luke ab und versetzte ihr einen leichten Schubs.

„Ich hab nicht meine Tage, du Spinner“, sagte Bec. Luke errötete ein wenig.

„Ich dachte, du hast dich vielleicht geschnitten oder so.“

„Klar doch“, höhnte Bec. „Alter Perversling.“

„Ach, halt doch die Klappe“, erwiderte Luke, nahm sie in den Schwitzkasten und wuschelte ihr durchs Haar.

Kreischend schubste Bec ihn von sich. Doch als sie sich umblickte, blieb ihr das Lachen im Halse stecken. Ellen sah sie skeptisch an, Matty hantierte ungewöhnlich leise in der Küche. Sie glaubten ihr nicht. Natürlich nicht, so wie sie lachte und herumalberte. Allerdings fiel es ihr schwer, irgendwas anderes als glücklich zu sein, solange Luke in der Nähe war. Aufgewühlt oder verängstigt zu sein schien da unmöglich – ganz besonders, wenn er sie berührte.

Und trotzdem sagte sie die Wahrheit. Sie wollte nicht bloß Aufmerksamkeit. Es war die Wahrheit, und sie würde es ihnen beweisen.

„Ich will das mit dem Exorzismus machen", sagte sie.

„Yes!", rief Lizzie. „Ich besorge das Ouijabrett."

„Morgen vielleicht? Kommt ihr auch?"

„Bin dabei", sagte Luke.

Ohne dem warmen Gefühl in der Brust zu sehr nachzugeben, wandte Bec sich an Ellen, blickte ihr direkt in die Augen.

„Und du?"

Ellen schaute weg. Warum Bec so wichtig war, dass ihre Chefin dabei sein würde, wusste sie selbst nicht genau.

„Wir können nicht alle kommen, Bec. Irgendwer muss schließlich arbeiten."

„Wir könnten's nach dem Schließen machen."

„Gruselig!", meinte Liz.

„Stört das nicht deine Eltern?"

„Wir sind ganz leise."

„Machen wir's doch in der Garage", schlug Lizzie vor. „Die ist ziemlich abgetrennt vom Rest des Hauses. Da hören die uns nie."

Wieder stieg diese unerklärliche Panik in Bec auf, doch sie schob sie weg.

„Ich denk mal drüber nach, okay?", sagte Ellen.

Später – Ellen war bereits gegangen und es wurde dunkel – kam Luke herüber und legte erneut den Arm um sie. Bec ließ die Fritten Fritten sein und blieb einfach stehen, atmete seine Nähe.

„Sicher, dass es dir gut geht?", fragte er.

„Ja. Jetzt, wo wir was tun, geht's mir schon besser."

Das stimmte nur teilweise, erschien ihr jedoch als die richtige Antwort. Die Vorstellung, den Exorzismus in der Garage abzuhalten, gefiel ihr nicht. Dennoch hatte Lizzie recht: Nur dort würden sie Becs Eltern nicht wecken.

„Ich glaube, du könntest ein bisschen Ablenkung vertragen. Ein Freund von mir macht heute Abend 'ne Party. Komm doch auch."

Sie spürte, wie sie rot wurde.

„Das wär toll", sagte sie.

„Cool. Ich schick dir die Adresse."

Er drückte ihr die Schulter und ging zurück zur Theke. Neben ihm fühlte Bec sich immer so klein und zerbrechlich. Diese Party war die perfekte Gelegenheit für das Kleid von Scanlan Theodore. Sie sah sich schon vor sich, wie sie darin bei der Party ankam, sich ganz lässig mit Luke auf der Couch unterhielt. Wie sie seine Freunde kennenlernte, so als wäre sie eine von ihnen. Wie Luke wieder ihre Hand hielt.

„Hey, Bitch, aufwachen!" Lizzie verpasste ihr einen Klaps auf den Po.

„Äh, hallo? Das ist sexuelle Belästigung am Arbeitsplatz", wies Bec sie zurecht.

„Und das?" Liz pikte sie in die Brust.

„Au!“ Bec lachte.

„Sollen wir uns nachher zusammen für die Party fertigmachen?“

Becs Mundwinkel rutschten nach unten.

„Welche Party?“

„Oh, äh … Hat Luke dich nicht eingeladen? Ups …“, antwortete Liz.

„Doch! Ich dachte bloß, das wär ’ne coole Party für coole Leute, nicht für Loser wie dich.“

„Wow, du kannst ja richtig zickig sein! Find ich gut!“

„Wir können uns bei mir fertigmachen. Ich hab noch ’nen Vorrat unterm Bett.“

„Super, dann kriege ich auch gleich das Spukhaus zu sehen.“

Lizzie machte Geistergeräusche und ging zurück zum Drive-in-Schalter. Über den Fritten leuchtete das Signallämpchen. Bec starrte es an, bis ihr grüne Flecken vor den Augen tanzten wie Jelly Beans.

Vielleicht war es doch gar nicht so schlecht, Liz dabeizuhaben. Allein bei der Party aufzukreuzen konnte Bec sich sowieso nicht vorstellen. Den ganzen Weg bis zu Becs Haus hatte Lizzie den Schnabel nicht zugekriegt, doch nun, wo Bec in ihrer Tasche nach den Schlüsseln kramte, war sie jäh verstummt.

„Hast du jetzt Angst vor meinem Haus oder was?“, fragte Bec.

„Ich war bloß ewig nicht mehr hier. Hab schon halb mit Gargoyles und ’nem Burggraben gerechnet, glaub ich.“

Bec verdrehte die Augen und schloss auf. Die Tür öffnete sich quietschend, doch im Flur war es gespenstisch still.

„Nach dir", sagte Bec.

Lizzie machte einen kleinen Schritt nach vorn, da sprangen ihr auch schon die Zwillinge vor die Nase.

„Buh!", riefen die beiden.

Lizzies Schrei gellte markerschütternd.

„Ihr kleinen Scheißkerle!", schrie sie die Jungs an und stürzte sich auf Paul.

Der duckte sich unter ihr weg, und die zwei rannten unter wildem Gekicher die Treppe rauf.

„Hast du das geplant?", fragte sie Bec.

„Nein! So sind die beiden eben." Auch Bec musste lachen.

„Ohne Scheiß, ich bin *so* froh, dass ich keine kleinen Brüder hab", sagte Liz und schlug sich eine Hand vors Gesicht.

„Ach komm, die sind eben Kinder." Bec lachte immer noch, als sie die Treppe hinaufgingen.

„Ja, aber echt weird. Weißt du noch, die Tote-Käfer-Sammlung, die du in ihrem Schrank gefunden hast?"

„Das ist doch Ewigkeiten her!"

Bec schluckte den Zorn hinunter, der jedes Mal in ihr aufflammte, wenn jemand anderes als sie schlecht über ihre Brüder sprach. Doch Lizzie wollte offensichtlich nur Zeit schinden, also ließ Bec es gut sein. Bewegungslos standen sie in der Tür zu Becs Zimmer und blickten in die Dunkelheit. Bec schaltete das Licht ein. Neben sich spürte sie, wie sich Liz ganz leicht anspannte.

„Alles okay", sagte sie mit einem Blick unters Bett. „Keine Monster, nur Wodka."

Aus dem hohlen Bettpfosten fischte sie eine halbleere Flasche Vanille-Wodka. Lizzie warf ihr ein schmales Lächeln zu und stierte auf den Teppich. Sie hatte die winzigen Flecken entdeckt. Bec war ihnen am Vormittag zwei Mal mit der Bürste zu Leibe gerückt, hatte sie jedoch nur zu einem blassen Rosa aufhellen können.

„Bec, das macht mir jetzt echt Schiss. Was ist hier los?“

„Schon okay, wir kümmern uns morgen drum.“

Liz zauderte noch immer, als würde es sie irgendwie verändern, diese Schwelle zu überschreiten.

„Wer weiß, vielleicht hatte ich doch nur meine Tage.“

„Echt jetzt?“ Ein richtiges Lächeln zog nun an Lizzies Mundwinkeln.

„Wahrscheinlich.“

„Mann, du bist ja voll eklig! Ich trete da nicht drauf, so viel ist klar.“ Lizzie hopste über die Flecken und setzte sich neben Bec, nahm ihr den Vanille-Wodka aus der Hand und setzte die Flasche an.

„Alter, ist das fies, das Zeug!“ Sie klang heiser. „Nächstes Mal kaufen wir den normalen, okay?“

„Oder wir nehmen Gin, soll echt gut schmecken.“ Bec fiel ein Stein vom Herzen dabei, in ihrem Zimmer mal wieder zu lachen. Endlich war es wieder *ihr Zimmer*, nicht bloß ein Ort des Grauens.

„Mein Dad sagt, von Gin muss man heulen“, wandte Lizzie ein.

„Ja, aber dein Dad ist auch ’ne Pussy.“

Lizzie warf ein Kissen, Bec sprang in Deckung.

„Mein Dad ist keine Pussy!“, rief Lizzie.

„Warum heult er dann, wenn er Gin trinkt?“, fragte Bec. „Egal, komm, wir machen uns fertig. Ich will richtig heiß aussehen! Das war ’ne Scheißwoche.“

Bec nahm das türkisfarbene Kleid heraus, Lizzie sprang auf und ging mit einer Hand Becs Klamotten durch, während sie mit der anderen den Wodka umklammerte.

„Ich hoffe schwer, du hast was Heißes, in das ich meine Titten reinkriege.“

„Klar, hab massenhaft Zeug geklaut, das mir nicht mal passt.“

„Wie das hier?“ Lizzie nahm ein abscheuliches, sackartiges Kleid heraus, das aussah wie aus einem ausgebleichten braunkarierten Geschirrtuch geschneidert.

„O Gott, steck das weg, davon krieg ich Augenkrebs.“

„Wieso hast du so was überhaupt?“

„Meine Mom hat’s mir gekauft. Sie ist echt traurig, weil ich’s nie trage.“

„Bleib dabei.“ Liz sah sie ernsthaft an. „Auch wenn sie das verletzt. Zieh das nie, niemals an.“

„Eher sterbe ich.“ Bec setzte sich vor den Spiegel und kleisterte neues Make-up über das alte.

„Vielleicht nehm ich das hier“, sagte Lizzie und hielt einen schwarzen Lederrock hoch. „Domina-Style, Baby.“

„Ha! Ich hab mich noch nie getraut, das anzuziehen.“

„Wieso? Total nuttig, find ich geil“, lachte sie und hängte den Rock zurück.

Bec widmete sich wieder ihrem Make-up. Sie würde heute Abend umwerfend aussehen. Ihr Handy summte. Luke, der ihr die Adresse schickte, mit einem kleinen x dahinter. Ein

Kuss. Bec konnte im Spiegel förmlich zusehen, wie sich das dämliche Grinsen auf ihrem Gesicht breitmachte.

„Die Party ist in Deakin."

„Gehen wir zu Fuß?"

„Nee, ich will in Heels auf die Party. Ich frag meine Mom, ob sie uns fährt."

Der Eyeliner war perfekt über Becs geschlossenes Lid gezogen. Die Mascara hielt, ohne zu klumpen. Das linke Auge war perfekt. Mit der Hand hielt Bec sich erst die rechte, dann die linke Seite zu, prüfte, wie viel besser sie geschminkt aussah. Im Zimmer war es merkwürdig still geworden. Das lag an Lizzie. Bec war so an ihr unablässiges Geplapper gewöhnt, dass ihr Schweigen sie irritierte. Einen eigenartigen Ausdruck im Gesicht, starrte sie in den Schrank.

„Was ist los?", fragte Bec.

„Könnten wir vielleicht lieber deinen Dad fragen?"

„Wieso?"

„Weiß nicht. Bei deiner Mutter fühl ich mich manchmal komisch."

„Wie meinst du das?"

„Weiß nicht."

Bec sah Lizzie prüfend an, suchte nach einer Antwort. Doch sie fand keine.

„Okay, ich frag Dad. Der schuldet mir sowieso was."

Sie sprang auf und rannte die Treppe hinab. Ihre Eltern saßen auf dem Sofa vor den Nachrichten.

„Dad, kannst du Lizzie und mich nach Deakin fahren?"

Die beiden blickten zu ihr auf. Im Licht des Fernsehers

wirkten ihre Gesichter wie von einem anderen Stern. Ihre Augen waren rot und müde, und zwischen ihnen hing etwas in der Luft, als hätte Bec eine Art stummen Streit gestört.

„Ist gut, Schatz", sagte er, und beide wandten sich wieder den Nachrichten zu.

Etwas später, als das Auto, in dem sie schweigend saßen, zum wiederholten Mal auf die Gegenfahrbahn driftete, wünschte Bec, sie hätte doch ihre Mutter gefragt. Sie wollte sich vorbeugen, um in die Heels zu schlüpfen, doch von der Fahrt wurde ihr langsam übel. Ihr Vater schien am Steuer beinahe einzuschlafen. Mit glasigen Augen krümmte er sich eigenartig übers Lenkrad. Als er den Blinker setzte, um von der Hauptstraße abzubiegen, hallte das Klicken wie Herzschlag durchs Auto.

Kaum hatten sie die Adelaide Avenue verlassen, rief Lizzie: „Von hier aus können wir laufen!"

„Schon klar, Eltern unerwünscht", brummte Becs Vater und fuhr an die Seite.

„Danke fürs Fahren", sagte Bec und rutschte rüber, um auf Lizzies Seite auszusteigen.

„Ja, danke, Mr. Winter!" Lizzie schlug die Tür zu, und Becs Vater fuhr an, so zaghaft wie ein Kleinkind, das gerade laufen lernt.

„Wow, dein Dad fährt echt beschissen", raunte Lizzie. „Das hätte *ich* ja besser gekonnt."

„Ich weiß, mir ist schon ganz schlecht." Bec legte sich die Hand auf die Stirn, doch das flaue Gefühl ließ bereits nach.

„Der Vanille-Wodka hat da wohl auch nicht geholfen", meinte Lizzie. „Komm jetzt, los. In zehn Minuten sind wir da."

„Ach Scheiße", fluchte Bec mit einem Blick nach unten. „Ich hab meine Schuhe im Auto vergessen!"

„Mist, willst du ihn anrufen?"

„Nee, vergiss es. Ich kann in den Dingern sowieso nicht gehen."

Lachend machten sie sich auf den Weg zur Party. Die Straßen waren verlassen, dabei war es erst halb zehn. Nach einer Weile hörten sie jedoch einen Beat durch die Stille dringen. Und als sie näher kamen, sahen sie vor einem der Häuser einen Haufen Leute herumwuseln.

Sie drückten sich durch die Menge und gingen durch das Gartentor neben dem Haus auf den wummernden Bass zu. Der Garten war vollgepackt mit allen möglichen Gestalten. Einige tanzten, andere quatschten auf der Treppe; im Schatten des Zauns ganz hinten im Garten knutschten Pärchen. Lichterketten funkelten überall in den Bäumen wie winzige eisblaue Sternchen. Bec entdeckte Luke inmitten des Gewühls; genau im selben Augenblick sah auch er zu ihnen herüber. Mit leuchtenden Augen kam er auf sie zu, und Bec sprudelte über vor Freude.

ELFTES KAPITEL

2014

Mein Handy klingelt. Eine unbekannte Nummer.

„Hallo?“

„Hi, wie geht’s?“

„Wer ist da bitte?“, frage ich mit erleichtertem Lächeln. Seit Stunden sitze ich nun alleine hier im Haus rum, und langsam wurde es unheimlich.

„Oh, sorry. Ich bin’s. Äh, also, Jack.“

„Weiß ich doch, Blödmann“, sage ich und er lacht. Draußen fährt ein Auto vor. Ich linse aus dem Fenster. Zum Glück nur die Mutter, nicht Andopolis.

„Und, äh, wie geht’s dir so?“, fragt er noch mal.

„Ganz okay. Lust, was zu unternehmen? Ich fühl mich hier ein bisschen eingepfercht.“

„Oh, klar. Wann?“

„Wie wär’s jetzt gleich?“ Die Mutter betritt das Zimmer, stellt eine Tasche aufs Fußende meines Betts und verschwindet schnell wieder.

„Jetzt gleich? Okay, klar.“

„Holst du mich ab?“

„Kein Problem, schon unterwegs.“

„Super“, sage ich und lege auf.

Ich muss lächeln; der Tag kriegt ja doch noch die Kurve. Die Tüte mit Klamotten liegt auf meinem Bett wie der Sack vom Weihnachtsmann. Ich muss unbedingt einen Blick reinwerfen. Der Geruch neuen, sauber in Papier geschlagenen

Stoffs ist berauschend. Irgendwas daran fand ich schon immer toll – zu toll. Ich muss daran denken, wie meine Stiefmutter die Tüten unter meinem Bett fand. Eine ganze Menge Tüten, aus den teuersten Boutiquen von Perth. Sie dachte, ich hätte einen heimlichen reichen Freund, und fand das offensichtlich ganz prima. Eine Hand auf dem Schwangerenbauch, lächelte sie mich an und freute sich, dass ich vielleicht schon weg sein würde, wenn das Baby käme.

In Wahrheit hatte ich aber keinen Freund, sondern nur eine Schublade voll Kreditkarten von ihren Freunden. Sie war ganz baff gewesen, als ich bei jeder blöden kleinen Dinnerparty angeboten hatte, den Leuten ihre Taschen und Mäntel abzunehmen. Dass man für so was in den Knast kommen kann, hab ich nicht gewusst.

„Gehst du raus?“ Die Mutter stellt den Staubsauger ab.

„Bloß ein paar Stunden, mit Jack“, antworte ich. „Ist das okay?“

„Aber natürlich, mein Schatz. Lizzies Bruder Jack?“

„Genau.“ Bevor sie den Staubsauger wieder einschalten kann, drücke ich sie einmal fest, atme ihren Vanilleduft ein. Wenn Andopolis den Fall abgeschrieben hat, hab ich sie jetzt wirklich für immer.

Die Zigarettenschachtel in der Tasche, gehe ich vor die Tür, um auf Jack zu warten. Dort ist allerdings schon Paul, lehnt an einem Baum und raucht.

„Ups, erwischt“, sagt er.

„Ich sag nichts, wenn du mir eine abgibst.“

„Becky! Das hätt ich ja nie gedacht!“ Er schnippt von unten an die Schachtel, sodass eine Zigarette ein Stück herausspringt, und hält sie mir hin.

„Cool“, sage ich sarkastisch, obwohl es das tatsächlich war.

Er zieht eine Braue hoch und gibt mir Feuer. Wir nehmen beide einen Zug. Paul fühle ich mich etwas näher als Andrew. Nett, ihn mal kurz für mich zu haben. Manchmal kommen mir die zwei fast schon *zu* dicke vor. Gar nicht so leicht, einen von beiden als einzelnen Menschen kennenzulernen. Ein Kombi biegt in die Einfahrt nebenan. Eine Horde lärmender Kleinkinder steigt aus und folgt einer ausgesprochen gestresst wirkenden Mutter ins Haus. Wir betrachten das Schauspiel.

„Max ist zwei Jahre nach dir verschwunden“, erklärt Paul, als hätte ich darüber nachgedacht.

„Ja, ich hab mich grade gefragt“, lüge ich. Vermutlich spricht er von jemandem, der im Nachbarhaus wohnte, als Bec noch hier war.

„Er hatte eine seiner Episoden, brüllte die ganze Nacht wie am Spieß. Dann lief er eines Tages einfach los und kam nie mehr zurück. Hat bestimmt vergessen, seine Medikamente zu nehmen oder so.“

„O nein“, sage ich, unsicher, wie viel Betroffenheit ich vorgaukeln soll.

Paul zuckt die Achseln. Ich asche auf die Wiese ab.

„Wie lief’s denn heute Morgen mit Vince?“, fragt er.

„Ist gar nicht gekommen.“

„Ach so? Wieso denn nicht?“

„Keine Ahnung.“

„Glaubst du, er gibt auf?"

„Kann ich mir nicht vorstellen", sage ich nach kurzem Zögern. Ich will Paul nicht beunruhigen. „Bestimmt kam ihm nur was dazwischen."

Jacks klapprige alte Rostlaube klettert den Hang rauf. Ich drücke die Zigarette am Baumstamm aus. Paul sieht das Auto und blickt mich mit hochgezogener Braue an.

„Halt bloß die Klappe!", sage ich und gehe zur Straße.

Jack fährt mit mir zum Glebe Park. Zwar soll ich mich eigentlich noch nicht in der Öffentlichkeit zeigen, aber ich kann nicht Nein sagen. Ich hatte fast schon wieder vergessen, wie groß er ist: Ich reiche ihm nur bis zur Schulter. Mit Kaffee und süßen Teilchen aus einem Café um die Ecke setzen wir uns aufs Gras. So im Schneidersitz wirkt er fast komisch, als wüsste er nicht, wohin mit den viel zu langen Gliedern. Gern würde ich mich an ihn kuscheln, aber ich lasse es bleiben. Er soll glauben, sich das verdienen zu müssen.

Es ist ein schöner, sonniger Herbsttag. Auf den Spielgeräten lachen und kreischen Kinder. Ein paar von ihnen bewerfen sich mit orange gefärbtem Laub. Auf den Bänken an der Seite sitzen Mütter; manche sind in Tratsch vertieft, andere beobachten stillvergnügt ihre Kleinen. Ein paar Beamte genehmigen sich ein spätes Mittagessen, futtern Sandwiches aus Klarsichtfolie und sehen Papierkram durch. Ich schließe die Augen, zwinge mich, den Moment zu genießen, den cremigen Milchkaffee und die säuerliche Süße von Himbeeren und Vanillepudding in meinem Teilchen. Die warme

Luft und den Geruch von Holz und frisch gemähtem Gras. Als ich die Augen wieder öffne, sieht Jack mich eindringlich an. Erst jetzt fällt mir auf, wie umwerfend grün seine Augen sind, mit kleinen Goldsprenkeln am Rand. Wirklich hübsch. Eigentlich sieht er rundum ziemlich gut aus. Die dünnen, aber starken Arme. Das struwwelige Haar. Das dämliche Lächeln. Wäre ich grade ich selbst, hätte ich ihn vermutlich längst geküsst. Aber ich bin Bec und darf nicht vergessen, wieso ich wirklich mit ihm hier bin.

„Und, hast du Lizzie schon verziehen?", frage ich.

„Ja, schon. Man kann ihr schwer lange böse sein."

„Ich weiß, was du meinst."

Das lasse ich erst mal einen Augenblick so stehen.

„Ehrlich gesagt", fahre ich dann fort, als plagte ich mich schon länger damit, „wollte ich dich gern was über sie fragen. Aber nur, wenn das nicht blöd für dich ist."

„Frag ruhig. Was gibt's?" Er reckt das Kinn, hört aufmerksam zu.

„Ähm, also, bei unserem Wiedersehen, da kam sie mir irgendwie seltsam vor. Als ob … Keine Ahnung, als ob sie sauer auf mich wäre oder so. Es ist nur …" Ich verstumme und lasse den Kopf sinken. Gar nicht so leicht, diese wunderschönen Augen anzulügen.

„Nur was?"

„Entschuldige, ich sollte nicht mit dir über sie sprechen. Das ist unfair."

„Bec", sagt er und stupst mich sanft an die Schulter. „Erzähl einfach, was dich bedrückt. Vielleicht kann ich helfen."

„Na ja, ich war so unglaublich froh, sie wiederzusehen,

aber ich hatte nicht den Eindruck, dass sie sich auch freut. Eher so, als würde sie mich ausfragen oder so, als glaubte sie mir nicht, dass ich ich bin. Das tat weh."

Ein bisschen Selbsterniedrigung schadet nie. Jack blickt mich traurig an und drückt mir das Knie. Wir schweigen einen Augenblick, bevor er antwortet.

„Als du plötzlich weg warst, war das nicht leicht für Lizzie, wirklich nicht leicht. Auf einmal war sie nur noch die beste Freundin dieses vermissten Mädchens. Und die Leute trauten sich entweder gar nicht mehr, mit ihr zu sprechen, oder quetschten sie nach Infos über dich aus."

„Das klingt ja furchtbar."

„Allerdings. Und ich glaube, das hat was mit ihr angestellt. Ich weiß nicht, ob sie dir das erzählt hat, aber sie ist inzwischen unglaublich erfolgreich."

„Nein, hat sie nicht erzählt", sage ich ganz leise.

„Ist sie jedenfalls. Bin echt stolz auf sie. Sie hat im öffentlichen Dienst Karriere gemacht; ich glaube, mittlerweile ist sie sogar die Chefin einiger Eltern eurer früheren Klassenkameraden. Aber das kommt eben auch daher: Sie war damals verdammt einsam. Ein paar Jahre hat sie sich völlig zurückgezogen und alles ihrem Ehrgeiz untergeordnet."

Ich weiß nicht, was ich sagen soll. Jack blickt mit feuchten Augen ins Leere, verliert sich in seinen Gedanken. Mein Plan geht grade nach hinten los, ich brauche Jack auf meiner Seite. Ich warte, dass er fortfährt. Würde ich das Gespräch gleich wieder auf mich lenken, würde das selbstsüchtig wirken. Der Wind weht durch ein paar junge Bäumchen, biegt ihre dünnen Stämme.

„Mein Dad war auch keine Hilfe“, sagt er. „Er redete ihr ein furchtbar schlechtes Gewissen ein, weil sie nicht da war, als du zu uns kamst, kurz bevor du … du weißt schon. Dauernd meinte er, du seist bestimmt nur weggelaufen. Liz glaubte deshalb, sie hätte das alles verhindern können.“

Das ist die Gelegenheit. „Nichts und niemand hätte verhindern können, was mir passiert ist“, sage ich.

Der Schleier vor Jacks Augen lichtet sich.

„Scheiße, Bec, tut mir leid.“

„Schon gut, ich hab ja angefangen. Gut, dass ich Bescheid weiß. Arme Lizzie, das muss schrecklich gewesen sein.“

„Du bist so selbstlos“, sagt er und lächelt mich voll Zuneigung an. „Ja, sie hatte es schwer, aber das ist nicht deine Schuld.“

„Tut mir trotzdem leid“, lege ich nach.

„Nein, muss es nicht. Lizzie sollte dir nicht die Schuld geben, das ist doch Unsinn.“

„Meinst du, du könntest mal mit ihr reden?“

„Na klar.“

„Danke“, sage ich. Jack stützt sich mit einer Hand auf den Rasen, und ich lege meine darauf. Er sieht erst sie an, dann mich, dann lächelt er. Leute, die sich so problemlos einwickeln lassen, finde ich normalerweise schwach. Ja, sogar dumm. Jack mochte ich dafür irgendwie nur noch mehr.

„Aber warum ist sie eigentlich sauer auf *dich*?“

Er stöhnt.

„Sie findet, dass ich mich zu tief in eine Sache verstricke, von der ich die Finger lassen sollte.“

„Jetzt bin ich neugierig. Worum geht's?", dränge ich, damit er sich mir anvertraut.

„Ich zeig's dir", sagt er, steht auf und klopft sich den Schmutz von der Jeans.

Als ich bei Jack zu Hause hinter ihm die Treppe raufgehe, wünsche ich mir, ich hätte nicht Becs Kinderunterwäsche an. Das Haus ist groß und modern, viel größer als Becs und fast so groß wie das meines Vaters in Perth. Sein Zimmer ist etwas chaotisch, aber warm und hell. In der Mitte steht sein Bett, daneben ein Schreibtisch und ein mit Post-its zugepappter Computer. Ein großer Stapel Pappkartons lehnt an der Wand. Durchs Fenster fällt mein Blick auf ein schimmerndes Rechteck aus blauem Wasser. Ein Pool.

„Ich hoffe, du findest nicht komisch, dass ich noch zu Hause wohne", sagt er. „Ich war schon mal ausgezogen, aber dann musste ich …"

„Ich find's gar nicht komisch", unterbreche ich ihn.

„Immerhin hab ich die Metal-Phase hinter mir." Er grinst.

„Da fällt mir ein Stein vom Herzen." Ich erinnere mich noch an meine eigene Metal-Phase.

Jack bemerkt, wie ich die Bilder auf den Pappkartons betrachte. Kinderzeichnungen, auf Postergröße aufgeblasen.

„Die sind von Kindern aus den Internierungslagern. Jemand von *Save the Children* hat sie rausgeschmuggelt, bevor von der Organisation niemand mehr reindurfte", erklärt er. „Vor ein paar Monaten haben wir für eine Demo Plakate daraus gebastelt."

Ich blättere sie durch. Einfache Kinderbilder, große, traurige Gesichter, über deren Wangen Tränen kullern. Die Kinder in Käfigen. Auf einem ist eine riesige Sonne mit bösem Gesicht. Ein anderes zeigt einen Mann unter einem Baum. Erst auf den zweiten Blick begreife ich, dass er sich erhängt hat. In der Ecke steht „Melika, 6 Jahre".

Ich stelle die Bilder zurück. Starker Tobak.

„Schrecklich", sage ich.

„Ja, oder?" Er setzt sich vor den Computer. „Schau mal hier ..."

Jack surft auf ein Blog und scrollt nach unten. Offenbar eine politische Seite über Flüchtlinge. Verschwommene Fotos von weißen Politikern, die Zigarre rauchen und in schicken Restaurants dinieren, daneben das Bild eines arabischen Teenagers mit zugenähten Lippen und ein kleines afrikanisches Mädchen, das sich an einen Zaun drückt.

„Das war noch vor der Nachrichtensperre."

„Ähm", mache ich. „Ich bin, was Politik angeht, nicht ganz auf dem neuesten Stand." Eine Entführung ist eine fantastische Ausrede dafür, keine Ahnung zu haben, was in der Welt so los ist.

„Entschuldige", sagt er. „Ich weiß schon, aber ..."

„Nein, schon okay. Erklär's mir bitte."

„Gut." Er denkt einen Moment nach. „Sag einfach, wenn du was schon weißt, ja? Ich will nicht klugscheißen."

„Wirst du schon nicht." Ich habe wirklich keine Ahnung von alldem. Politik hat mich nie richtig interessiert.

„Also, im Gegensatz zu anderen Ländern steckt Australien Flüchtlinge in Internierungslager. Als wir noch klein waren, gab es welche in Woomera und Villawood, weißt du noch? Mitten in der Wüste."

Ich nicke. Jacks Augen lodern.

„Inzwischen wurden die Gesetze geändert und alles ist noch schlimmer. Heute schicken wir sie nach Nauru und Manus Island im Pazifik. Die Leute leben dort unter schockierenden Bedingungen – in Zelten, bei schrecklicher Hitze. Außerdem hat die neue Regierung eine Nachrichtensperre über die Lager verhängt. Es ist echt gefährlich nachzuforschen, was da vorgeht. Die Regierung will nicht, dass wir das wissen. Immerhin haben wir dieses Foto. Wurde aus 'nem Hubschrauber gemacht."

Jack zeigt mir ein Bild von einer staubigen Zeltstadt mit einem großen Drahtzaun darum. Ein paar Leute halten Schilder hoch, aber sie sind zu weit weg, um sie zu lesen.

„Die werden da jahrelang festgehalten. Auch Kinder. Wir zahlen Milliarden für diese Lager und wissen nicht mal, was da los ist. Ein paar Dinge sind allerdings nach außen gedrungen. Zum Beispiel ist jemand an einer banalen Infektion gestorben. Wegen einer kleinen Schnittwunde am Fuß. Und die Wachen missbrauchen die Flüchtlinge sexuell, im ganz großen Stil. Sogar Kinder, Bec, aber keiner tut was! Da gibt es Kinder, die versucht haben, sich umzubringen."

Jack schluckt und betrachtet das Foto. „Vor lauter Angst, diese Leute könnten Monster sein, merkt keiner, dass wir längst selbst welche geworden sind."

Ich weiß nicht, was ich sagen soll. Ich fühle mich schrecklich, weil ich davon überhaupt nichts wusste, weil ich immer den Fernseher abgestellt hab, wenn darüber berichtet wurde, weil ich dachte, es ginge ja nur um Politik, nicht um echte Menschen. Schuldgefühle helfen mir allerdings auch nicht weiter, also versuche ich, das Thema zu wechseln.

„Aber was hat das damit zu tun, dass Lizzie sauer auf dich ist?"

Er sieht mich aufmerksam an.

„Der Typ, der dieses Blog betreibt, nennt sich Kingsley. Seinen echten Namen kennt keiner. So 'ne Art Guerilla-Journalist, kann man wohl sagen. Die Demo hat er auch organisiert. Genutzt hat die natürlich nicht viel ..."

„Und warum muss er anonym bleiben?" Wenn man so viel Arbeit in so eine Sache steckt, wird man doch wohl auch die Lorbeeren einheimsen wollen.

„Früher hatte er einen Kollegen, der hat seinen echten Namen benutzt. Aus Stolz, aus Trotz. Seit einem Jahr hat niemand mehr von ihm gehört. Verschwunden." Er schnippt mit den Fingern. „Einfach so. Kingsley muss anonym bleiben, wenn sein nächster Plan aufgehen soll. Er will einen Schritt weitergehen, und er braucht meine Hilfe."

„Deine Hilfe? Ist das gefährlich?"

Plötzlich wird sein Blick sanft.

„Nee, natürlich nicht. Aber ich sollte dich wohl besser mal nach Hause bringen. Ich muss zur Arbeit."

„Okay", sage ich enttäuscht. Ich habe noch gar keine Lust, nach Hause zu gehen. Doch während ich noch überlege, wie ich ihn zum Bleiben überreden könnte, hat er sich schon die Schlüssel geschnappt und ist durch die Tür. Ich folge ihm die Treppe runter.

„Bis später!", höre ich ihn rufen und drehe mich um. Im

Wohnzimmer sitzt ein Mann. Mit leicht spöttischem Grinsen blickt er vom iPad auf seinem Schoß auf. Obwohl er auf die fünfzig zuzugehen scheint, hat er das spärliche Haar zurückgegelt und trägt neue, modische Klamotten. Er hat Jacks Nase und Lizzies Augen. Muss wohl ihr Vater sein.

„Hi", sage ich und warte auf den üblichen Schock, wenn er mich erkennt. Langsam gewöhne ich mich daran.

„Hi, Bec", antwortet er, doch das spöttische Grinsen weicht ihm nicht von den Lippen. Er wendet sich wieder seinem iPad zu, als wäre mein Anblick das Normalste auf der Welt.

Ich steige zu Jack ins Auto und er fährt los. Irgendwas an seinem Vater bringt mich durcheinander, aber ich schüttle das lieber ab und konzentriere mich auf Jack. Seine Miene hat sich verändert. In seinem Zimmer wirkte er sogar ein wenig zugeknöpft. Allerdings glaube ich nicht, dass das an mir liegt. Irgendwas verbirgt er, aber es ist zu früh, ihn zu fragen.

„Dein Vater schien nicht besonders überrascht, mich zu sehen", platzt es aus mir heraus.

„Nein. Ehrlich gesagt habe ich in den letzten Tagen ziemlich viel von dir gesprochen."

„Ach ja?"

„Ja. Und außerdem ..." Er hält einen Moment inne. „Na ja, er hat wohl noch nicht ganz vergessen, was du zu Lizzie über ihn gesagt hast."

„Was hab ich denn gesagt?"

Er sieht mich auffordernd an. Das müsste ich wohl wissen.

„Ist ja egal", sagt er schließlich.

„Ach so", sage ich, damit er wieder von sich selbst erzählt, „wo arbeitest du eigentlich?"

„Beim Roten Kreuz“, sagt er und zieht ein Stückchen rote Weste unter seinem Kapuzenpulli hervor. „Hab heute Nachtschicht.“

„Ernsthaft? Mann, das ist echt krass.“

„Was?“

„Du bist ja ein verdammter Heiliger!“

„Ach Quatsch.“ Doch er wird ein bisschen rot; es gefällt ihm, dass ich ihn so sehe.

„Du bist so unfassbar nett, ich weiß gar nicht, was ich mit dir machen soll.“

„So nett bin ich auch wieder nicht“, wehrt er ab und versucht, tough zu klingen.

„Ach, gib's auf!“ Ich boxe ihm spielerisch auf die Schulter. Er lacht, aber es ist ihm peinlich. Kaum zu glauben, dass er in der Highschool auf Metal stand. Er wirkt so linkisch. Ich kann ihn mir viel eher als nervösen Nerd vorstellen, der sich fürchtet, beim Tanzkurs ein Mädchen aufzufordern.

Jack behält eine Hand am Lenkrad und nimmt mit der anderen meine Hand von meinem Schoß und hält sie. Er streicht mir mit den Fingerspitzen über die Knöchel, und das Gefühl schlägt Funken in meinem ganzen Körper. Vielleicht war er doch nicht so ein Nerd. Die Sonne scheint durch die Windschutzscheibe, und ich denke weder an Andopolis noch an die SMS, noch an den Vater, der allein im Schlafzimmer sitzt und weint. Nur an Jacks Finger denke ich, wie sie sich zwischen meine schmiegen. Dann sehe ich ihn.

„Halt an“, sage ich.

Er lässt meine Hand los.

„Nein, nicht deshalb. Halt einfach an.“

Jack setzt den Blinker und fährt links ran. Der Lieferwagen tut es uns gleich, hält sich aber hinter ein paar geparkten Autos.

„Der Lieferwagen. Der folgt mir schon die ganze Zeit."

„Was?", ruft Jack. „Seit wann?"

„Seit ich wieder hier bin."

„Du glaubst doch nicht, dass …" Er verstummt, betrachtet den Wagen im Rückspiegel.

„Keine Ahnung", sage ich. Dann finde ich neuen Mut. „Komm, wir finden's raus."

Ich schnalle mich ab und steige aus. Mit Jack an meiner Seite fühle ich mich weniger verwundbar, und ich habe endgültig die Schnauze voll vom Angsthaben. Ich höre, wie auch er aussteigt.

„Bec!", ruft er. Ich ignoriere ihn, obwohl mein Herz klopft wie verrückt.

Auf dem Weg zum Lieferwagen versuche ich, durch die Fenster zu sehen, doch die sind getönt. Jack holt mich ein und versperrt mir den Weg.

„Wir sollten die Polizei rufen."

„Nein." Ich will an ihm vorbei, doch er macht einen Schritt zur Seite und steht mir erneut im Weg.

„Wir müssen! Das könnte gefährlich werden. Ich … Wir haben dich schon einmal verloren."

Er zückt sein Handy, um die Polizei zu rufen. Ich lege ihm eine Hand auf die Schulter. Er hält inne und blickt mich an. Ich kann nicht zulassen, dass er die Cops holt.

„Kommst du mit? Wenn du dabei bist, kann mir nichts passieren."

Jack zögert, den Finger über der Wähltaste.

„Ich will keine Angst mehr haben, Jack. Ich muss das tun."

Er nimmt meine Hand, hält sie ganz fest.

„Okay."

Wir gehen auf den Lieferwagen zu, und jede Faser meines Körpers will umdrehen und davonlaufen. Der Mann ohne Gesicht aus meinem Traum schießt mir durch den Kopf, und ich spüre, wie ich zittere. Nah genug am Fahrerfenster, aber weit genug entfernt, um wegzulaufen, bleibe ich stehen.

„Hey, Arschloch!", rufe ich. „Warum folgst du mir?"

Nichts. Nur mein blasses Spiegelbild auf der Scheibe.

„Ich hab dein Kennzeichen. In zehn Sekunden rufe ich die Cops."

Bewegung im Auto.

„Zehn, neun, acht ..." Das Fenster wird runtergelassen. Alles an mir spannt sich an, erwartet das Monster.

Aber da ist keins. Nur ein Fettsack mit Brille glotzt durchs offene Fenster.

„Nein, bitte keine Cops", jammert er.

„Warum folgen Sie mir?", frage ich.

„Rebecca?", fragt er zurück und sieht mich aufmerksam an.

„Wer will das wissen?", wirft Jack ein, bevor ich was sagen kann. Der Mann räuspert sich.

„Jason Borka, Channel Eight. Sind Sie Rebecca Winter?"

„Beantworten Sie doch erst mal ihre Frage", sagt Jack.

„Ist das nicht offensichtlich? Ich musste doch sicher sein", antwortet der Mann mit quäkiger Stimme und taxiert mich von Kopf bis Fuß. „Und Sie haben mich überzeugt. Wenn Sie mir ein Exklusivinterview geben, kann ich Ihnen ein äußerst großzügiges Angebot machen.“

Vor ein paar Monaten hätte mich so was vielleicht noch in Versuchung geführt. Jetzt zögere ich keine Sekunde.

„Ich bin nicht Rebecca“, sage ich. Es tut gut, die Wahrheit zu sagen.

Der Mann betrachtet mich skeptisch.

„Ich bin ihre Cousine“, füge ich hinzu.

„Glaube ich nicht“, erwidert er und kneift die Schweinsäuglein zusammen.

„Glauben Sie doch, was Sie wollen, Sie Arsch. Wenn Sie mir noch einmal zu nahe kommen, wenn Sie mir noch eine einzige SMS schicken, hetze ich Ihnen die Cops auf den Hals, zack, aus.“ Ich schnippe mit den Fingern und mache auf dem Absatz kehrt. Jack kommt hinterher.

„Letzte Chance!“, ruft der Fettsack, allerdings mit leicht zittriger Stimme. „Ich bringe Sie zu *Current Affair*!“

Als ich wieder in Jacks Auto steige, spüre ich die Endorphine durch die Adern schießen. Nicht zu glauben, dass diese kleine Ratte mir solche Angst eingejagt hat. Hockt hinter getönten Scheiben und schickt anonyme SMS, der miese Feigling.

„Wow, Bec!“, sagt Jack beim Einsteigen. „Wusste gar nicht, dass du so austeilen kannst!“

Ich beuge mich zu ihm und küsse ihn ganz langsam. Sein Mund ist weich und warm, die Stoppeln kratzen mich an der Wange. Meine Anspannung löst sich in Prickeln und Schmetterlinge auf. Er zieht mich an sich, und die Welt um uns verschwindet.

ZWÖLFTES KAPITEL

BEC 15.01.03

Es war eine dieser Wahnsinnspartys, bei denen alles im Zeitraffer abzulaufen scheint. Im Licht der blauen Lämpchen leuchteten die Gesichter wie Vollmonde, und die Musik wummerte wie ein Pulsschlag, zu dem Bec auf der Tanzfläche hüpfte – zu dem erst Luke sie dippte, dann Lizzie und dann wieder Luke, bis die ganze Welt sich drehte und wirbelte.

Auf dem Balkon unterhielten sie sich mit leisen Stimmen. Lizzie hatte den Kopf auf Becs Schoß, Bec den ihren an Lukes Schulter gelegt. Gemeinsam existierten sie in einem vollkommenen Augenblick, der ewig hätte andauern können. Sie sahen zu, wie der Himmel heller wurde und die Luft verstummte, bis es fünf Uhr morgens war und Bec und Lizzie zu Fuß nach Hause gingen, wobei Becs Fußsohlen langsam schwarz wurden.

Als Bec aufwachte, wusste sie weder, wie spät noch welcher Tag es war, und erinnerte sich auch nicht an den Abend. Nur dass sie einen staubtrockenen Mund hatte und ihr der Kopf wehtat, das wusste sie. Reglos lag sie da und starrte die graue Glühbirne an der Decke an. Ein vorbeifliegendes Flugzeug wurde lauter und immer lauter, bis Bec – überzeugt, es würde jeden Moment in ihr Haus abstürzen – sich an die Decke klammerte, die Augen schloss und auf den Tod wartete, während ihr Bilder von zerquetschten, blutenden Körpern durch den Kopf schossen. Dann wurde das Flugzeug wieder leiser, war schließlich gar nicht mehr zu hören, und sie kam sich mit ihrem noch immer klopfenden Herzen reichlich dumm vor.

„Bist du wach?" Die Bettdecke bewegte sich, und Lizzie drehte sich nach ihr um.

„So halb."

„Weißt du noch, wie Lisa uns immer ein riesiges Frühstück gemacht hat, wenn wir bei ihr gepennt haben?"

„Ja."

„Bestes Mittel gegen Kater, oder?"

„Schon."

„Wir müssen Lisa anrufen."

„Ist die nicht weg?"

„Keine Ahnung."

„Ich auch nicht."

„Ruf sie an."

„Ruf du sie an."

„Okay."

Die Matratze bebte erneut, als Lizzie sich wieder umdrehte. Fast augenblicklich verlangsamte sich ihre Atmung, und sie schlummerte wieder ein. Langsam tröpfelten Bilder von gestern Abend in Becs Bewusstsein. Wie sie so jeden einzelnen Augenblick Revue passieren ließ und Lizzies gleichmäßigem Atem lauschte, war Bec wirklich und wahrhaftig glücklich.

Später – Lizzie war weg, der Kopfschmerz immer noch da – saß Bec mitten auf dem ungemachten Bett und überlegte, was sie mit dem Tag anfangen sollte. Auf dem Schoß hatte sie ein Modemagazin, eine Tasse starker Kaffee dampfte auf dem

Nachttisch vor sich hin, und aus den Boxen schallte Justin Timberlake. Eigentlich hätte der Tag genau so weitergehen können. Doch Bec lagen zwei Dinge auf dem Herzen, zwei gleichermaßen wichtige Dinge: Heute Abend sollte der Exorzismus stattfinden, und das hieß, Luke würde zu ihr kommen. In ihrem Zimmer sein. Bei einem Rundblick durch den Raum all ihre Sachen durch seine Augen zu sehen ließ sie gleichzeitig vor Aufregung schwindlig werden und vor Peinlichkeit erschaudern. Er würde auf ihrem Bett sitzen, genau da, wo sie jetzt saß. Was würde wohl in der Stunde geschehen, bevor die anderen kamen?

Sie malte sich aus, wie er neben ihr saß, ihr übers Bein streichelte, ihr durchs Haar fuhr. Es war zu viel. Bec schlug sich die Zeitschrift vors Gesicht und quiekte vor Vorfreude. Allerdings musste sie noch überlegen, wie weit sie ihn gehen lassen würde. Dass sie es mit ihm tun – mit ihm schlafen – wollte, war klar. Täte sie das jedoch sofort, hätte er vermutlich keinen Grund mehr, mit ihr ausgehen zu wollen.

Bec musste an das letzte Mal denken, als es fast dazu gekommen wäre. Letztes Jahr, da hatte ihr damaliger Freund gewollt. Sie hatte das auch geglaubt, doch als er dann auf ihr gelegen, ihr seinen Hot-Dog-Atem ins Ohr geschnaubt und ungeschickt an ihrer Unterwäsche rumgefummelt hatte, war ihr klar geworden, dass sie es ganz und gar nicht wollte. Er war so sauer geworden, dass sie ihn augenblicklich abgeschossen hatte – alles Begehren war blankem Abscheu gewichen. Mit Luke würde es anders sein. Ihr Handy summte, und sie errötete, weil sie wusste, dass es eine Nachricht von ihm war. *GESTERN WAR DER WAHNSINN.*

JA, ICH FAND'S AUCH TOLL, antwortete sie. Gleich nachdem sie auf Senden gedrückt hatte, wünschte sie, sie hätte ihn etwas gefragt. Wenn er jetzt nicht antwortete, würde sie ihm noch einmal wegen heute Abend schreiben müssen, was ganz schön peinlich wäre. Doch bevor sie allzu sauer auf sich werden konnte, summte ihr Handy erneut.

HEUTE ABEND STEHT NOCH?

JA. WILLST DU SCHON UM ELF KOMMEN UND MIR VORBEREITEN HELFEN?

Sie hielt die Luft an und drückte die Daumen.

KLAR. WILL JA NOCH DEIN SCHLAFZIMMER SEHEN.

Wieder versteckte sie das Gesicht hinter der Zeitschrift und quiekte. Sie schickte ihm die Adresse und steckte das Handy unter ihr Kissen, wollte es nicht mehr sehen, falls er sich doch noch anders entscheiden sollte.

Grinsend fragte sie sich, wie, um alles in der Welt, sie die Zeit von jetzt bis elf Uhr abends totschlagen sollte. Zuerst musste sie mal aus ihrem Zimmer raus. Wenn sie den ganzen Tag hier drin herumsäße, würde sie sich noch komplett verrückt machen, ihm noch einmal schreiben und sich blöd vorkommen. Also legte sie das Heft weg, stand entschlossen auf und stolzierte auf den Flur. Die Tür der Zwillinge stand weit offen, aber sie waren nicht in ihrem Zimmer. Bec hatte nur selten Gelegenheit, allein dort drin zu sein, also ging sie hinein. Kurz überlegte sie, einen Blick unter die Kissen zu werfen. Als die beiden noch kleiner waren, hatte Bec sie abends immer ins Bett bringen müssen. Einmal hatte Andrew ihr sein neues Spielzeug gezeigt, einen winzigen Plastikroboter, vermutlich aus einem Überraschungsei.

„Den steck ich unter mein Kissen. Wie einen Zahn."

„Aber die Zahnfee kommt nicht", hatte Paul hinzugefügt.

„Weil das kein Zahn ist?", fragte Bec.

„Nein, weil es die Zahnfee in echt gar nicht gibt. In echt ist das Mommy."

„Ach wirklich?"

„Ja! Das weißt du nicht?", staunte Andrew.

Die beiden sahen sie an, als wäre sie der größte Dummkopf auf der Welt.

„Und wieso glaubt ihr, dass Mom die Zahnfee ist?"

„Wir haben sie gesehen."

Bec wusste nicht, was sie darauf erwidern sollte. Sie war ja selbst erst zwölf. Also stand sie einfach auf und schaltete das Licht aus. Sie hatte Angst, die beiden könnten auch noch auf den Weihnachtsmann zu sprechen kommen.

„Wir hassen Mom", sagte einer der beiden, kaum dass sie ihnen den Rücken zugedreht hatte. Welcher, wusste sie nicht genau.

„Was?! Wieso denn?" Ihre eigene Stimme klang noch jung und kindlich.

„Weil es die in echt auch gar nicht gibt. Nur Paul und mich gibt's in echt."

Noch heute sah Bec ihre zarten kleinen Gesichter vor sich, roch den sauberen Kinderduft ihres Haars, als wäre all das erst diese Woche passiert. Doch jetzt stand sie nicht mehr in einem Kinderzimmer, und sie bezweifelte, dass sie unter Andrews Kissen noch Spielzeug oder einen Zahn fände.

Bevor sie hinausging, achtete sie sorgfältig darauf, die Haustür offen zu lassen. Ihre Hände zitterten noch ein wenig vom Restalkohol. Die Räder der Jungs lagen nicht wie üblich verkeilt übereinander in der Einfahrt. Wenn sie nicht bald zurückkämen, würden sie eine Menge Ärger kriegen. Die Sonne schien mit aller Macht, sodass sie die Augen zusammenkneifen musste, um die leere Straße hinabzuspähen. Die Luft flimmerte. Oben in den Bergen blähten sich Rauchschwaden, und wenn sie genau hinsah, erkannte sie eine hauchdünne rote Linie. Unwillkürlich legte sie sich die Hand auf den Mund: Die Feuer waren so nah.

„Die haben das unter Kontrolle."

Ihr Nachbar stand ebenfalls vorm Haus, ans Gartentor gelehnt, und sah zu ihr herüber. Max' Augen wirkten wacher als gewöhnlich. Ob das hieß, dass es ihm besser ging? Oder schlechter?

„Es kommt mir bloß so nah vor", sagte sie.

„Mach dir keine Sorgen. Was du nicht siehst, sind all die Feuerwehrleute da oben. Die haben Hubschrauber und legen kontrollierte Gegenfeuer. Für die ist das ein alter Hut."

„Gut zu wissen", antwortete Bec.

Plötzlich verspürte sie den Drang, zu fragen, wie es sich anfühlte, wenn man verrückt wurde. Ob man das selbst noch irgendwie mitbekam oder sich einfach irgendwann vollgepumpt mit Medikamenten im Schlafanzug in irgendeiner Einrichtung wiederfand. Sich davor zu fürchten bedeutete doch wohl, dass es gar nicht passierte, oder? Max' blassbraune Augen fixierten sie noch immer. Kurz kam es ihr vor, als könnte sie darin den Wahnsinn sehen, der unter der Oberfläche flackerte.

„Ich wohne schon ziemlich lange neben euch, weißt du." Max ließ sie keine Sekunde aus den Augen, schien nicht mal zu blinzeln.

„Ja, ich weiß."

„Du bildest dir das nicht ein. Ich seh's auch."

Jetzt brach der Schweiß mit aller Kraft aus, drängte durch die Poren auf Becs Rücken. Alles an ihr fühlte sich schmierig und nass an. Max konnte ihren Wahnsinn sehen.

„Ich will dir nicht zu nahe treten", fuhr Max fort, „aber wenn du reden willst, bin ich für dich da."

Er hörte einfach nicht auf, sie anzuglotzen. Als klebten seine Augen an ihr wie Magneten. Heiße Wut loderte in ihr auf. Sie wollte gerade etwas sagen, irgendwas, damit er aufhörte, da hörte sie Fahrräder die Einfahrt hinaufgleiten.

Mit lautem Geklapper warfen ihre Brüder die Räder zu Boden.

„Wo habt ihr gesteckt?"

„Bei den Läden."

„Da dürfen wir hin!"

„Ja, aber ihr dürft nicht ohne Helm fahren, oder?"

Sie drehte sich noch einmal um, doch Max war verschwunden. Das Fliegengitter an seiner Tür fiel gerade zu.

„Verpetzt du uns?", fragte Paul.

„Kann schon sein", antwortete sie abwesend. Die Worte ihres Nachbarn schwirrten ihr noch immer durch den Kopf.

„Na gut", sagte Andrew. „Aber dann petzen wir Mom auch, dass du heute Abend Besuch kriegst."

„Was? Woher wisst ihr das?"

„Telepathie!", schrie Andrew, und die beiden rannten ins Haus.

„Ihr kleinen Scheißer! Wehe, ihr lauscht an meiner Tür!"

Abends, als der Rest der Familie schon im Bett war, legte Bec letzte Hand an die Deko in ihrem Zimmer. Mit Blu-Tack klebte sie Fotos an die Wand, auf denen sie sexy und cool wirkte. Teddys und alles, was zu rosa war, versteckte sie ganz hinten in ihrem Schrank. Um die Zwillinge ruhigzustellen, hatte sie auf Bestechung zurückgegriffen: Sie würde ihrer Mom nichts wegen der Helme sagen und den beiden morgen im Big Splash so viele Pommes frites und saure Schnüre kaufen, wie sie wollten. Wahrscheinlich würden sie sich am Ende übergeben, aber das wäre nicht Becs Schuld.

Sie hatte lang gebraucht, um sich für ein Outfit zu entscheiden. Das Schwierigste war, dass es nicht zu gewollt aussehen durfte. Schließlich war sie hier zu Hause. Am Ende hatte sie sich für ein simples Hängerkleid entschieden, das ihr bis knapp oberhalb der Knie reichte. Auf Schuhe verzichtete sie. Sie hoffte, es würde wirken, als trüge sie so was immer, wenn sie zu Hause abhing. In Wahrheit trug sie dabei meistens die schäbige alte Schlafanzughose mit den Kätzchen drauf. Sie schwor sich, die nie wieder anzuziehen.

Das Handy leuchtete auf. Er war da. Mit einem Mal wurde sie kribbelig. Sie setzte sich auf den Teppich und nahm den Kopf zwischen die Knie. Konnte sie das wirklich durchziehen? Sie wippte hin und her, holte ein paarmal tief Luft, dann sprang sie auf die Füße und schlich auf

Zehenspitzen zur Haustür. Lukes Schemen zeichnete sich durch das Buntglas ab. Die breiten Schultern, der schön geschwungene Kiefer. Ihretwegen war er hier, ganz allein ihretwegen. Einen Finger auf den Lippen, öffnete sie mit hämmerndem Herzen die Tür. Es war merkwürdig, dass er hier war. Sein Anblick war ihr vertraut – sie dachte so viel an ihn, dass sie fast glaubte, sein Gesicht besser zu kennen als ihr eigenes –, aber jetzt zu sehen, wie er lächelnd über ihre Schwelle trat, fühlte sich irgendwie falsch an. Er gehörte zu einer vollkommen anderen Welt.

Bec bedeutete ihm, ihr zu folgen, und ging wieder die Treppe rauf. Seine Schritte ließen die Stufen auf genau dieselbe Weise knarzen wie ihre. *Seine* Hände lagen auf *ihrem* Geländer.

Sie schloss die Tür hinter ihm. Da stand er nun, mitten in ihrem Zimmer. Ihr Herz raste so schnell, dass sie fürchtete, er könnte es hören. Sie hatte nur die Schreibtischlampe angelassen, sodass ihr Zimmer in schwaches, warmes Licht getaucht war.

„Das ist also mein Zimmer", wisperte sie. „Hast du's dir so vorgestellt?"

„So in der Art. Wo ist denn Liz?"

Da erst fiel Bec auf, wie unwohl er sich zu fühlen schien. Er hatte die Schultern ein wenig hochgezogen und die Hände tief in den Taschen seiner Bomberjacke vergraben.

„Noch nicht da, wie's aussieht."

Bec setzte sich aufs Bett, doch Luke blieb stehen. Sie klopfte neben sich aufs Bett. Er setzte sich, sah sie jedoch immer noch nicht an. Sein Profil schien zu leuchten. Der leichte Höcker auf der Nase, die Rundung seines Kinns, die kleine Wölbung seines Adamsapfels. Sie könnte ihn den ganzen Tag ansehen.

„Und, wie geht's dir so? Kater auskuriert?"

Liebend gern hätte sie Musik aufgelegt, aber sie wollte nicht riskieren, ihre Eltern aufzuwecken.

„Nee, fühl mich wie ausgekotzt. Alte Männer wie ich stecken so was nicht mehr ohne Weiteres weg."

Wenn er doch nur die Jacke auszöge, dachte Bec. Überhaupt komisch, dass er die trug, so heiß und feucht, wie es draußen war.

„Häng deine Jacke ruhig über den Stuhl."

„Schon okay."

„Wie du willst."

Im Sitzen war der Saum ihres Kleids ein Stück nach oben gerutscht. Sie zog ihn nicht wieder zurecht. Sie wollte, dass er sich zu ihr hinüberlehnte, ihr eine warme Hand auf den nackten Schenkel legte. Ihr tief in die Augen sah. Sie küsste. Mit den Händen ihre Beine entlangfuhr und sie am Po packte, kräftig zudrückte und sie an sich zog. Mit dem Bauch ihre Beine spreizte; Hüfte gegen Hüfte, Becs Haut unter Strom.

Aber er glotzte sich bloß auf die Knie. Ließ die Schultern hängen und die Hände in den Taschen. Und schwieg. Plötzlich musste Bec ganz dringend pinkeln. Sie sprang auf.

„Gleich wieder da."

Sie raste ins Bad, zog den Slip runter und pinkelte sofort los. Neben der Toilette hing ein Spiegel. Becs Spiegelbild schaute ziemlich bedröppelt drein. Sie rang sich ein Lächeln ab. So war das nicht geplant gewesen. Nur ein schlechter Start. Nachdem sie fertig war, schloss sie die Augen, schob alle Negativität beiseite und ging lächelnd zurück in ihr Zimmer. Er mochte sie, da war sie sicher. Als sie ins Zimmer kam, schaute er auf sein Handy.

„Lizzie ist da", sagte er.

„An der Tür?"

„Ja."

Bec zwang sich weiterzulächeln, machte kehrt und stieg die Treppe hinab. Mitternacht, hatte sie zu Lizzie gesagt, ganz sicher. Fast hoffte sie, vor der Tür wäre einfach keiner. Aber nein, Lizzie stand auf dem Absatz, einen Schuhkarton in der Hand, und strahlte sie aus vollem Herzen an.

„Ist alles okay?" Beim Anblick von Becs Miene verging Lizzie das Lächeln etwas.

„Klar, komm rein."

Bec konnte nicht fassen, dass ihre Zeit mit Luke bereits vorbei war. Bleiern sank die Enttäuschung in sie ein.

„Du bist zu früh", flüsterte sie auf der Treppe.

„Echt? Luke hat mir auf dem Weg von der Arbeit 'ne SMS geschrieben."

„Dann seid ihr eben beide zu früh", flunkerte Bec, doch Lizzie stürmte schon in ihr Zimmer.

„Hey, du Perverser, 'tschuldigung, wenn wir stören", begrüßte sie Luke, der immer noch unbehaglich auf dem Bett saß. „Hätte ja gewettet, dass wir dich bis zu den Ellbogen in Becs Unterwäsche erwischen."

„Hab schon ein paar Proben für später eingesteckt", sagte er, und Bec fiel auf, wie sein Gesicht sich entkrampfte und die Schultern locker wurden. Das bleierne Gefühl wurde immer schwerer, verstopfte ihr den Hals.

„Ich kann kaum erwarten, euch zu zeigen, was ich mitgebracht habe!“ Lizzie hielt den Schuhkarton in die Höhe. „Warum sind wir überhaupt hier oben? Wollten wir uns nicht in der Garage treffen?“

„Ich hab nur auf euch gewartet, weil ich nicht allein gegen die Spinnen kämpfen wollte“, antwortete Bec und musste nun wirklich grinsen.

Lizzie konnte Spinnen nicht ausstehen. Bec sah zu, wie ihre Freundin sich unbewusst an Kopf und Hals kratzte, als krabbelten schon Millionen achtbeinige Monster auf ihr herum.

„Dann mal los!“, sagte Bec, ohne Luke anzusehen.

Wenn ihre Blicke sich träfen, würde sie losheulen.

Bec war froh, dass Lizzie auf dem Weg durch die Waschküche voranging. Ohne hinzusehen, hörte sie, wie Lizzie den Türgriff drehte und in die Garage trat, als wäre nichts dabei. Bloß ein ganz normaler Teil des Hauses. Becs Herzschlag jagte ihr Schauder über Schauder bis in die Fingerspitzen. Das war doch bescheuert. Am liebsten wäre sie einfach ins Bett gegangen.

„Na los, du Lahmarsch“, drängelte Luke hinter ihr und schob sie ganz leicht vorwärts. Sie drehte sich um, und er lächelte sie an. Das Unbehagen war komplett verschwunden. Bec verstand ihn einfach nicht.

Von der Tür umrahmt wie ein Gemälde, starrte sie in die Finsternis, ballte die Fäuste und zwang sich, einen Schritt nach vorn zu wagen.

DREIZEHNTES KAPITEL

2014

Als ich durch die Haustür trete, werde ich plötzlich nervös. Trotz des merkwürdigen Erlebnisses mit dem Vater am Vormittag hatte ich einen fantastischen Tag. Jetzt, wo ich mir keine Sorgen wegen des schwarzen Lieferwagens mehr machen muss, sollte ich entspannen können. Alles fügt sich bestens. Vielleicht kommt die Unruhe allerdings auch genau daher. Wenn alles glattläuft, versaue ich's gewöhnlich irgendwie. Aber diesmal nicht!

„Wie war dein Nachmittag mit Jack?", fragt die Mutter, einen Wäschekorb in den Händen.

„Schön", antworte ich, und das stimmt auch. Es war toll. Jack küsst wirklich verdammt gut. Kann sein, dass nur der Endorphinschub nach der Konfrontation mit dem Journalisten mich so weit gebracht hat, aber das war mir egal.

„Wie war ich eigentlich so als Kind?", frage ich. Der Gedanke platzt mir gleichzeitig in den Kopf und aus dem Mund. „War ich ungezogen? Oder schüchtern? Ich weiß es echt nicht mehr."

„Du warst … Na, eigentlich warst du perfekt." Sie lacht, und mir fällt auf, dass ich ihr Lachen zum ersten Mal höre. „Auch ein wenig herrschsüchtig allerdings. Hast deine Brüder als Anziehpuppen missbraucht und sie Modenschauen abhalten lassen."

„Wirklich?" Ich versuche mir Paul und Andrew bei so was vorzustellen. Keine Chance.

„Das weißt du nicht mehr? Ich habe bestimmt noch irgendwo Fotos."

„Kann ich die mal sehen?", frage ich.

„Aber gern, Schatz. Hast du was für die Wäsche?"

„Nein, grade nicht", sage ich. „Aber danke."

Sie eilt zurück in die Waschküche, und ich setze mich aufs Sofa. In Becs Zimmer, umgeben von all den Überresten ihres Lebens, möchte ich im Augenblick lieber nicht sein. Die Geschichte mit dem Journalisten hat mir wirklich zugesetzt. Wie konnte so ein erbärmlicher Wicht mir nur solche Angst einjagen? Bec ist dem doch völlig wurst, er will nur seine Karriere vorantreiben und von ihrer tragischen Geschichte profitieren. Für den ist sie kein Mensch, sondern ein Gehaltsscheck auf zwei Beinen. Obwohl er davon ausgehen muss, dass ihr was Schreckliches zugestoßen ist, schreibt er ihr solche Nachrichten und stellt ihr nach. Stellt mir nach.

Ich gebe dem Impuls nach, ihren Namen auf dem Handy zu googeln. Diesmal suche ich nach Videos. Ich weiß nicht, wieso, aber ich will sie sprechen, sich bewegen sehen. Ich will sie lebendiger sehen als in diesen starren Fotos.

Es gibt nur ein einziges Video, und darin ist Bec nicht zu sehen. Der Clip trägt den Titel *Hunderte betrauern vermisstes Mädchen bei Mahnwache*. Ein paar Hundert Menschen stehen auf einem Platz vor einer Bühne. Die Kamera schweift zwischen ihnen herum. Sie alle halten orangefarbene Laternen in den Händen. Manche weinen. Auf großen Plakaten mit Becs lächelndem Gesicht steht *Komm nach Hause*. In der Menge entdecke ich eine junge Lizzie, die mit offenem Mund und hin und her huschenden Augen dasteht, als könne sie das alles nicht fassen. Ein schlaksiger, etwas älterer Kerl schlingt die Arme um sie, aber sein Gesicht ist nicht im Bild. Ganz vorn steht Becs Vater an einem Mikrofon.

„Bitte“, stammelt er, dann legt er sich eine Hand auf den Mund und weint.

Die Stufen zur Bühne sind voll von Fotos und irgendwelchen Sachen. Die Bilder könnten allesamt von mir sein. Ein wenig schnürt mir das die Brust zu. Die Kamera richtet sich auf eine Teenagerin, die eine Tüte Bonbons dazulegt. In der Dunkelheit dahinter erkenne ich Lizzies Vater. Er drapiert gerade eine Mütze von McDonald's zwischen die anderen Gaben. Becs Mutter geht langsam auf das Mikrofon zu. Sie sieht völlig anders aus als heute. Das Video könnte statt elf ebenso gut dreißig Jahre alt sein, so sehr ist sie seither gealtert. Sie erreicht das Podium, ohne zu weinen und ohne zitternde Hände.

„Was schaust du?“, fragt Paul und setzt sich zu mir.

„Nichts“, antworte ich und drücke schnell das Video weg. „Bloß irgendwelchen Quatsch auf YouTube.“

Er legt den Arm um mich.

„Hast du Lust, heute was zu unternehmen?“, fragt er. „Essen gehen zum Beispiel?“

Er streicht mir durchs Haar, schiebt es mir hinters Ohr. Fast kommt es mir vor, als bitte er mich um ein Date, was natürlich absurd ist.

„Ja, gern“, sage ich.

„Sollst ja keinen Hüttenkoller kriegen“, scherzt er.

Paul sitzt so dicht bei mir, dass ich seine Körperwärme spüre. Einen Moment schließe ich die Augen, spüre seine

Finger in meinem Haar. Dann balle ich die Fäuste und schubse ihn weg. Ich darf solche Gefühle nicht zulassen.

„Ey, lass das! Du bringst mir die Frisur durcheinander!", zwinge ich mich zu rufen.

„Da kann man nicht viel durcheinanderbringen", lacht er. „Nimm's mir nicht übel, Schwester, aber du musst zum Frisör."

„Muss ich nicht!", erwidere ich gespielt beleidigt. Schon besser. Ich muss auf dem sicheren Terrain kindischer Neckereien bleiben, bis ich mich besser unter Kontrolle habe.

Mit quietschenden Reifen hält ein Auto vor dem Haus. Türen werden zugeschlagen.

„Wer ist das?", frage ich.

„Keine Ahnung. Vince vielleicht?"

„Glaub ich nicht."

Paul steht auf und geht zur Tür. Lichtblitze jagen ihm übers Gesicht, als er aufmacht.

„Andrew? Paul?", ruft jemand.

Paul schlägt mit solcher Wucht die Tür zu, dass ich zusammenzucke.

„Verdammte Blutsauger!", schreit er.

„Was ist los?", frage ich. Vor lauter Zorn ist er knallrot angelaufen.

„Das war's wohl mit essen gehen", mault er und stampft nach oben.

Ich stehe auf und linse durch den Vorhang. Vor dem Haus stehen drei Männer, einer mit einem Mikrofon, die anderen mit Kameras auf der Schulter.

Offenbar war ich nicht so überzeugend, wie ich dachte.

Als die Sonne untergeht, haben sich acht Sendewagen vor unserem Haus versammelt. Ich sitze mit der Familie im Wohnzimmer. Keiner sagt was, doch das aufgeregte Geschnatter von draußen ist selbst hier drin zu hören. Ab und zu klopft jemand gegen die Tür oder ein Fenster. Manchmal ruft einer Rebeccas Namen. Was würde ich nicht alles dafür geben, den Zusammenstoß mit dem Journalisten rückgängig zu machen. Andererseits wäre es dazu früher oder später wohl sowieso gekommen. Mein Handy summt. Es ist Jack. *BIST DU OKAY? DIE HABEN IM TV ÜBER DICH BERICHTET.*

Hätte nicht gedacht, dass die so schnell sind. Ich schalte den Fernseher ein und zappe mich zum richtigen Sender durch. Der Moderator spricht gerade.

„... vor elf Jahren, auf dem Heimweg von der Bushaltestelle. Senior Investigator Vincent Andopolis vom Vermisstendezernat hatte dazu nicht viel zu sagen."

Andopolis taucht auf dem Bildschirm auf. Er wirkt ausgelaugt und müde, aber dennoch ziemlich geladen.

„Ich kann das im Augenblick weder bestätigen noch dementieren", spricht er in die zahlreichen Mikrofone, die man ihm ins Gesicht streckt. „Im Namen der Polizei und der Familie Winter bitte ich darum, den Ermittlungen die nötige Zeit zu geben und den gebührenden Respekt zu erweisen."

Dann erscheint wieder der süffisante Moderator. „Falls Rebecca Winter indessen wirklich all die Jahre am Leben war, gibt das doch Anlass zu Zweifeln an Detective Andopolis' Ermittlungen, ja wirft sogar die Frage auf, ob die Polizei womöglich im großen Stil versagt hat."

Als Nächstes wird ein Foto eingeblendet. Es stammt von vor ein paar Tagen, als ich rauchend nach Hause ging. Der Typ muss mich dabei geknipst haben, wie ich nach den Schlüsseln kramte. Das Bild ist körnig und verschwommen, vermutlich durch die Windschutzscheibe fotografiert. Ich lehne mich darauf gegen die Haustür, leicht zur Seite gedreht, als wollte ich gleich einen Blick über die Schulter werfen. Mein Gesicht sieht man nur teilweise. Bloß ein Stück Wange und Augenwinkel. Könnte aber reichen. Jemandem, der mich wirklich kennt, meine ich, jemandem, der meine Schultern erkennt, meine Haltung. Meinem Dad zum Beispiel.

„Stell das ab", sagt Andrew.

Als am nächsten Vormittag die Polizei vor der Tür steht, denke ich erst, die kämen mich holen. Blaues und rotes Licht blitzt durch das leere Haus. Aber die Cops kommen nicht mal rein. Stattdessen höre ich sie mit den draußen kampierenden Journalisten reden.

„Was machen die da?", frage ich den Vater, der neben mir in der Küche frühstückt. Ich hab zu viel Schiss, selbst aus dem Fenster zu schauen. Außerdem dürfen die kein weiteres Foto von mir kriegen.

„Ich habe heute ganz früh angerufen. Ich muss zur Arbeit, und die Sendewagen versperren die Straße."

„Meinst du, die verschwinden echt, nur weil die Cops sie freundlich bitten?" Ich rühre meine Cornflakes im Kreis herum. Nach essen ist mir grade nicht.

„Kaum. Die Polizei muss unten an der Kreuzung eine

Blockade einrichten", erklärt er. „So war's letztes Mal auch. Irgendwann sind die dann gelangweilt abgezogen."

Dann herrscht wieder Stille in der Küche. Schließlich steht der Vater auf, zieht die Krawatte zu, schnappt sich den Aktenkoffer und geht hinaus. Draußen wird es schlagartig lauter, Fragen überschlagen sich, Kameras klicken.

Ich setze mich zu Paul aufs Sofa. Nur mit Boxershorts und einem engen weißen Unterhemd bekleidet, sieht er sich Cartoons an. Mit Mühe richte ich die Augen auf den Fernseher, statt seinen Traumkörper zu begaffen. Ein Zeichentricktiger in rotem Kapuzenpulli fährt mit seiner Tigerfamilie Straßenbahn. Ich versuche, der Geschichte zu folgen, werde aber nur immer panischer. Jetzt, wo die Medien unwissentlich auf meinen Bluff eingegangen sind und meine eigene Drohung wahrgemacht haben, ist mein einziges Druckmittel gegenüber Andopolis beim Teufel. Garantiert ist er stinksauer, und ich kann nur raten, wie er darauf reagieren wird. Obendrein ist das Haus jetzt von Kameras belagert. Ich sitze in der Falle. Stecke tief in meiner eigenen Lüge fest. Allerdings hilft Panik mir da auch nicht raus. Ich hole tief Luft.

„Denk nicht so viel", sagt Paul lächelnd. „Das gibt nur Falten."

Mir ist gar nicht aufgefallen, dass er mich ansah.

„Halt die Klappe!", blaffe ich, dankbar für die Ablenkung.

„Ist ja gut, Schwester. Hab nur dein Bestes im Sinn."

„Hab mal lieber dein eigenes Bestes im Sinn", erwidere ich. „Ich glaub, du kriegst 'nen Pickel, genau hier."

Ich schnippe ihm mit dem Finger zwischen die Augen. Er

sieht mich ganz ruhig an, dann springt er auf mich und drückt mich aufs Sofa.

„Du kriegst 'ne ganze Menge, und zwar hier", sagt er und leckt mir über die Stirn.

„Igitt!", schreie ich. „Du bist echt unmöglich!"

„Ja, da guckst du blöd!", lacht er und kitzelt mich unter den Armen.

„Hör auf!" Kreischend vor Lachen, winde ich mich unter ihm. Er ist stark, und ich kann mich kaum bewegen. Warm lastet sein Körper auf mir. Ich versuche, ihn wegzudrücken, spüre die Muskeln unter der flachen Brust, halte mich jedoch zurück, seinen verschwitzten, verschlafenen Duft einzuatmen. Meine Haut steht unter Strom. Das geht nicht. Ich versuche, mich zu befreien, aber er kitzelt mich nur noch mehr, presst seinen Bauch an meinen.

Er quetscht Spucke durch die Lippen und lässt sie mir über dem Gesicht schweben.

„Wag es ja nicht!", schreie ich, kann aber noch immer nicht anders, als zu kreischen und zu kichern wie ein kleines Mädchen, obwohl mein ganzer Körper sich nach seinem sehnt und streckt. Er zieht die Spucke wieder hoch und grinst mich an, und einen Augenblick lang will ich ihn unbedingt sofort küssen. Will ihm unbedingt sofort den Arm um den Hals legen und ihn an mich ziehen. Will seine Lippen auf meinen spüren, seine Hände auf meiner Haut.

„Beeil dich, Andrew", ruft jemand.

„Komme!" Er springt auf.

Ich sehe mich um. Paul kommt die Treppe runter, angezogen. Mit Andrew hab ich also gerade rumgealbert, nicht mit Paul. Sein Haar war derart durcheinander, dass mir das nicht auffiel. Wie kann das sein? Ich setze mich wieder auf, komme mir vor, als hätte man mich bei irgendwas richtig Abscheulichem erwischt. Andrew trabt die Treppe rauf, um sich anzuziehen. Irgendwie fühle ich mich verarscht, auch wenn Andrew bestimmt nicht mal auf die Idee kam, dass ich die beiden nicht auseinanderhalten könnte. In meinem Magen tobt die Schuld.

Wenn Bec sähe, wie ich mich hier als sie ausgebe und mich an ihren kleinen Brüdern aufgeile, würde sie mich hassen. Andererseits würde sie das inzwischen wohl so oder so. Außerdem kann ich nicht aufhören, an Jack zu denken.

Nach ein paar Stunden fühle ich mich wie ein Tier im Käfig. Andopolis ist nicht aufgekreuzt, und ich kann nicht nach draußen. Andrew und Paul sind noch immer in ihrem Zimmer. Auf dem Sofa liegend sehe ich fern und lasse mir von der Mutter ab und zu was zu essen bringen. In der Hoffnung auf etwas Ablenkung schreibe ich Jack, um zu fragen, ob er vorbeikommen will. *BIN BEI DER ARBEIT,* schreibt er zurück. *LEIDER.* Frust überkommt mich. Gerade als ich mein Handy zur Seite werfen will, klingelt es. Jack noch mal. *ICH MUSS DAUERND DARAN DENKEN, DICH ZU KÜSSEN.*

Ich zappe mich durch die Kanäle, bis ich bei *Schatten der Leidenschaft* hängen bleibe. In die Handlungsfäden finde ich mich schnell wieder ein. Nachdem ich die Uni abgebrochen hatte, war die Serie der Höhepunkt des Tages für mich. Ich verpasste keine Folge. Das erste Semester hatte ich voll Ehrgeiz in Angriff genommen, doch der hielt nicht lang vor. Trotzdem zog ich mich jeden Morgen an und verließ kurz vor Dad mit einer Tasche Bücher das Haus. Dann ging ich rüber zur Bäckerei an der Ecke, futterte am hintersten Tisch Törtchen mit Sauerkirsche und Vanillepudding und blätterte die ausliegenden Klatschhefte durch. Sobald ich sicher war, dass Dad bei der Arbeit war, ging ich nach Hause und lungerte auf dem Sofa rum, bis er wiederkam.

Solange ich an der Uni war, ging es halbwegs in Ordnung, dass ich keinen Job hatte und noch zu Hause wohnte. Dad war trotzdem stolz auf mich. Damals sah er mich an, als hätte er mich wirklich lieb. Hätte ich ihm vom Abbruch erzählt, wäre es damit garantiert vorbei gewesen. Manchmal fragte er mich nach meinen Plänen, und ich konnte nicht das Geringste dazu sagen.

Schließlich kommen die Drei-Uhr-Nachrichten. Die Topstory: Ist Rebecca Winter zurückgekehrt? Wieder zeigen sie dieses körnige Foto von mir, zoomen ganz dicht an mein halbverdecktes Gesicht. Ich schalte ab. Das ertrage ich nicht.

„Das alles geht dir doch hoffentlich nicht zu nahe, mein Schatz?", fragt die Mutter von der Zimmertür aus.

„Ist schon okay", sage ich, stehe auf und versuche, ihr ein kleines Lächeln zu schenken.

In Becs Zimmer breitet sich die Wand voller Fotos von Bec und ihren Freunden vor mir aus, als wäre sie das glücklichste Mädchen auf der Welt. Andopolis' Worte fallen mir wieder ein. Was sagte er noch genau? Irgendwas über ein Foto.

„Ich habe in Ihre Augen gesehen und versucht, die Geheimnisse dahinter zu entschlüsseln."

Ich betrachte die Bilder genauer. Bec, wie sie mit ein paar Mädchen auf der Wiese sitzt, alle in derselben hässlichen Schuluniform. Bec und Lizzie, beide hoffnungslos überschminkt, die einen Schmollmund für die Kamera ziehen. Und eins gegen die Sonne, auf dem Bec ein richtig süßes Lächeln hat. Ich sehe ihr in die Augen – diese Augen, die meinen so sehr ähneln. Andopolis hat recht. Eine Traurigkeit liegt in diesen Augen, die nicht recht zum Lächeln passen will. Vielleicht hatte Bec wirklich Geheimnisse.

Froh, endlich was zu tun zu haben, reiße ich den Schrank auf. Klar, die Cops haben bestimmt schon alles abgesucht. Aber ich habe das unbestimmte Gefühl, ich könnte trotzdem was finden, das sie übersehen haben. Die seltsame Beschwörungsformel in Becs Tasche hatten sie ja auch nicht entdeckt. Vielleicht gibt's ja noch mehr, für das ihre Fähigkeiten nicht gereicht haben. Aber es ist nicht nur das. Es kommt mir vor, als könnte Bec extra für mich was hinterlassen haben.

Ich gehe sämtliche Taschen ihrer Klamotten durch, finde jedoch nur ein paar benutzte Taschentücher. Innen an der Schranktür hängt eine Handtasche, aus der ich ihren Schülerausweis, Schminkzeug und den zerknüllten Abriss einer Karte für *Catch Me If You Can* fische. Ich ziehe die Kissenbezüge ab – in ihrem Alter war das mein Versteck für nicht abgeschickte Liebesbriefe. Nichts. Ich hebe die Matratze ab, falls etwas zwischen ihr und dem Lattenrost versteckt ist. Fehlanzeige. Ich halte inne und sehe mich um. Wenn das mein Zimmer wäre, wo würde ich was verstecken?

Na klar. Das Bett. Der Rahmen besteht aus weißen Metallröhren, die an den Enden mit Plastikstöpseln versiegelt sind.

Ich ziehe einen ab und linse hinein. Wieder nichts. Doch in der zweiten sehe ich was, ganz unten. Etwas Rundes, Glänzendes. Ich setze mich auf den Teppich und schiebe, so weit ich kann, den Arm rein. Was es ist, kapiere ich schon, bevor ich es ganz rausgezogen habe. Eine Flasche Wodka. Halb leer. Ich schraube den Deckel ab und nehme einen Schluck. Das Zeug brennt ganz schön im Hals.

Was meinte Andopolis, als er von Becs Geheimnissen sprach? Ich war damals viel zu abgelenkt, fürchtete, er hätte mich durchschaut. Aber wo ich jetzt drüber nachdenke: Eigentlich bedeutet das ja, er hat bereits vermutet, dass sie was verheimlicht, bevor er mich überhaupt kennengelernt hat. Ich hab das damals nicht verstanden: Was sollten ihre Geheimnisse damit zu tun gehabt haben, dass sie einfach von der Straße weg entführt wurde, wie er meinte? Das war reiner Zufall, sie hatte einfach Pech gehabt. Und warum stellte er mir diese Fragen über den Sommer vor ihrem Verschwinden? Warum glaubt er, ich würde jemanden decken? Das ergibt doch keinen Sinn. Noch einmal betrachte ich das Foto, das, auf dem sie lächelt und doch so traurige Augen hat. Hatte sie was geahnt? Wusste sie schon, dass ihr irgendeine Tragödie bevorsteht? Ich proste ihr zu und nehme noch einen Schluck Wodka.

Mit ausgedörrtem Mund wache ich auf. Meine Zunge fühlt sich an wie ein trockener Schwamm. Im Zimmer ist es dunkel, doch die geschlossenen Rollos sind weiß umrahmt: Es ist Tag. Kaum habe ich die Augen richtig aufgemacht, fängt das Zimmer an, sich zu drehen, und ich weiß sofort, dass ich kotzen muss. Ich rutsche zur Bettkante, damit es wenigstens auf den Boden geht, wenn es so weit ist. Komischerweise bewegt sich die Bettdecke nicht mit. Etwas Schweres hält sie fest. Ich drehe mich auf den Rücken. Vor mir auf dem Bett sitzt die Mutter und sieht mich an.

„Die meinten, ich solle hier alles ausräumen. Einen Abstellraum aus deinem Zimmer machen oder so. Aber ich konnte nicht, ich wusste, du würdest wiederkommen."

Durch die Decke tätschelt sie mir die Wade. Ich weiß nicht, was ich sagen soll. Eine Mutter habe ich nie gehabt, also weiß ich nicht, ob's normal ist, dass die einem beim Schlafen zusehen.

Ein bisschen komisch ist es allerdings schon.

„Sonntag fliegen die Jungs zurück nach Melbourne", sagt sie lächelnd. „Dann sind wir unter uns."

„Spitze", krächze ich. Sonntag. Also übermorgen. Seltsam, dass sie sich freut, wenn ihre Jungs weggehen. Sie betrachtet mich aufmerksam. Hoffentlich lässt sie mich bald in Ruhe.

„Vince hat angerufen", sagt sie schließlich. „Er lässt ausrichten, es täte ihm leid, dass er es gestern nicht geschafft hat. Irgendein Notfall offenbar. Er meinte, er kommt bald vorbei."

Der Kotzreiz hat nachgelassen, doch mein Schädel dröhnt.

„Ich lass dich mal in Ruhe aufstehen." Sie geht zum Fenster und zieht das Rollo halb hoch, um etwas Licht ins Zimmer zu lassen. „Vielleicht schaue ich mal, ob ich dieses Foto für dich finde. Das von der Modenschau."

„Machst du bitte das Fenster auf, bevor du gehst?“ Ein bisschen frische Luft könnte ich jetzt gut gebrauchen. Aber sie scheint mich gar nicht zu hören, geht, ohne zu antworten, aus dem Zimmer und macht die Tür hinter sich zu. Anfangs tun mir von der Sonne die Augen weh, doch wenigstens hilft das beim Wachwerden.

Ich quäle mich hoch und schlurfe sofort Richtung Dusche. Unter dem lauwarmen Wasser muss ich mich mit beiden Händen an der Scheibe abstützen, so schwindlig ist mir. Komplett bescheuert, den ganzen Wodka alleine auszutrinken. Wären die Brüder oder Eltern raufgekommen, um mit mir zu reden, hätte ich mich leicht verplappern können. Und jetzt ist Andopolis wieder auf dem Weg hierher. Die Ermittlungen sind ganz und gar nicht abgehakt. Mann, habe ich die Schnauze voll von diesem Kerl und seinen selbstgerechten Schuldgefühlen. Und von dieser Rolle des hilflosen Opfers, die ihn so glücklich macht.

Während das heiße Wasser mir über den Körper läuft und ein wenig von dem üblen Schwindelgefühl wegspült, grüble ich über einen neuen Plan nach. Eine neue Weise, Andopolis endgültig loszuwerden. Für Männer wie ihn sind junge Frauen keine richtigen Menschen, sondern nur Objekte ihrer Machofantasien. Tja, wenn die Opfernummer nicht zieht, muss ich eben riskieren, es mit dem anderen Extrem zu versuchen.

Zurück in Becs Zimmer, durchstöbere ich noch einmal ihren Schrank. Jede Sechzehnjährige besitzt irgendein Schlampenoutfit. Rebecca war da sicher keine Ausnahme.

Ich spähe durch das Fenster neben der Haustür. Niemand auf der Straße. Ganz am anderen Ende erkenne ich ein paar gelb leuchtende Absperrungen. Auf dem Küchentisch hat die Mutter zwei Scheiben Toast mit Erdnussbutter auf einem Teller bereitgestellt. Sie hat sie zu Dreiecken geschnitten, wie man das für kleine Kinder macht. Ob sie demnächst auch noch die Rinde wegschneidet? Aber ich bin dankbar für das Frühstück. Ohne viel zu schmecken, schlinge ich es runter und hoffe, das Brot saugt etwas Alkohol auf. Da höre ich ein Auto in die Einfahrt biegen. Offenbar ist Andopolis schon da. Ich schnappe mir das letzte Dreieck und suche nach der Mutter, um mich zu verabschieden. Im Schlafzimmer reagiert niemand auf mein Klopfen, aber ich höre was aus der Waschküche. Dort steht die Tür zur Garage halb auf. Mir fällt auf, dass ich dort noch niemals war.

Als ich die Tür ganz aufschiebe, überläuft mich ein Schauder: Hier drin ist es viel kälter. Über drei schmale Stufen steige ich auf den Zementboden hinab. Es mieft ein wenig, schimmlig und verfault. Überall stehen Kisten und Regale, in der Ecke liegen alte Kinderräder und ein zerknülltes, schmutziges Bettlaken. Merkwürdig, dass die Mutter das alles so verkommen ließ, so wie sie sonst ständig alles putzt und wischt, egal, wie makellos es ist. Das Licht ist schummrig, aber hinter einem Bücherregal höre ich Geraschel.

„Mom?"

Ein Knall, dann taucht sie hinter den Büchern auf, ein Fotoalbum in der Hand.

„Geh wieder rein!", fährt sie mich an. „Hier gibt's Spinnen."

Merkwürdig, wie sie mich ansieht, fast als hätte sie Angst vor mir. Ihre Augen zucken zwischen mir und der Wand in meinem Rücken hin und her. Ich drehe mich um, doch ich sehe nichts außer Kartons.

„Okay, wollte nur Tschüss sagen", sage ich entschuldigend.

„Tschüss", sagt sie und verschwindet wieder hinter dem Regal.

Ich steige zu Andopolis ins Auto, nehme erfreut zur Kenntnis, wie ihm die Augen aus dem Kopf fallen, als er mich in diesem Teil sieht. Was Besseres gab Becs Schrank nicht her: ein ultrakurzer schwarzer Lederrock und ein knappes schwarzes Top. Mir ist saukalt, und ich würde verdammt gern die Jacke zuziehen. Doch ich lasse sie weit auf und gönne Andopolis den Anblick der weißen Beine seines Lieblingsopfers.

„Warum sehen Sie mich so an?", frage ich.

„Wie denn?" Schnell wendet er sich ab, lässt den Motor an und setzt, ohne sich umzudrehen, zurück. „Besser, Sie verstecken sich einen Moment", sagt er und räuspert sich.

Ich beuge mich vor, umfasse meine Knie und ziehe mir die Jacke über den Kopf. Je weniger die Reporter von mir sehen, desto besser. Als wir vorbei sind, setze ich mich wieder auf.

„Wie lang bleiben die denn noch?", frage ich.

„Bestimmt nicht sehr lang. Zumindest wenn Sie ihnen nichts zu sehen geben." Wieder huschen seine Augen zu meinen Beinen.

Dann schweigt er für den Rest der Fahrt. Mein Blick fällt auf seine Hände am Lenkrad. Die Nägel sind inzwischen völlig abgekaut, manche haben sogar ein wenig trockenes Blut an den Rändern. Ich setze ihm zu, definitiv. Wir parken vor dem McDonald's und beobachten, wie die armen Angestellten Burger wenden und den Boden wischen. Bec muss diesen Job gehasst haben. Nach einer Weile kommt mir einer der Mitarbeiter irgendwie bekannt vor. Ich kneife die Augen zusammen, versuche, mich zu erinnern. Er ist ein Stück älter als die anderen, lehnt an der Theke und scherzt mit einem der Mädchen. Dann fällt es mir wieder ein. Er war auf einem der Mitarbeiterfotos von 2003. Lucas.

„Gehen wir nicht rein?", frage ich.

„Man würde Sie viel zu leicht erkennen", sagt er und mustert mich noch einmal von Kopf bis Fuß. Wahrscheinlich will er bloß nicht mit mir da rein, weil er Schiss hat, dass die Leute mich für eine Nutte halten. Unwillkürlich führt er die Hand zum Mund; er merkt es und hält sich gerade noch zurück, einen Nagel zwischen die Zähne zu nehmen. Doch ich weiß, dass ich ganz dicht dran bin. Fast hab ich ihn geknackt. Fast hab ich's geschafft, habe gewonnen.

„Aber im Bus waren wir doch auch?", frage ich.

„Stimmt, aber da waren Sie auch noch nicht zur Presse gegangen."

„Ich bin nicht zur Presse gegangen."

„Klar."

Eine Weile sitzen wir schweigend da.

„Sie kosten mich wirklich ganz schön Kraft." Fast flehentlich fährt er fort: „Ich will Ihnen doch nur helfen."

„Vielleicht will ich Ihre Hilfe ja gar nicht. Vielleicht bin ich auch ohne ganz zufrieden."

Andopolis schlägt gegens Lenkrad. Ich fahre hoch.

„Verdammt, Bec! Wer ist es? Wen decken Sie?"

„Niemanden!"

Mit frustriertem Stöhnen dreht er den Zündschlüssel.

„Wie kommen Sie bloß darauf, dass ich jemanden decke?", sage ich. „Glauben Sie etwa, ich hasse dieses Arschloch nicht, das mir mein Leben gestohlen hat?"

Das Arschloch bin ich selber.

„Ja, das glaube ich."

„Tu ich aber! Mehr als alles andere! Sie tun, als wär das alles meine Schuld, als hätte ich gewusst, dass jemand mich entführt. Woher bitte hätte ich das wissen sollen?"

Die Frage ist ernst gemeint.

„*Wenn* das alles wirklich so gelaufen ist", nuschelt er und fährt etwas zu schnell an.

„Was soll das denn heißen?", frage ich, doch er schweigt.

Der Kerl ist mir ein Rätsel. Wie kann er nur glauben, Bec würde ihren Entführer nicht hassen? Wieso, um alles in der Welt, sollte sie das nicht tun?

„Sie glauben also nicht, dass ich meinen Entführer hasse", denke ich laut. „Soll das heißen, ich mag ihn?"

Er sagt noch immer nichts.

„Dass ich ihn liebe?" Ich sage das vorwurfsvoll, doch Andopolis zuckt nicht mal. *Das* glaubt er also.

Und plötzlich fällt es mir wie Schuppen von den Augen. Wie er mich angesehen hat, als würde ich lügen, als wir an der Stelle standen, wo Bec entführt wurde. Da fingen seine Zweifel ernsthaft an.

„Sie glauben, es war jemand, der … mich kannte." Fast hätte ich „*sie* kannte" gesagt. Er fährt einfach weiter, ohne was zu sagen. Auch eine Antwort.

„Und was ist mit dem Handy?", frage ich. „Wenn Sie recht haben, wie kam das dort hin?"

„Absichtlich platziert", sagt er so endgültig, als wäre das eine Tatsache.

„Das ist doch verrückt!"

„Nein, verrückt ist, dass in einem derart friedlichen Viertel ein Mädchen behelligt wird, ohne dass irgendwer was mitkriegt, nicht mal der Typ mit Schlafstörungen gegenüber", bellt er.

Stumm hängen seine Worte zwischen uns in der Luft. Er hat recht. Wieso ist mir das noch nicht aufgefallen? Nach einer Weile bemerke ich, dass wir auf demselben Weg zurückfahren.

„Bringen Sie mich schon nach Hause?"

„Sofern Ihnen nicht noch was anderes einfällt, wo Sie an diesem Tag gewesen sind, war's das."

Aber Bec war tatsächlich noch woanders. Jack meinte, sie sei vorbeigekommen, um mit Lizzie zu reden, doch die war nicht zu Hause. Aus irgendeinem Grund wusste Andopolis davon nichts.

„Morgen wieder zur selben Zeit?", frage ich, als er in die Einfahrt biegt.

„Ich muss mich um echte Opfer kümmern, die meine Hilfe brauchen und auch wollen."

„Dann war's das?"

„Das war's, Rebecca."

Ich sollte mich freuen, ich weiß. Endlich habe ich, was ich wollte. Andopolis ist fertig mit mir. Aber ich freue mich nicht. Und zwar nicht nur, weil wer immer Bec entführt hat noch immer irgendwo lauern könnte – obwohl mir das eine Scheißangst einjagt –, sondern wegen dem, was Andopolis über Opfer gesagt hat. Bec *ist* ein echtes Opfer, und wegen mir wird die Wahrheit nun nie ans Licht kommen. Wegen mir wird ihr nie Gerechtigkeit widerfahren.

Am liebsten will ich gar nicht mehr an Bec denken. Es kommt mir vor, als würde sie Besitz von mir ergreifen. Als würde die Grenze zwischen ihr und mir immer dünner. Als wäre ich tatsächlich Rebecca Winter, wenn auch nur ein blasser Abklatsch, weniger strahlend und geliebt als das Original.

Im Haus plärrt der Fernseher aus dem Wohnzimmer.

„... 2003 auf dem Heimweg von der Arbeit verschwunden. Noch immer gibt es keine offizielle Verlautbarung seitens der Polizei darüber, ob Rebecca Winter tatsächlich nach über zehn Jahren wiederaufgetaucht ist."

„Hi, Bec", begrüßt mich Andrew, als ich das Wohnzimmer betrete. „Wie lief's mit Vince?"

Paul und er sitzen auf dem Sofa und starren gespannt auf den Bildschirm.

„Gut", antworte ich. Mehr will ich nicht darüber sagen. Ich will ihnen nicht erzählen, dass wer immer für das Verschwinden ihrer Schwester verantwortlich ist, nie geschnappt werden wird. Will nicht erzählen, dass das ganz allein meine

Schuld ist. Dass ich die Ermittlungen so voll und ganz verdorben habe, dass man den Schuldigen nie zur Rechenschaft ziehen wird. Ich will einfach nur davonlaufen. Es kommt mir vor, als hätte ich seit Ewigkeiten keine frische Luft geatmet. Aber ohne Auto komme ich nicht weg. Also gehe ich stattdessen in mein Zimmer, schlüpfe in ein deutlich sittsameres Kleid und rufe Jack an. Er ist der Einzige, mit dem ich mich jetzt noch besser fühlen würde.

Wir liegen in seinem Bett, und das Zimmer schimmert im Abendlicht. Wir küssen uns liebevoll und leidenschaftlich. Ich wünschte, wir würden nie mehr aufhören.

„Ich kann das noch gar nicht richtig glauben", flüstert er und streicht mir vorsichtig durchs Haar.

„Ich weiß", sage ich. Er ist wirklich toll.

„Wenn mir vor einer Woche jemand gesagt hätte, dass ich heute mit Bec Winter rumknutschen würde, hätte ich ihn für wahnsinnig gehalten. Für völlig durchgeknallt."

Ich lächle ihn an, doch gleichzeitig tun mir seine Worte weh. Ich mag es nicht, wenn er mich mit ihrem Namen anspricht. Könnte ich ihm doch nur die Wahrheit sagen.

„Du siehst traurig aus", sagt er. „Was geht da vor sich, in deinem hübschen Kopf?"

„Ich wünschte nur, wir könnten wirklich ehrlich zueinander sein", sage ich, und einen Augenblick kommt es mir vor, als könnte ich es sagen, könnte ihm alles erzählen. Aber er zieht sich zurück und dreht sich auf den Rücken.

„Du hast recht", sagt er. „Es tut mir leid. War das so offensichtlich, dass ich gelogen habe?"

Mir wird klar, dass er von dieser neuen Mission mit Kingsley spricht. Von meiner Frage, ob das gefährlich wird.

„Ich habe einfach nur sehr gute Menschenkenntnis", sage ich.

„Ich nicht. Ich merke so was nie", sagt er. *Ich weiß*, will ich schon fast erwidern.

„Du musst nicht erzählen, wenn du nicht willst", beschwichtige ich. Ich will gar nicht mehr darüber reden, will nur, dass er mich wieder küsst. Dass er mich ihn einfach genießen lässt, ohne zu viel nachzudenken.

„Nein, du hast recht. Ich glaube, du verstehst das vielleicht sogar." Er wendet sich mir wieder zu und sieht mir direkt in die Augen. „Du bist der selbstloseste Mensch, der mir je begegnet ist."

Ich weiß nicht, was ich sagen soll, also schweige ich.

„Das Rote Kreuz darf rein. In die Internierungslager. Ich habe mich ewig um den Posten bemüht – darum hab ich bei denen überhaupt angefangen. Jetzt hab ich ihn endlich. In zwei Wochen fahre ich nach Manus Island, mit einer versteckten Kamera im Gepäck."

Schockiert starre ich ihn an. Damit hatte ich nun wirklich nicht gerechnet.

„Ich richte einen Livestream auf dem Blog ein", fährt er fort. „Die Leute haben ein Recht, zu sehen, was da los ist."

„Aber wenn man dich erwischt, kriegst du gewaltigen Ärger! Sollte das nicht lieber er machen?"

„Wer?"

„Na Kingsley!", schreie ich fast. Ich will nicht, dass Jack so was tut.

Leicht verwirrt sieht er mich an. Dann antwortet er sehr bedächtig.

„Vielleicht ist deine Menschenkenntnis doch nicht so gut, wie du dachtest“, sagt er. „Kingsley bin ich selber.“

„Fuck.“ Mehr fällt mir dazu nicht ein. Er steckt zu tief drin, ich kann ihn niemals davon abbringen. Er lacht.

„Gute Reaktion“, sagt er. Mit dem Daumen streicht er mir sanft über die Braue. „Weißt du, das alles kam nur wegen dir. Früher drehte sich bei mir alles nur um Tod und Leid. Ich stand auf Metal und Splatterfilme und all so was. Dann, als du verschwunden bist, sah ich die Welt mit anderen Augen. All den Schrecken und die Gewalt hielt ich nicht mehr aus. Es kam mir vor, als gäbe es bald nichts anderes mehr auf der Welt. Ich wollte lieber an was Positivem mitarbeiten.“

Ich lege ihm eine Hand auf den Nacken, ziehe ihn an mich, küsse ihn, will nicht mehr über Bec und das, was ihr passiert ist, sprechen. Immer inniger küsse ich ihn, greife ihm in den Schritt, um seinen Reißverschluss zu öffnen. Er weicht zurück.

„Was ist?“, frage ich.

„Weiß nicht. Willst du das wirklich?“

„Ja. Und du, willst du das auch?“

„Ich hab wohl einfach schon zu oft daran gedacht.“

„Hör auf zu denken“, sage ich und drehe ihn zärtlich auf den Rücken.

Ich ziehe mich auf ihn, wiege sanft auf ihm hin und her. Noch einmal versuche ich, ihn zu küssen. Diesmal küsst er mich heftig zurück. Ich setze mich rittlings auf und ziehe mir das Kleid über den Kopf.

„Hast du's dir so vorgestellt?", frage ich.

„Ja", sagt er leise.

Ich ziehe den BH aus und streife mein Höschen ab.

„Und so?", frage ich. Splitternackt sitze ich auf ihm, er trägt noch all seine Klamotten. Er zieht mich zu sich hinab. Seine Hände sind überall, auf meinem Rücken, meinen Brüsten, dann endlich, wo ich sie haben will. Ich stöhne, gebe die Kontrolle ab. Er wälzt uns herum, sodass er oben liegt, schlüpft hastig aus seinen Sachen und nimmt ein Kondom aus der Schublade.

Dann hält er inne und betrachtet mich, nackt auf seinem Bett.

„Du bist wunderschön", sagt er und schließt die Lücke zwischen uns.

Ein unglaubliches Gefühl. Jack beugt sich über mich, küsst mich, wird schneller und immer schneller. Unsere verschwitzten Bäuche reiben aneinander. Er greift mir ins Haar, ich umfasse seinen Rücken, ziehe ihn dichter an mich.

„Ich liebe dich, Bec", wispert er. „Schon immer hab ich dich geliebt."

Stöhnend sinkt er auf mich nieder.

Nach einer Weile schläft er ein, fest an mich geschmiegt, als wäre ich was ganz Besonderes, Wertvolles. Mir ist schlecht, ich bin angewidert und weiß nicht recht, ob von ihm oder von mir. Wie konnte ich nur so dumm sein, zu glauben, diese Sache hätte mit unserer Begegnung bei Lizzie angefangen? Natürlich ging es um Bec! Ausschließlich um Bec. Ich bin schmerzhaft eifersüchtig auf sie und hasse mich selbst dafür.

Zum ersten Mal wünsche ich mir, ich wäre damals einfach in die dunkle Nacht gerannt. Ich wünschte, ich wäre niemals hergekommen und könnte immer noch ich selber sein.

Hier kann ich nicht bleiben. Ich schiebe Jacks Arm weg, schnappe mir mein Handy aus der Tasche neben dem Bett und rufe ein Taxi. Während ich der Zentrale die Adresse durchgebe, wird Jack hinter mir unruhig. Ich muss ihn wohl geweckt haben. Die Stimme am Telefon informiert mich, dass ein Taxi unterwegs ist.

„Wer war das denn?", fragt Jack.

„Meine Mutter", lüge ich. „Sie macht sich Sorgen. Ich muss nach Hause."

Ich stehe auf und suche meine Klamotten zusammen.

„Jetzt gleich?", fragt er mit verletztem Unterton.

„Ja. Ich soll zum Abendessen da sein." In die Augen kann ich ihm dabei nicht sehen. Ich finde mein Höschen und schlüpfe schnell hinein. Nur mein BH ist nirgends zu sehen.

„Stimmt was nicht?", fragt er.

„Alles in Ordnung", sage ich und gehe auf alle viere. Unter dem Bett ist er auch nicht.

„Sicher?"

Da ist er, unter Jacks Shirt. Ich ziehe ihn an und streife mir auch das Kleid wieder über. Dann zwinge ich mich, ihn anzusehen. Er wirkt so verletzlich, wie er dort nackt auf dem Bett sitzt, die Decke bis zur Hüfte hochgezogen, nackt und flachbrüstig. Ich komme mir vor wie all die Arschlöcher, die aus meinem Bett gesprungen sind, sobald sie hatten, was sie wollten. All die Arschlöcher, die mir Kosenamen gaben und versprachen, mich anzurufen, sich aber nie wieder meldeten.

„Alles bestens." Und dann, sosehr ich mich auch dafür hasse, fällt mir nichts Besseres ein als: „Ich ruf dich an."

Wenigstens einen Abschiedskuss sollte ich ihm geben, kann mich aber nicht überwinden, zu ihm zu gehen. Also lächle ich nur dünn und trabe die Treppe runter, um auf das Taxi zu warten.

Und während ich – schon jetzt von Schuld zerfressen – warte und der Wind mir das Haar zerzaust und das allerletzte Tageslicht alles silbrig färbt, kommt die Nachricht. Jack, denke ich erst, der wissen will, was falsch lief. Aber er ist es nicht. Sondern wieder diese unbekannte Nummer.

VERSCHWINDE. JETZT. SONST PASSIERT ES WIEDER.

VIERZEHNTES KAPITEL

BEC 16.01.03

Lizzie holte ein zusammengefaltetes weißes Laken aus der Tasche und breitete es als Sitzunterlage aus. In der Garage war es heiß – die Klimaanlage reichte so weit nicht –, und es stank schimmlig und abgestanden. In der Ecke brummte der Boiler. Die Tür war geschlossen, sodass sie nicht mehr flüstern mussten. Von hier drang nie ein Geräusch ins Haus.

„Ellen kommt doch noch, oder?“, fragte Lizzie.

„Nach dem Schließen, meinte sie. Matty hat nicht geantwortet.“

„Macht nichts“, erklärte Liz. „Für die Beschwörung reichen vier Leute.“

„Die Beschwörung? Wow, du ziehst ja voll die Voodoo-Nummer ab“, staunte Bec.

„Leck mich!“, blaffte sie, doch ihre Augen funkelten vor Aufregung.

Im Schneidersitz saßen sie auf dem Laken, und Becs Knie war ganz dicht an Lukes. Fast spürte sie seine Beinhärchen. Bei dem Gedanken bekam sie eine Gänsehaut. Ob er das überhaupt bemerkte? Vielleicht bildete sie sich doch alles nur ein – und hatte sich soeben als verknalltes Dummchen geoutet. Sie kam sich furchtbar blöd vor.

In aller Ruhe packte Lizzie ihre Schachtel aus, ein Objekt nach dem anderen. Zwei dicke Kirchenkerzen. Eine kleine Metallschale, in die eine Rose eingraviert war. Ein Feuerzeug, etwas Salbei – noch in der Packung vom Supermarkt – und eine Schere. All das platzierte sie sorgfältig zwischen den dreien auf dem Laken, die Schale in der Mitte, die Kerzen links und rechts daneben. Zum Abschluss holte sie vier Blätter mit einer Beschwörungsformel hervor, die sie aus dem Internet ausgedruckt hatte, und reichte Bec die Schere.

„Was soll ich damit?"

„Wir brauchen eine Locke von dir."

„Wie bitte?!"

„Ach komm, Bec, stell dich nicht so an", sagte Luke.

Normalerweise hätte sie so einen Spruch von ihm mit einem Grinsen quittiert, doch diesmal tat er weh. Normalerweise hätte sie sich ein Büschel Haare abgeschnitten und darüber gelacht, als wäre nichts dabei. Doch jetzt widerstrebte es ihr. Irgendwie hatte sie das Gefühl, nichts hergeben zu dürfen. Als entgleite ihr viel zu schnell alles, was sie ausmachte. Die Blicke der beiden anderen waren jedoch ebenfalls schwer auszuhalten, also hielt sie sich die Schere an eine Strähne direkt hinter dem Ohr und schnitt. Ein kleines orangenes Häufchen lag ihr nun auf der Hand, leblos wie ein gestrandeter Goldfisch. Sie reichte es Liz, die es mit Daumen und Zeigefinger in Empfang nahm und behutsam in die Metallschale legte.

Bec betrachtete die Zauberformel. Lachhaft war die. Die Hälfte der Wörter war lateinisch, und teilweise reimte sich das Ganze sogar. Völlig idiotisch.

„Ellen findet das bestimmt scheiße", stellte sie fest.

„Wieso?" Lizzie wirkte verletzt, was Bec erstaunlicherweise freute.

„Weil's bescheuert ist. Du hast bloß den erstbesten Schrott aus dem Internet ausgedruckt."

„Hab ich nicht! Ich hab ewig recherchiert!"

„Immer mit der Ruhe, Mädels", beschwichtigte Luke.

„Wir sind ruhig!", sagte Bec.

„Sieht aber nicht so aus."

Einen Moment herrschte betretenes Schweigen, bei dem Bec sich neuerlich blöd vorkam und zornig wurde.

Lizzie würdigte Bec keines Blickes. „Wenn Ellen hier ist, werden wir ja sehen, was sie davon hält."

Wie aufs Stichwort leuchtete Becs Handy auf. Ellen stand vor der Tür. Bec sprang auf, um sie reinzulassen, glücklich über die Ausrede, zumindest kurz wegzukommen. Auf dem Weg zur Garagentür trat sie auf etwas, das leise bimmelte. Sie blickte nach unten. Ein silbernes Glöckchen kullerte unter ihrem Fuß hervor. Sie stieß es zur Seite und ging weiter, versuchte, nicht daran zu denken.

Ellen erwartete sie mit skeptischem Blick, doch Bec war das inzwischen gleich. Als die beiden zurück zu Luke und Lizzie kamen, tuschelten die gerade leise, die Gesichter dicht beisammen, Lukes Lächeln breit und echt.

„Kommt Matty auch?", fragte Liz Ellen.

„Muss auf einen Geburtstag, meinte er." Das war so offensichtlich gelogen, dass niemand es aussprechen musste.

„Na, wie auch immer", sagte Liz. „Hier ist die Formel."

Sie reichte Ellen das Blatt, und die sah es sich an. Bec konnte sich gut vorstellen, was sie dachte. Doch sie sagte nichts, und Liz sah Bec mit hochgezogenen Augenbrauen an, wie um zu sagen: „Siehst du, wusste ich's doch." Wieso hatte

Lizzie hier eigentlich das Sagen? Schließlich war das Becs Haus, Becs Spuk.

„Und woher weißt du, dass wir das Ding damit nicht bloß wütend machen?“, fragte sie.

Lizzie sah sie merkwürdig an.

„Wie meinst du das?“

„Wir wissen ja gar nicht, was es ist und was es will. Nur dass es gewalttätig ist. Wegen dem Blut.“

„Guter Punkt, Bec“, sagte Ellen. „Ich glaub zwar eigentlich nicht an so was, aber falls das echt ist, sollten wir vielleicht besser die Finger davon lassen.“

Die Brauen hochgezogen, blickte Bec zu Lizzie.

„Aber es ist ja gar nicht echt“, sagte die.

„Ist es wohl!“ Bec spürte, dass man ihr die Verletzung ansah.

„Aber du hast’s doch selbst gesagt, Bec. Dass es dein Blut war. Ich dachte, wir albern bloß rum, damit’s dir besser geht.“

„Hab ich nicht gesagt!“ Doch, hatte sie, und sie wusste es genau. Gestern Abend, vor der Party. Sie hatte es gesagt, damit Lizzie sich in ihr Zimmer traute, und die Lüge war ihr anzumerken.

Einen Augenblick sahen alle sie schweigend an. Dann stand Ellen auf.

„Bitte, geht noch nicht!“ Becs Kehle schnürte sich zu.

„Scheiße, was ist bloß los mit dir? Ich hab mir echt Sorgen um dich gemacht, Bec. Ich dachte, hier sei irgendwas, was Schlimmes. Aber du willst nur Aufmerksamkeit. Es ist mitten in der Nacht, ich bin kein beschissener Teenie mehr!“

Ein roter, fleckiger Ausschlag kroch Ellen bei diesen Worten den Hals hinauf bis zu den Wangen. Zwar wurde sie nicht laut, doch ihre Worte waren so scharf, als hätte sie Bec eine gescheuert. Sie machte auf dem Absatz kehrt und stolzierte aus der Garage. Luke stand auf, um ihr zu folgen.

„Ich sehe besser mal nach ihr", sagte er und sah Bec beim Gehen nicht mal an.

Der Luftzug von der Tür wehte die Haarsträhne aus der Schale. Vermutlich hatte Lizzie die verbrennen wollen. Bec nahm sie hoch, und sie kam ihr plötzlich so weich und luftig vor, dass sie froh war, nicht mit angesehen zu haben, wie sie langsam schwarz wurde. Erschöpfung überschwemmte ihren Körper.

„Tut mir echt leid, Bec. Das wollte ich nicht."

„Wenn du dich beeilst, holst du sie noch ein."

„Ich dachte, ich schlafe bei dir?"

Bec starrte die Haare in ihrer Hand an.

„Nein", erwiderte sie leise.

„Hey, was ist los? Du benimmst dich total verrückt!"

Bec ballte die Hand um die Strähne zur Faust. Mit flammendem Blick sah sie zu Lizzie auf, sprach jedoch gefasst.

„Ich bin nicht verrückt. Ich hab nur die Schnauze voll davon, einen Schwachkopf als beste Freundin zu haben."

„Bec!" Lizzie sah aus, als hätte Bec ihr eine geklebt.

Bec musste fast lächeln. „Sorry, aber so ist es eben. Du bist eine totale Idiotin. Dein Bruder ist ein Loser und dein Dad ein Perversling."

„Ist er nicht!"

Lizzie wirkte nicht mehr verletzt, sondern sah Bec mit hasserfüllten Augen an.

„Nimm das zurück", drängte sie kalt.

Bec konnte Lizzie nicht mehr in die Augen sehen. Täte sie es, müsste sie sagen, dass es ihr leidtat, denn das tat es bereits. Wenn sie das aber sagte, würde Lizzie bleiben, und Bec wollte nur noch alleine sein. Möglicherweise für immer. Also hörte sie einfach zu. Sie hörte zu, wie Lizzie alles wieder in ihre Schachtel packte, wie ihr Rock raschelte, als sie aufstand, wie sie auf leisen Sohlen durch die Waschküche ging und wie sie still die Haustür hinter sich schloss.

Dann, als Bec allein auf dem weißen Laken saß, das im Licht aus der Waschküche leuchtete wie ein Gespenst, hasste sie alle und jeden.

Am nächsten Morgen war Becs Kissen nass. Feuchte Kleckse auf der gebleichten Baumwolle. Was sie geträumt hatte, wusste sie nicht mehr, aber offenbar hatte sie davon weinen müssen. Vielleicht waren es auch gar keine Träume gewesen, sondern eine Endlosschleife der Bilder von gestern Abend. In den fünf Jahren, die sie nun schon mit Lizzie befreundet war, hatten sie nicht ein einziges Mal gestritten. Bec schaute auf ihr Handy, erwartete Nachrichten von Lizzie, Entschuldigungen, vielleicht auch eine SMS von Luke, der fragte, wie es ihr ging. Doch der Bildschirm war leer. Alle hielten sie für eine Lügnerin.

Bevor dieser schmerzliche Gedanke zu sehr von ihr Besitz ergriff, stieg sie aus dem Bett und trat auf den Flur. Heute stand das Big Splash auf dem Programm, Ausreden zwecklos. Sie warf einen Blick ins Zimmer der Zwillinge. Die standen vor Pauls Bett und blickten in dessen Rucksack.

„Vergesst bloß die Sonnencreme nicht", sagte Bec.

Erschrocken wirbelten die zwei herum, verdeckten, was immer hinter ihnen war.

„O Mann, du nervst voll", sagte Andrew.

„Tja, wenn ihr noch mehr Sommersprossen wollt …"

Die Jungs verdrehten die Augen. Bec betrachtete sie misstrauisch, ging dann jedoch ins Badezimmer. Vielleicht war das heute genau das Richtige. Einfach nur mit den Kleinen in der Sonne rumhängen und kreischend die Wasserrutschen hinabsausen.

Sie duschte, schlüpfte in ihr Schwimmzeug, schmierte sich mit Sonnencreme ein, zog sich ein Kleid über und steckte ein aufgerolltes Handtuch in die Tasche. Es tat gut, etwas zu tun, auch wenn sie sich innerlich noch immer leer fühlte. Die Jungs warteten schon in der Küche.

„Ich trink noch 'nen Kaffee, dann können wir, okay?"

Sichtlich aufgeregt grinsten die beiden sich an. Während Bec den Kaffee aufsetzte, wurde ihr klar, wie sehr sie sich freute, mit den beiden loszuziehen. Bald würden sie Teenager sein und sie nicht mehr brauchen. Sie würden müffeln, tiefere Stimmen bekommen, vielleicht sogar Freundinnen haben. Die Vorstellung kam ihr abstrus vor. Sie setzte sich mit ihrem Kaffee an den Tisch und versuchte sich vorzustellen, wie die beiden ohne die rosigen Wangen und den Babyspeck aussähen. Es gelang ihr nicht.

„Oh, wartet mal", sagte sie, als ihr etwas auffiel. „Ihr habt ja noch gar keine Handtücher."

Die beiden sahen sich an, und Paul schlug sich mit gespieltem Ärger an den Kopf.

„Ich alter Dussel, ich!“, sagte er, und die Jungs brachen in Gelächter aus.

„Na, dann holt mal welche!“, wies Bec sie an.

Die beiden rannten los, doch kurz bevor sie durch die Tür waren, sah Bec Pauls Augen noch einmal zu seinem Rucksack huschen. Als dächte er darüber nach, ihn mitzunehmen. Irgendetwas war da drin, das Bec nicht sehen sollte. Ein Teil von ihr wollte es gar nicht wissen, wollte den Tag einfach nur schön sein lassen. Aber sie hatte keine Wahl.

Sie blickte in eine Tasche: nur sein Discman, sein gammeliger Geldbeutel mit Klettverschluss und die Hausschlüssel. Leicht schuldbewusst zog Bec den Reißverschluss wieder zu, sah dann aber noch in der anderen Tasche nach: Baumaterial für eine Falle. Ein kalter Schauer überlief sie. Sie sah bereits vor sich, wie das Wasser im Schwimmbad sich von verdünntem Blut langsam rosa färbte. In ihr zog sich alles zusammen. Bec wusste, dass sie bleiben und mit den beiden reden sollte. Darüber, was sie da vor sich sah. Dass sie ihnen erklären sollte, dass Handlungen auch Folgen hatten und die Dinge manchmal völlig außer Kontrolle geraten konnten. Doch sie tat es nicht. Es war einfach zu viel.

Ohne den Reißverschluss wieder zu schließen, stand sie einfach auf, ging schnurstracks aus dem Haus und schlug die Tür hinter sich zu. Sicher, es wäre ihre Pflicht als große Schwester, mit ihren Brüdern zu reden. Ihnen klarzumachen, was es hieß, ein anderes Kind ernsthaft zu verletzen. Dass das kein Spiel war und überhaupt nicht lustig. Doch es war zu viel, einfach zu viel. Dieses Haus war schuld, dieses Haus, das alles darin hässlich machte und verdrehte. Sie musste so weit davon weg, wie sie nur konnte. Dabei hätte heute doch ihr goldener Tag des Spaßes und der Unschuld werden sollen.

Bec lief und lief, ohne zu wissen, wohin. Das Handtuch hing unpraktisch aus der Tasche und klatschte ihr bei jedem Schritt an den Rücken. Ihre Wangen waren nass und heiß – ob von Tränen oder Schweiß, wusste sie nicht zu sagen.

Als sie begriff, wohin ihre Füße sie trugen, war Bec dort fast schon angekommen: Sie war auf dem Weg zu Luke. Irgendwo im Unbewussten war ihr klar, dass sie ihm sagen musste, dass sie nicht gelogen hatte. Am liebsten wollte sie ihm alles, wirklich alles erzählen. Diesen Teil ihres Geistes öffnen, der so wehtat, wenn man ihn berührte, und all das Gift einfach rauslassen.

Von der Straße aus war nichts zu sehen als eine breite Einfahrt und ein paar Eukalyptusbäume, die das Gebäude verdeckten. Doch nur wenige Schritte die Einfahrt rauf ging es um eine Kurve und man stand vor dem flachen braunen Ziegelbau. Im Grunde nichts Besonderes, aber dass Luke dort lebte, verlieh dem Haus in Becs Augen etwas atemberaubend Mystisches. Ebenso gut hätte es Notre-Dame oder der Tadsch Mahal sein können. Es war fünf Stockwerke hoch, aus denen ab dem ersten Stock jeweils zwei kärgliche Betonbalkone ragten. Luke lebte jedoch im Erdgeschoss, das wusste Bec. Er hatte ihr mal erzählt, wie ein Freund immer ans Fenster hämmerte, um ihn zu wecken. Die Adresse hatte sie sich gemerkt, als Matty sie eines Abends alle nach Hause gefahren und Luke hier abgesetzt hatte.

Friedlich war es hier im Schatten der Bäume und mit den summenden Zikaden und dem scharfen Duft des Eukalyptus. Hier zu leben könnte ihr schon gefallen. Mit pochendem Herzen ging Bec zur Tür und klopfte. Wie eine Stoffpuppe an die Briefkästen gelehnt, wartete sie ein paar Augenblicke. Dann fiel ihr Blick auf die Türklingeln, und sie schämte sich, obwohl gar niemand in der Nähe war, der sie hätte sehen können. Was für eine bescheuerte Idee, an der Tür eines Apartmentblocks zu klopfen. Die Klingeln trugen allerdings nur Nummern, keine Namen. Bec hatte also wohl die Wahl, entweder wie eine Stalkerin vor der Haustür herumzulungern oder eine Klingel nach der anderen zu probieren, bis sie die richtige erwischte. Das käme jedoch bei den anderen Bewohnern kaum gut an.

Woanders konnte sie aber nicht hin. Weder nach Hause noch zu Lizzie. Sie bohrte sich die Fingernägel in die Hand, um nicht zu weinen. Noch schlimmer, als von Luke auf seiner Schwelle sitzend vorgefunden zu werden, wäre nur, dabei auch noch zu flennen wie eine Bekloppte.

Unter die tief hängenden Äste gebückt, schlich sie auf die Rückseite des Hauses. Wenn sie rausfände, in welchem Apartment er wohnt, wäre sie aus dem Schneider. Sie warf einen Blick ins erste Fenster. Das Zimmer war schummrig, und Becs Augen brauchten einen Augenblick, um sich daran zu gewöhnen. Sofort duckte sie sich japsend wieder weg. Drinnen lag ein mittelalter Mann mit gigantischer Wampe nackt im Bett und schlief. Fast wäre ihr ein hysterisches Kichern entfahren, doch sie holte ein paarmal tief Luft und schlich sich durch das tote Laub zum nächsten Fenster.

Im Erdgeschoss konnte es höchstens drei Apartments geben, also hoffte sie einfach, diesmal keinen ekligen Nackten zu erwischen, und spähte vorsichtig hinein. Es war niemand zu sehen. Nur ein ungemachtes Bett und ein alter PC, eine Trennwand zur Kochecke und eine offene Tür, an deren Schwelle der Teppich in rissige weiße Fliesen überging. Dort war wohl das Badezimmer. Und auf dem Fußboden lag ein zerknülltes McDonald's-Hemd. Das Fenster stand sperrangelweit offen. Fast schien es Bec, als könne sie Lukes herausströmenden Duft riechen. Zu Hause war er jedoch eindeutig nicht. Ohne lange nachzudenken, stemmte sie sich auf die Fensterbank und sprang auf Lukes Bett.

Wie sie nun plötzlich mitten in seinem Zimmer stand, konnte Bec selbst nicht glauben, was sie getan hatte. Dennoch blieb sie. Ja, sie legte sich sogar aufs Bett und sog tief Lukes Duft ein.

Sie streckte sich aus, spürte sein warmes Kissen, die weiche Decke, stellte sich vor, wie er von der Arbeit nach Hause kam und selbst darunterschlüpfte. Dann sprang sie auf und ging ins Bad, besah sich seine Zahnbürste, untersuchte den Rasierer und die Mundspülung, die er vermutlich jeden Tag benutzte. In den Küchenschränken inspizierte sie Nudelpäckchen, Gewürze und ein halbleeres Glas Erdnussbutter. Als sie die schmutzigen Teller in der Spüle bemerkte, dachte sie tatsächlich einen verrückten Augenblick darüber nach, den Abwasch für ihn zu machen.

Aber das war alles komplett irrsinnig. Plötzlich wurde ihr Kopf wieder klarer, und sie begriff, was sie da gerade tat. Sie musste hier raus. Sofort. Doch als sie gerade zum Fenster ging, um wieder nach draußen zu klettern, hörte sie ein Geräusch, von dem ihr das Herz stehenblieb: Ein Schlüssel wurde ins Schloss geschoben.

Mit einem Schlag war sie wieder glasklar im Kopf. Ein kurzer Blick sagte ihr, dass sie niemals rechtzeitig durch das Fenster kommen würde. Sie warf sich auf den Teppich, rollte unters Bett und zog gerade noch ihre Tasche und das Handtuch hinterher, als die Tür aufschwang.

In Shorts und T-Shirt stand Luke im Eingang, einen Kaffee in der einen Hand, den Rest eines Croissants in der anderen. Als er sich umdrehte, um die Tür zu schließen, sah sie einen dunklen Schweißfleck zwischen seinen Schulterblättern. Bec versuchte, nicht zu atmen, obwohl sie glaubte, jeden Augenblick zu hyperventilieren. Das Geräusch, mit dem die Tür ins Schloss fiel, erschien ihr in dem stillen Zimmer viel zu laut. Sie hörte Luke das restliche Croissant mampfen, die Papiertüte zerknüllen und in den Müll werfen. Dann kam er zum Bett. Über ihr quietschten die Federn. Sie hörte, wie er an seinem Kaffee nippte und sein Handy leise piepte, als er eine SMS verfasste. Plötzlich, fast schon zu spät, kapierte sie, dass er womöglich *ihr* schrieb. O Gott. Mit zitternder Hand fischte sie das Handy aus der Tasche. Der Bildschirm leuchtete auf. So schnell, dass ihr das Telefon fast aus der Hand gefallen wäre, drückte sie auf „Nachricht öffnen“, bevor es klingelte. *TUT MIR LEID, DASS GESTERN SO BLÖD LIEF,* stand darin. *HOFFE, DIR GEHT'S GUT.*

Bec schluckte. Das war haarscharf gewesen. Ihre Hände zitterten noch immer. Der Teppich kratzte sie am Nacken, stank nach Feuchtigkeit und kaltem Zigarettenrauch. Die

Bettfedern waren nur Zentimeter über ihrer Nase, und sie müsste nur die Finger etwas ausstrecken, um Lukes Knöchel zu berühren. Jedes einzelne braune Härchen konnte sie darauf erkennen.

Nachdem Luke noch ein paar Minuten eifrig SMS geschrieben hatte, von denen keine mehr Bec erreichte, quietschten die Federn erneut. Luke machte einen Schritt nach vorn und ließ Shorts und Unterhose fallen. Das T-Shirt folgte kurz darauf. Bevor er durch die Badezimmertür verschwand, erhaschte Beck noch einen Blick auf seinen nackten Körper: auf den blassen Hintern, den pickeligen Rücken und die schwarzen Löckchen, die seinen schlaffen Penis fast komplett verhüllten. Die Badezimmertür ging zu, die Leitungen knarrten und das Wasser fing an zu laufen.

Bec hatte allerhöchstens ein paar Minuten.

Sie zog sich unter dem Bett hervor, stand auf und wollte sich schon aus dem Staub machen, als auf Lukes Handy eine SMS ankam. Das Telefon lag offen auf dem Bett, und Bec sah, von wem die Nachricht war: von Lizzie. Wenn Luke das Wasser abstellte, würde sie es schon hören. Sosehr ihr Herz auch raste, sie musste einfach nachsehen. *MIR GEHT'S GUT, DANKE. LIEB, DASS DU AN MICH DENKST.*

Bec öffnete den Ordner mit gesendeten Nachrichten. Er hatte Lizzie exakt dasselbe geschrieben wie ihr. Die Liste darunter bestand fast ausschließlich aus Mädchennamen: hauptsächlich ihrer, Lizzies und Ellens. Bec öffnete aufs Geratewohl einige Nachrichten: *IST ECHT IMMER TOTAL SCHÖN MIT DIR.* Oder: *HAB GRADE AN*

DICH GEDACHT. Alles Dinge, die er Bec geschrieben hatte – und offenbar auch vielen anderen.

Die Dusche ging aus. Bec warf das Handy zurück aufs Bett, kletterte auf die Fensterbank und war in einem Rutsch zurück im strahlend hellen Sommermorgen. Geduckt schlich sie vorbei am Fenster des schlafenden Fettwansts, unter dem tief hängenden Ast hindurch und auf den heißen Beton der Einfahrt. Dann rannte sie los, ohne sich auch nur ein einziges Mal umzudrehen.

FÜNFZEHNTES KAPITEL

2014

Heute Nacht hatte ich wieder diesen Traum. Diesmal war er aber anders. Ich sah Bec die Straße entlanggehen. Ein Wagen hielt neben ihr, doch sie fürchtete sich nicht. Grüßte freundlich den Fahrer. Stieg lächelnd ein. Erst saß Lizzie hinterm Steuer, dann plötzlich Lizzies Vater. Und der verwandelte sich auf einmal in Becs Mutter, die mit einem flammenden Blick, wie ich ihn nie an ihr gesehen habe, und angespitzten Zähnen ein breites Clownsgrinsen grinste. Das Auto fuhr davon, und ich hörte Bec weinen, weil sie wusste, dass sie sterben muss.

Langsam schlürfe ich meinen Kaffee. Das Koffein nützt allerdings auch nichts. Die letzte SMS war definitiv nicht von diesem Journalisten. Genauso wenig wie die erste. Es war dumm, das anzunehmen.

Irgendjemand ist hinter mir her. Irgendjemand will mir dasselbe antun wie Bec. Ich muss hier weg. Hätte gestern Abend schon verschwinden sollen. Aber die Straße ist noch immer abgesperrt, und die Reporter warten nur darauf, dass ich mich zeige. Gehe ich dort runter, landet mein Gesicht auf der Titelseite jeder Zeitung des Landes. Aber das ist nicht alles – tief in mir drin weiß ich, dass ich nicht einfach gehen kann. Dass ich nicht zulassen kann, dass Becs Entführer weiter hinter der Maske eines ganz normalen Menschen rumläuft, ohne irgendwelche Konsequenzen dafür tragen zu müssen, Bec aus dem Leben getilgt zu haben. Ich weiß, ich sollte abhauen, mich in Sicherheit bringen. Aber ich tu's nicht. Ich sitze da und trinke Kaffee. Fühle mich gefangen.

Das Klingeln meines Handys erschreckt mich zu Tode. Doch es ist nur Lizzie.

„Hi, ich bin's", sagt sie. „Du, Jack hat mir erzählt, was du gesagt hast. Ich würde das gern wieder gradebiegen. Hast du Lust, ein bisschen rumzufahren? Vielleicht irgendwo 'nen Kaffee zu trinken?"

„Okay", antworte ich wider besseres Wissen. Ich sollte mich einfach aus dem Staub machen und nie mehr zurückschauen. „Allerdings ist die Straße gesperrt. Der Cop, der dort Dienst hat, muss hier anrufen, wenn du da bist."

„Alles klar. Bis gleich."

Durchs Fenster schaue ich auf die Straße, bin plötzlich aufgeregt. Ich will unbedingt mit jemandem reden, *muss* mit jemandem reden. Eigentlich sollte ich wohl Andopolis anrufen. Aber wenn ich dem von den SMSen erzähle, muss ich auch die Wahrheit über mich gestehen. Ich will nicht in den Knast. Mit Identitätsdiebstahl und Kreditkartenbetrug auf dem Kerbholz würde daran jedoch kein Weg vorbeiführen. Noch schlimmer wäre, dass ich zurückmüsste. Zu meiner Stiefmutter. Knast wär da vielleicht sogar die bessere Alternative.

Lizzie fährt in einem lila VW vor. Ich laufe ihr entgegen und steige ein, ziehe mir wieder die Jacke über den Kopf. Das Gebrüll der Journalistenhorde schwillt an, als das Auto sich ihr nähert.

„Rebecca? Bec? Sind Sie das?"

„Wo sind Sie gewesen, Bec?"

Ich höre Hände ans Fenster schlagen, Kameras klicken, Füße über den Zement scharren. Mein Herz rast: Es ist, als kämen sie von überall gleichzeitig. Fest drücke ich den Kopf an die Knie.

„Haut ab!", schreit Liz und hupt. Sie lässt den Motor aufheulen, und als die Meute einen Augenblick verstummt, rast sie davon.

„Ha, das hättest du sehen sollen! Wie die geschaut haben! Als hätten sie echt geglaubt, ich würde sie einfach über den Haufen fahren." Sie lacht.

Vorsichtig nehme ich die Jacke vom Kopf und blicke aus dem Fenster. Wir sind auf der Hauptstraße. Einen Augenblick herrscht peinliches Schweigen.

„Hm, also du und Jack, ja?", bricht Lizzie es.

„Weiß nicht", sage ich. Ich möchte nicht über ihn sprechen. Er hat mir heute Vormittag schon mehrfach geschrieben, aber ich hab nicht geantwortet. Gemein, ich weiß, aber ich wusste nicht, was ich sagen sollte.

„Ach, tu doch nicht so", erwidert sie. „Er stand immer schon total auf dich, weißt du?"

„Ja, weiß ich."

„Kleine Schlampe", sagt sie lächelnd. Ich erwidere das Lächeln nicht.

„Komm, wir fahren zum Parkcafé in Yarralumla. Ich besorg uns was zum Mitnehmen, und wir können uns in den Park setzen, wo keiner dir auf die Nerven geht", schlägt Lizzie vor, vermutlich, um reinen Tisch zu machen. „Warst du dort schon, seit du wieder hier bist?"

Beim Einsteigen ins Auto stand ich kurz davor, ihr alles zu erzählen. Jetzt kommt mir das unmöglich vor.

„Nein."

„Cool. Die hatten da echt Glück. Das Feuer hat die Bäume damals fast komplett verschont."

„Freut mich." Ich höre nur mit halbem Ohr zu. „Hat es sonst viel angerichtet?"

„Es hat mehrere Vororte ausgelöscht, Bec!" Sie wirft mir einen Blick zu. „Schrecklich war das. Es gab Tote. Jack und ich saßen auf dem Dach und sahen zu, wie es näher kam, bis wir evakuiert wurden."

„Klingt grauenhaft."

„War's auch."

Wieder Schweigen.

„Wie geht's deiner Mutter?", fragt Liz.

„Ganz gut, glaub ich."

„Kam mir irgendwie merkwürdig vor, als ich neulich bei euch war."

Ich versuche mich zu erinnern, was die Mutter gemacht hatte, als Lizzie weinend in der Tür stand. Eigentlich kam sie mir genauso vor wie immer.

„Inwiefern merkwürdig?"

„Na ja, ich hab sie ja ewig nicht gesehen, aber ich hatte sie superstreng in Erinnerung. Neulich wirkte sie aber, als würde sie schlafwandeln. Hab sie kaum wiedererkannt."

Das Wort „streng" wäre mir in Bezug auf die Mutter als Letztes eingefallen. Nicht mal vorstellen kann ich sie mir so. Mal abgesehen von gestern in der Garage, als sie mir praktisch befohlen hatte zu verschwinden.

„Ich hatte immer ein bisschen Schiss vor ihr, dachte, sie hält mich sicher nur für so ein dummes Blondchen und findet, du solltest eine andere beste Freundin haben."

Ich ziehe die Jacke aus und lehne mich zurück. Vielleicht wird das mit dem Kaffee doch ganz nett. Zumindest wird es mich von dieser SMS ablenken – und von Jacks schrecklichem, verletztem Gesichtsausdruck, als ich fortging.

„Liegt bestimmt daran, dass du weg warst. Auf den Verlust eines Kindes reagiert wohl jeder auf seine Weise."

Lizzie sieht zu mir rüber. Ihr Blick fällt auf mein Kleid und sie schmunzelt. Es war eins der erwachseneren in Becs Schrank, gemustert mit kleinen braunen Karos.

„Weißt du noch, wie wir dieses Kleid besorgt haben? Beim Bus Depot Market?"

„Ja", antworte ich, doch sie sieht mich immer noch an, als warte sie auf mehr. „War ein lustiger Tag."

Lizzie schweigt. Und fährt plötzlich links ran, neben einem riesigen See – ein Café ist nirgendwo in Sicht.

„Alles in Ordnung?", frage ich.

Sie stellt den Motor ab, sagt jedoch kein Wort. Blickt einfach mit leeren Augen durch die Frontscheibe hinaus auf den großen blauen See und die darübergleitenden schwarzen Schwäne. Die Wolken sind ein wenig grau – später wird es bestimmt Regen geben.

„Weißt du, deine Stimme klingt völlig anders als die von Bec", verkündet sie plötzlich.

Mir bleibt das Herz stehen.

„Die meisten haben wohl nach all der Zeit vergessen, wie sie klang. Ich aber nicht."

„Wie meinst du das?“, frage ich und wünschte, mir mehr Mühe gegeben zu haben.

„Du siehst ihr verdammt ähnlich, stimmt schon. Aber du benimmst dich kein Stück wie sie.“

„Lizzie“, insistiere ich. „Ich bin’s aber. Ich bin Bec.“

Mit lodernden Augen dreht sie sich zu mir.

„Hör verdammt noch mal auf, mich anzulügen! Ich hab keine Ahnung, wer du bist, aber Bec bist du nicht.“

Ich sage nichts. Kann nicht. Ich schäme mich zu sehr.

„Weißt du, was mit ihr passiert ist?“

Es hat keinen Zweck mehr. Sie weiß Bescheid.

„Nein. Ich bin ihr nie begegnet“, sage ich.

Tränen strömen über Lizzies Wangen.

„Warum tust du so was? Du bist hier aufgetaucht, und ich dachte, sie wäre am Leben. Jetzt ist sie noch ein zweites Mal verschwunden.“

„Es tut mir leid“, flüstere ich.

Schweigend sitzen wir nebeneinander. Starren auf den See. Mir ist furchtbar kalt.

„Bitte, Liz, verrate mich nicht. Bitte. Ich würde es nicht ertragen, ihrer Familie das anzutun.“

„Als ob dich das einen feuchten Scheiß interessiert.“

„Tut es aber.“ Tut es wirklich. „Bitte, Liz. Ich sage ihnen, dass ich neu anfangen will, und rufe sie alle paar Wochen an. Du siehst mich nie mehr wieder.“

„Steig sofort aus meinem Auto.“ Sie hasst mich.

„Ich werde bedroht. Ich hab Angst.“

„Ja, klar.“

„Ich brauch deine Hilfe.“ Sie schweigt, also rede ich weiter.

Meine Worte überschlagen sich. „Ich glaube, wer auch immer Bec entführt hat, ist hier noch irgendwo. Ich glaube, es war jemand, den sie kannte …"

„Erzähl mir keinen Scheiß!", schreit sie.

„Das ist kein Scheiß, ehrlich."

Sie glaubt mir nicht, und wie sollte ich ihr das verübeln? Liz hilft mir garantiert nicht.

„Bitte", flehe ich. „Gib mir noch bis morgen. Ich muss einfach wissen, wer es war."

„Ich weiß nicht … Ich denke drüber nach. Aber jetzt steig aus. Sonst knall ich dir noch eine."

Ich schnalle mich ab und steige hastig aus dem Auto. Noch einmal drehe ich mich nach ihr um. Die Augen sind leer, doch der Mund ist von unvorstellbarem Schmerz verzerrt.

Mein Kopf ist heiß und schwer, etwas scheint mir die Brust abzuschnüren. Ich lehne mich an einen Baum, zwinge mich, tief einzuatmen. Hinter mir höre ich Lizzie davonfahren.

Die ganze Bosheit dessen, was ich getan habe, bricht über mich herein. Unverzeihlich, das Schlimmste, was man einem anderen Menschen antun kann. Ich musste wirklich weg. Aber ich wollte nicht. Wenn ich einfach verschwände und alle immer noch dächten, ich sei Bec, dächten, sie sei in Sicherheit und führe woanders ein neues Leben, wäre alles vorbei. Wer auch immer die Schuld daran trägt, was Bec wirklich zugestoßen ist, wäre endgültig davongekommen.

Ich lasse den Blick über den See streifen; die Oberfläche reflektiert perfekt den Himmel. Irgendwo da drin könnte Becs Leiche liegen, in einem Plastiksack, mit Steinen beschwert. Überall könnte sie sein. Der Einzige, der das wusste, war ihr Mörder. Derjenige, der mir geschrieben hat. Allerdings lag darin auch eine Chance, weil dieser Mensch auch als Einziger sofort gewusst haben musste, dass ich nicht bin, wer ich zu sein vorgebe.

Ich lasse die Zeit seit meiner Ankunft in Canberra Revue passieren. Irgendwas musste da sein, irgendein Anzeichen, dass jemand gelogen hat.

Mithilfe der Karte auf meinem Handy mache ich mich zu Fuß auf den Heimweg. Hier draußen in dieser kargen Landschaft als einsame Gestalt zwischen den spärlichen Eukalyptusstämmen, die weiß in der Abendsonne leuchten, fühle ich mich verwundbar.

Ich war immer gut darin, eine Rolle zu spielen. Nichts anderes habe ich auch hier getan. Ich habe Bec mal anprobiert. War als Touristin im Leben einer anderen unterwegs. Ein Parasit. Genau wie Becs Entführer trage ich ständig eine Maske, wie eine Figur in einem Stück. Vielleicht weil ich Angst vor dem habe, was sie verbirgt – etwas Hässliches vielleicht oder, noch schlimmer: überhaupt nichts.

Der Drang, Becs Leben wieder abzulegen, ist gewaltig. Jemand stellt mir nach. Bringt mich vielleicht um. Aber weglaufen ist nicht. Ich muss bleiben. Das schulde ich Bec. Nur noch einen Tag. Selbst wenn ich dann entlarvt werde.

Gerade als es zu regnen beginnt, komme ich zu Hause an. Mein Handy hatte keinen Saft mehr gehabt, sodass ich im Dunkeln durch die Straßen irrte, bis mir was bekannt vorkam. Schon ein Stück vor der Straße sah ich das Leuchten aus dem abgesperrten Pressebereich. Die hatten Lampen aufgestellt.

Offensichtlich hatten sie nicht vor zu gehen. Benommen hielt ich mich im Schatten und beobachtete sie einen Augenblick. Sie rauchten, rieben sich die Hände gegen die Kälte. Standen in Grüppchen zusammen und lachten.

Nicht ein einziges Mal dachte ich daran, einfach kehrtzumachen und zu verschwinden. Meine Entscheidung war gefallen. Also ging ich um die Häuser herum zur Straße auf der anderen Seite der Sackgasse. Dort stand ein kleines Häuschen, hinter dem hoch das Obergeschoss unseres Hauses aufragte. Ich schlich daran vorbei, duckte mich unter die hellen Fenster und sprang über den Zaun in unseren Garten. Dann rannte ich zur Haustür, wo ich mich jetzt, während die ersten Tröpfchen vom Himmel fallen, auf das Schlimmste gefasst mache. Vielleicht hat Lizzie bereits angerufen. Mit steif gefrorenen Fingern schließe ich auf.

„Hi, Becky!", begrüßt mich Paul. Mit hochgezogenen Füßen sitzt er im Wohnzimmer auf dem Sofa und spielt auf seinem iPad herum. „Andrew und ich hatten schon Angst, du könntest vergessen haben, dass wir morgen abreisen."

„Oder du würdest lieber bei deinem neuen Freund übernachten!", ruft Andrew aus der Küche.

Also hat Liz nicht angerufen. Irgendwie konnte sie sich durchringen, mir noch einen letzten Tag zu lassen.

„Natürlich hab ich's nicht vergessen", sage ich zutiefst erleichtert. Ich setze mich zu Paul aufs Sofa. Seine Wärme ist beruhigend. Wenigstens vorerst fühle ich mich wieder sicher.

„Gut", sagt er und legt den Arm um mich. Ich sehe zu, wie er durch seine E-Mails scrollt.

Da fällt mir Jacks Vater wieder ein, wie seltsam er mich über sein iPad hinweg angesehen hat. Im Gegensatz zu allen anderen schien er kein bisschen überrascht, mich zu sehen. Ein Schaudern überkommt mich. Paul reibt mir den Arm, denkt wohl, ich zittere vor Kälte.

Das war einfach falsch, wie er mich angesehen hat. Hat er Bescheid gewusst? Hat er gewusst, dass ich nicht Bec war, weil er sie selbst getötet hat? Er hat die Polizei belogen. So viel wusste ich bereits. Das hat er bestimmt nicht ohne Grund getan. Ich muss an das Video von der Mahnwache für Bec denken, wo er die Mütze ablegte. Wie konnte ich das nur übersehen? Wie konnte er an Becs McDonalds-Mütze gekommen sein? Die hatte sie doch wohl auf dem Kopf, als sie an jenem Abend nach Hause ging.

Was immer die hier grade auf dem Herd haben, es riecht einfach fantastisch. Die Mutter rührt, der Vater schneidet Gemüse. Andrew sitzt am Tisch und drückt auf seinem Handy herum.

„Willst du schon mal Käse reiben?", fragt der Vater und schiebt mir die Reibe zu.

„Klar", antworte ich.

Heute ist mein letzter Abend. Keiner von ihnen weiß, dass ich morgen verschwinden werde, genau wie die Zwillinge. Ich versuche, die Trauer darüber zu verdrängen und es einfach zu genießen.

„Und was liegt morgen an?", fragt Andrew. „Triffst du dich noch mal mit Vince?"

„Kann sein", lüge ich. „Vielleicht gehe ich rüber zu Lizzie."

Allerdings nicht, um Lizzie zu besuchen. Sondern ihren Vater.

SECHZEHNTES KAPITEL

BEC 17.01.03

Wenn man sich vollkommen taub und erledigt fühlt und einem die ganze Welt gestohlen bleiben kann, gibt es nichts Besseres, als allein zu Hause zu sein.

Die Zwillinge, die kein Wort mehr mit Bec redeten, waren mit den Rädern sonst wohin gefahren, ihre Eltern waren bei der Arbeit.

Bec war noch im Schlafanzug und hatte nicht vor, sich etwas anderes anzuziehen, solange sie nicht unbedingt musste. Ausnahmsweise fühlte sie sich hier zu Hause sicher vor dem Wirbelsturm, in den ihr Leben sich verwandelt hatte. Sicher vor ihrem Streit mit Lizzie, sicher davor, Luke in die Augen sehen zu müssen, und sicher vor Ellens Enttäuschung. Auf dem schwarzen Ledersofa im Wohnzimmer ausgestreckt, starrte sie an die Decke und versuchte, an überhaupt nichts zu denken. Stattdessen konzentrierte sie sich darauf, wie das Leder sich an ihren nackten Füßen anfühlte, wie es quietschte, wenn sie daran rieb. Sie versuchte, sich vorzustellen, das kühle, stille Haus sei die ganze Welt. Dass es den grellen Backofen da draußen in Wahrheit gar nicht gab.

Drei Stunden blieben ihr noch, bis sie zur Arbeit musste. Zum Glück arbeitete sie heute weder mit Lizzie noch mit Luke. Im Schneckentempo rutschte sie vom Sofa. Sie trug die Kaffeetasse in die Küche, wusch sie ab, sah zu, wie die Seife abtropfte und gurgelnd im Abfluss verschwand. Sachte trocknete sie die Tasse und stellte sie in den Schrank, als hätte sie nie daraus getrunken. Da sie fürchtete, den Fernseher anzustellen könnte die Stimmung zerstören, und ihr sonst nichts zu tun blieb, ging sie nach oben in ihr Zimmer.

Gestern hatte sie nicht nach Hause kommen wollen, hatte die Konfrontation mit ihren Brüdern gescheut. Also war sie den ganzen Tag durch die Stadt gestromert und hatte ihre Badesachen durchgeschwitzt. Irgendwann hatte sie dermaßen die Nase voll davon gehabt, das Strandtuch mitzuschleifen, dass sie es einfach in einen Mülleimer gedrückt hatte.

So was von wütend war sie gewesen; wenn Lukes Gesicht ihr in den Kopf gekommen war, hatte sie unwillkürlich die Fäuste geballt und den überwältigenden Drang verspürt, auf irgendetwas einzuschlagen. Nie, niemals zuvor hatte sie je so empfunden. Die dampfende Mischung aus Scham und Wut war ihr den ganzen Tag über derart im Magen rotiert, dass sie ihr fast hochgekommen wäre.

Heute ging es ihr jedoch schon besser. Sofern überhaupt nichts zu empfinden bedeutete, dass es einem besser ging. Auf dem Bett sitzend, ließ sie die Minuten vorbeiticken. Genoss die letzten Stunden Einsamkeit, bevor sie zur Arbeit gehen und versuchen musste, sich irgendwie ein Lächeln abzuringen. Hier allein zu sein kam ihr so richtig vor, so einfach. Doch gut sah das bestimmt nicht aus und auch nicht gerade hübsch. Einen Augenblick lang nahm sie sich von außen wahr: gebeugter Rücken, ausdrucksloser Blick, fettiges Haar, das ihr lustlos ins Gesicht hing. Das Bild war ihr so vertraut, dass es ihr den Magen zusammenzog: Genau so hatte Max ausgesehen, als er aus der Klinik gekommen war.

Bec dachte an Lizzies verletzten Gesichtsausdruck, als sie ihr gesagt hatte, sie solle gehen. Dann musste sie daran denken, wie Lizzie sie bei der Party auf der Tanzfläche herumgewirbelt hatte, wie sie lachend übereinander zusammengebrochen waren. Sie dachte daran, wie sie jedes Jahr zum Blumenfestival Floriade fuhren, um drei Uhr nachmittags bei Gus frühstückten und sich dabei ach so erwachsen vorkamen, wie sie Paddelboot gefahren waren und Lizzie gekreischt hatte, als Bec direkt unter den Captain-Cook-Brunnen gerudert war. Ohne Lizzie würde Becs Leben um einiges düsterer werden. Am Ende bedeutete Luke ihr eigentlich nicht das Geringste, ja, sie kannte ihn nicht mal. Er hatte sich einfach zu einem Spiegel gemacht, in dem sie ihre eigenen Bedürfnisse erblickt hatte. Mit Lizzie war das was anderes. Die war launisch und dickköpfig und eine Nervensäge, aber die zweite Hälfte von Becs eigenem Herzen. Bec konnte einfach alles ertragen, solange sie nur Lizzie hatte, um darüber zu lachen und zu lästern. Nicht Luke sollte sie alles erzählen, sondern Lizzie. Ohne länger nachzudenken, griff sie nach ihrem Handy, wählte die Nummer und wartete. Die Mailbox. Aber sie hatte ja Zeit. Wenn sie gleich losging, konnte sie vor der Arbeit noch bei Lizzie vorbei. Zwar bliebe ihr nur eine halbe Stunde, um alles zu erklären und sie um Verzeihung zu bitten, doch das musste eben reichen.

Kaum war Bec war aus der Tür, überkam sie von Neuem dieses Gefühl, dieses scheußliche Gefühl, als würde sie beobachtet. Doch sie ging weiter, fest entschlossen, sich nicht umzusehen.

Schon kurz vor Lizzies Haus war ihr viel leichter ums Herz. Bereits der eintönige Fußweg von der Bushaltestelle die Straße hinunter war tröstlich. Der Hund, der immer bellte, wenn man an seinem Tor vorbeiging, der Garten an der Ecke, aus dem es immer so nach Blut- und Knochenmehl stank. Alles wurde wieder so wie früher. Bec klopfte sachte an die Tür und wartete. Nach ein paar Augenblicken dachte sie, sie hätte vielleicht zu leise geklopft, und wollte es gerade noch einmal versuchen, da hörte sie langsame Schritte drinnen auf der Treppe. Die Tür schwang auf. Doch nicht Lizzie baute sich da vor ihr auf, sondern Lizzies Vater.

„Hi, Bec."

„Hi. Ist Lizzie da?"

„Bin ich nicht gut genug?", fragte er lächelnd.

Bec lachte gezwungen, unsicher, was sie sagen sollte.

„Lizzie ist mit Jack unterwegs. Willst du drin auf sie warten?"

„Okay."

Er machte einen Schritt zurück und Bec trat ein. Sie streifte ihn dabei, roch sein Aftershave. Einen Augenblick blieb sie zögernd vor der Treppe stehen, unsicher, ob sie im Wohnzimmer warten oder rauf in Lizzies Zimmer gehen sollte. Ganz allein mit Lizzies Dad rumzuhängen,

fand sie seltsam, doch wenn sie ohne Lizzie oben in ihrem Zimmer rumsäße, käme sie sich vor wie eine Stalkerin. Also setzte sie sich auf die Couch. Lizzies Vater nahm gegenüber Platz. Die Schiebetür zur Terrasse stand offen, und die Sonne spiegelte sich auf dem unruhigen Pool. Chlorgeruch waberte ins Zimmer. Bec schloss die Augen, erinnerte sich an das Gefühl, schwerelos auf dem Wasser zu treiben.

„Hattet ihr Streit?"

„Was?"

„Du und Lizzie. Sie war die letzten Tage so still."

„Still? Ich kann mir nicht mal vorstellen, dass sie eine Sekunde die Klappe hält."

Er lachte, doch seine Augen blieben ernst. Ließen Bec nicht los. Hatte Lizzie ihm verraten, was sie über ihn gesagt hatte?

Er seufzte. „Ach, noch mal jung sein. Immer diese Streits, die einem vorkommen wie das Ende der Welt, und eine Woche später weiß man nicht mal mehr, worum's ging."

Wieder rang sie sich ein Lachen ab, obwohl ihr das gegen den Strich ging. Sie konnte nicht leiden, wenn Erwachsene ihr Leben verniedlichten, doch für Widerspruch fehlte es ihr heute an Energie.

„Was glauben Sie denn, wann Lizzie wiederkommt?"

„Weiß nicht genau. Hast du's so eilig?"

„Ich muss zur Arbeit", sagte sie, zog ihre McDonald's-Mütze aus der Tasche und zeigte sie ihm.

„Ah, ja, buckeln für die Bonzen, was? Ich hab früher bei Hungry Jack's gearbeitet."

„Ach echt?" Bec interessierte das nicht die Bohne.

„Ja. In den Siebzigern. Hab den ganzen Sommer Burger gebrutzelt. Lange Haare hatte ich auch, bis über die Schultern."

„O Gott, das sah bestimmt übel aus."

„Damals sahen die Mädels das anders. Ich war mal mit

einer zusammen, vor Lizzies Mutter, die war so ein richtiges Blumenkind. Irre schön."

Bec hatte nie zuvor erlebt, dass irgendwer in diesem Haus von Lizzies Mutter gesprochen hätte. Nie.

„Wahnsinnig lange Fingernägel hatte die. Den ganzen Sommer über war mein Rücken völlig zerkratzt, so hat die mich beim Sex immer aufgeschlitzt."

Bec hatte keine Ahnung, was sie dazu sagen sollte. Warum erzählte er ihr das? Bei der Vorstellung von Lizzies Vater beim Sex wurde ihr übel.

„Weißt du noch, letzten Sommer, als du vorbeikamst und Lizzie nicht da war?"

Nein. Das fehlte noch. Fast hätte sie sich übergeben müssen, gleich hier auf seinen cremefarbenen Teppich. Sie blickte auf die Uhr und tat erschrocken.

„Mist, ich bin zu spät!"

Normalerweise fühlte Bec sich bei Lizzie zu Hause pudelwohl, doch jetzt riss es sie förmlich vom Sitz und sie stürmte zur Tür.

„Soll ich Lizzie ausrichten, dass du da warst? Oder soll das unser kleines Geheimnis bleiben?" Er zwinkerte ihr zu.

„Äh, ja, klar", sagte sie, ohne so recht zu begreifen, wovon, zur Hölle, er da sprach.

Lizzies Vater trat vor sie, und kurz kam es ihr vor, als wolle er sich zwischen sie und die Tür stellen. Doch dann machte er ihr auf. Bec drückte sich an ihm vorbei, ekelte sich, als ihr Arm an seinem Bauch entlangstreifte. Erst als sie hörte, wie er hinter ihr die Haustür schloss, bemerkte wie, wie rasend schnell ihr Herz klopfte.

SIEBZEHNTES KAPITEL

2014

Die Haustür schlägt krachend zu. Bestimmt die Zwillinge, die ihre Koffer ins Auto laden. Bald reisen sie ab. Ich auch. Kriege ich schon hin. Ich gehe rüber zu Lizzie und Jacks Vater. Nur um zu reden, um auf Nummer sicher zu gehen. Dann kann ich mich aus dem Staub machen, kann Andopolis anrufen, wenn ich über alle Berge bin. Ihm erzählen, was ich rausgefunden habe. Einem Teil von mir geht's dabei miserabel; ich hab dieser Familie schon so viel angetan. Aber jetzt geht es nicht um mich, sondern um Bec.

Draußen regnet es noch immer. Laut prasseln die Tropfen aufs Dach. Mein letzter Tag in diesem Zimmer. Ich hab riesiges Schwein, dass Lizzie bisher noch nicht angerufen hat, aber lange wird es nicht mehr dauern. Früher oder später wird sie anrufen, kein Zweifel.

Ich gehe nach unten, wo die Eltern sich eilig fertigmachen, um die Jungs zum Flughafen zu fahren. Nachdem ich bei Jacks Vater war, kann ich nie wieder hierher zurück. Vielleicht gehe ich diesmal nach Melbourne.

„Ich dachte, ihr fliegt erst mittags?“, frage ich. Es ist erst neun Uhr. Ich dachte, ich hätte noch ein paar Stunden.

„So ist es auch“, sagt Paul. „Und über den neuen Freeway sind es außerdem nur fünfzehn Minuten Fahrt.“

„Mom behauptet, sie sei immer gern früh da, aber ich glaube, sie will uns nur loswerden“, fügt Andrew hinzu.

„Du willst Bec endlich für dich allein, stimmt's?“, neckt

Paul die Mutter, die gerade zum Auto geht. Doch die antwortet nicht, wirkt genau genommen etwas merkwürdig. Wahrscheinlich ist sie traurig, weil ihre Söhne abreisen.

„Du bist ein bisschen blass", stellt Andrew fest und mustert mich. „Du musst nicht mit zum Flughafen, wenn du nicht willst."

Viel zu leicht. Fast hab ich gehofft, sie würden mich drängen mitzukommen. Alles, um ein wenig mehr Zeit mit ihnen zu haben.

„Ich hab richtig üble Kopfschmerzen", sage ich.

„Schon gut." Andrew drückt mich fest.

„Wir rufen heute Abend an, okay?", verspricht Paul und wuschelt mir durchs Haar.

„Okay." Heute Abend bin ich schon fort.

„Brauchst du vielleicht eine Ibuprofen?", fragt die Mutter, als sie zurückkommt. Ich umarme sie, sauge ein letztes Mal ihren süßen Duft ein. Ein kleines Weilchen war sie tatsächlich meine Mutter. Der Abschied fällt mir wirklich schwer.

„Es geht schon", sage ich, ohne sie anzusehen.

Aus dem schattigen Hausflur sehe ich zu, wie sie aus der Einfahrt zurücksetzen, und ziehe eng den Bademantel um mich. Ich winke lächelnd, bis sie um die Ecke sind, dann schließe ich die Tür ab. Zum Packen bleibt mir eine halbe Stunde, maximal.

Oben stecke ich mein Handy ans Ladegerät. Nachdem der Akku alle war, habe ich es absichtlich nicht aufgeladen, weil ich sicher war, dass Jack anrufen würde, und keine Ahnung hatte, wie ich ihm all das erklären sollte. Ich springe schnell unter die Dusche, überlege, ob ich eine Nachricht hinterlassen soll. Muss ich wohl, einfach abhauen ist nicht drin. Aber was soll ich nur schreiben? Ich erinnere mich selbst daran, dass diese Leute ja nie meine richtige Familie waren. Trotzdem ist die Traurigkeit kaum auszuhalten.

Als ich wieder zu meinem Handy gehe, rechne ich eigentlich mit mindestens einem entgangenen Anruf von Jack. Aber da ist keiner. Nur eine SMS, von Lizzie. Ich öffne sie schnell.

TUT MIR LEID. ICH MUSSTE ES IHNEN SAGEN.

Die SMS ist von gestern Abend, Viertel nach sechs.

ACHTZEHNTES KAPITEL

BEC 17.01.03

Bec war fünfzehn Minuten zu früh dran. Sie war langsam gegangen und hatte noch einmal versucht, Lizzie anzurufen: ohne Erfolg. Langsam wurde das frustrierend. Schließlich hatten sie sich nicht angeschrien oder so. Lizzie übertrieb mal wieder.

Im McDonald's wartete eine lange Schlange, doch Bec setzte sich ganz hinten an den Parkplatz, um wirklich erst zu Schichtbeginn den Laden zu betreten. Es war verflucht heiß, und beim Griff in ihre Tasche stellte sie fest, dass sie die Mütze bei Lizzie zu Hause vergessen haben musste. Na super, gesellte sich zu all dem Übel eben noch ein Sonnenbrand. Nach drinnen ging sie trotzdem noch nicht. Lukes Schicht endete, wenn ihre anfing, und sie wollte ihn heute nicht sehen. Sie wollte ihn überhaupt nicht mehr sehen.

Als Bec nach Ablauf der fünfzehn Minuten durch die Tür ging, war sie schweißgebadet. Die eisige Luft der Klimaanlage jagte ihr einen Schauder über den Rücken. Ellen wirkte gestresst wie immer. Das Haar stand ihr vom Scheitel ab, die Furche zwischen den Brauen war tiefer als je zuvor. Bec achtete Ellen sonst sehr, doch jetzt kam sie ihr einfach nur erbärmlich vor. Fast wollte sie die Augen verdrehen, als Ellen ihr zum Gruß lakonisch zunickte. Ganz offensichtlich war ihre Chefin noch immer sauer, hielt Bec noch immer für eine Drama Queen. Bec allerdings wurde plötzlich bewusst, dass es sie keinen Deut interessierte, was

Ellen von ihr dachte. Die Frau war über zwanzig, arbeitete bei McDonald's und verbrachte ihre Freizeit mit Teenagern. Früher waren Bec ihre Kollegen stets wie eine zweite, ja wie eine wahrere Familie erschienen, doch jetzt kam es ihr vor, als stopfte sie hier nur eine gähnende innere Leere mit Enttäuschungen und Lügen. Mit traurigen Gestalten, die vom Leben nichts mehr wollten.

Sie widmete sich augenblicklich dem ersten Kunden, denn Luke kam gerade mit seinem Rucksack aus dem Bad, und sie brauchte eine Ausrede, um nicht mit ihm reden zu müssen. Keinesfalls könnte sie einfach so tun, als wäre nichts. Während sie für den Kunden einen großen Becher Limonade füllte, sah sie zu, wie Luke sich in der Küche von Ellen verabschiedete: einen Arm nonchalant um Ellen gelegt und dieses lässige Lächeln auf den Lippen, von dem Bec geglaubt hatte, er lächle es nur für sie. Wieder flammte Zorn in ihr auf, nur war sie diesmal nicht mehr sicher, ob er ihm oder ihr selbst galt. Weil sie so dämlich gewesen war, sich so mühelos hatte einwickeln lassen. Kalt rann ihr die überlaufende Limonade in den Ärmel. Hastig stellte sie die Maschine ab und schüttelte sich die Flüssigkeit vom Arm, wusste aber, dass der Arm den Rest des Abends kleben würde.

Nach und nach verblasste die grelle Sonne. Der Mond verwandelte sich von einem schwachen Daumenabdruck am Himmel zu einem ernsthaften Konkurrenten der Neonröhren. Zum Glück versiegte der Kundenstrom nicht, sodass Bec mit Ellen und Matty nur sprechen musste, wenn sie ihnen Bestellungen zurief.

Ellens Schicht würde bald vorüber sein; sauber machen

musste Bec später nur mit Matty. Das war nicht so schlimm, das konnte sie schaffen. Die Kundschaft ging von verschwitzten, sonnenverbrannten Familien in betrunkene, kreischende Grüppchen junger Leute über. Zum Glück war niemand dabei, den sie kannte. Bec bezweifelte, dass sie sich auch nur ein kleines Lächeln hätte abringen können. Dennoch, irgendwas an der eintönigen Beschäftigung war tröstlich. Sie half ihr, den Kopf auszuschalten. Nichts als Worte und Bewegungen, ohne Raum für die Sorgen, die zerstörerische Wut und die Traurigkeit, die ihr inzwischen Angst machten. Nichts als „Was darf's sein?", wieder und wieder und wieder.

„Was darf's sein?", fragte sie, nachdem ein paar Jungs in Polohemden sich verkrümelt und den Blick auf den voluminösen, verschwitzten Mann dahinter freigegeben hatten.

Bec blickte den Fettwanst an, erwartete die unausweichliche Bestellung von Unmengen Fritten und Burgern. Wenn Übergewichtige ins Restaurant kamen, strengte sie sich gewöhnlich an, sich ihre Meinung darüber nicht anmerken zu lassen, doch diesmal pfiff sie darauf. Langsam taxierte sie den Mann von oben bis unten.

„Was darf's sein?", wiederholte sie lauter, als wäre der Kerl taub, doch der glotzte sie nur an, noch immer drei Schritte von der Theke entfernt. Seine Augen blickten trübe ins Leere. Dass mit ihm etwas nicht stimmte, kapierte Bec erst, eine Sekunde bevor er zu Boden sank.

„Ellen!", rief sie.

Ellen hatte bereits das Telefon in der Hand. Bec hörte zu, wie ihre Vorgesetzte die Adresse durchgab, dann ging sie hinüber zu dem Mann und kniete sich neben ihn.

„Alles in Ordnung? Sir, können Sie mich hören?“, fragte sie. Der Fettwanst lief blau an. Ellen warf ihr einen strengen Blick zu.

„Bec!“, rief sie, offenbar angefressen.

„Was? Was soll ich tun?“

„Weiter bedienen“, sagte Ellen.

Die Sanis brauchten nicht lange. Bec hätte erwartet, dass der Krankenwagen vor der Tür die Gäste abschreckt, doch das tat er nicht. Die Leute stiegen einfach über den prallen Körper des Mannes hinweg, bestellten und trugen ihre Burger an einen Tisch, von dem aus sie alles in Ruhe beobachten konnten wie in einem der Fernseher an der Wand.

Später fiel Bec die Aufgabe zu, den Urin des Mannes aufzuwischen. Irgendwann hatte er sich eingenässt, und die Pfütze glänzte nun mitten im Restaurant. Schlimmer geht's nicht mehr, dachte sie. So schlimm war es nicht mal, wenn sie hinter der Fritteuse sauber machen musste und das Öl sich zu mit toten Fliegen gespickten Fettbergen verfestigt hatte. So schlimm war überhaupt noch nie irgendwas gewesen.

Als alle fort waren, putzten Matty und sie schweigend nebeneinander her. Er versuchte nicht einmal, sie anzusprechen. Normalerweise würde sie sich sorgen, ob er wütend auf sie war, doch jetzt war es ihr egal. Es gefiel ihr hier nun ganz und gar nicht mehr. Jetzt fühlte es sich genauso an wie ihr richtiges Zuhause. Kalt.

NEUNZEHNTES KAPITEL

2014

MIT WEM HAST DU GESPROCHEN? NIEMAND HAT WAS GESAGT!

Aber Lizzie schreibt nicht zurück. Während ich warte, stellt sich das Bild in meinem Kopf vollkommen scharf. Diese Sache, die während des Besuchs bei Lizzie an mir nagte, diese halbfertige Erinnerung, von der ich tief drin wusste, dass sie wichtig war. Etwas, das nie ganz gepasst hat.

Die Eltern. Sie haben nie gefragt. Auf die eine oder andere Weise haben alle, mit denen ich zu tun hatte, darauf angespielt oder die Frage ganz direkt gestellt. Doch weder der Vater noch die Mutter haben das je getan. Nicht beim ersten Telefonat vom Polizeirevier aus und auch bis heute nicht. Nie haben sie gefragt, wo ich war. Kälte kriecht mir in die Glieder. Ich ziehe mir den Bademantel über das Handtuch und die nasse Haut und stecke das Handy in die Tasche.

Die Garagentür knarrt beim Öffnen. Ich stelle mich dorthin, wo ich vorgestern Abend stand, und blicke über die Schulter. Die Mutter hatte zu den beiden großen Kartons dort geschaut, die sorgfältig mit Klebeband verschlossen sind.

Mit stumpfem Ratsch ziehe ich das Klebeband vom ersten ab. Eine Sekunde zögere ich noch, spüre meine Hände zittern, dann ziehe ich die Klappen auf. Der Karton ist voller Bücher. Angespannt nehme ich sie heraus, erwarte, Knochen oder Menschenhaar zu finden. Doch da ist nichts. Der Staub steigt mir in die Nase und ich muss niesen. Das laute Geräusch jagt mir selbst einen Schrecken ein.

Ich reiße das Klebeband vom zweiten Karton. Doch ich kann nicht hinsehen. Ich weiß, was ich darin finden könnte, will ihr Gesicht nicht sehen. Trotzdem, ich muss. Langsam klappe ich den Deckel auf. Noch mehr Bücher. Ohne Rücksicht auf Verluste wühle ich sie heraus, doch es ist schnell klar, dass außer ihnen nichts in dem Karton ist. Ich räume sie wieder ein. Mein Puls beruhigt sich etwas.

Ich lag falsch.

Gott sei Dank lag ich falsch.

Fast muss ich lachen. Mir schwirrt der Kopf. Das ist doch alles völlig verrückt. Nichts passt zusammen. Ich muss hier raus. Auf dem Treppchen zur Waschküche knarzt die erste Stufe unter meinem nackten Fuß. Ich bleibe wie angewurzelt stehen. Noch zwei Stufen geht es rauf.

Ich schiebe die Kartons zur Seite und sehe die Luke vor mir, die neben dem Treppchen unters Haus führt. Diesmal wird nicht gezaudert. Ich bücke mich und ziehe sie auf. Sofort schlage ich mir die Hand vor Mund und Nase. Der Gestank ist grauenhaft. Fast spüre ich schon die Kotze im Hals. Aber ich darf nicht nachlassen. Ich zwinge mich, in das stinkende Schwarz zu blicken. Da liegt sie. Rebecca Winter. Eingerollt wie ein schlafendes Kind. Braune Knochen, ein paar Fetzchen Fleisch und Haut, ein klaffendes Loch im Hinterkopf.

ZWANZIGSTES KAPITEL

BEC 18.01.03

Bec stieg aus dem Bus und ging langsam den Hang hinauf. Eilig hatte sie es nicht, zumal ja sowieso nichts Angenehmes sie erwartete. Schweiß rann ihr über den Hals. Sie wischte ihn ab, und ihre Haut fühlte sich schmierig an. Wie immer nach der Arbeit klebten Öl und Fett aus der Küche ihr an allerlei versteckten Stellen, zwischen Nase und Wange, hinter den Ohren, unter dem Kinn. Also wischte sie den Schweiß einfach nicht mehr ab. Sie ließ den lebendigen Saft aus sämtlichen Poren strömen, um all das Fett der toten Kühe damit abzuspülen. Die Hitze war dennoch erdrückend. Sogar die Luft roch verbrannt und schmerzte ihr im Rachen.

Nach der Arbeit hatte sie einen Blick auf ihr Handy geworfen, in der Hoffnung, entgangene Anrufe von Liz darauf zu finden. Aber der Bildschirm war leer. Bec wollte lieber nicht allzu weit in die Zukunft denken, sich nicht vorstellen, den Sommer ohne Liz zu verbringen oder wieder in die Schule zu gehen und nicht mehr mit ihr befreundet zu sein. Mehr als irgendetwas sonst wünschte sie, sie könnte diese letzte Woche ihres Lebens rückgängig machen. Sie wünschte, sie hätte nie diese gemeinen Sachen zu Lizzie gesagt und nie diesen blödsinnigen Exorzismus mit ihr geplant. Hätte sie einfach dasselbe getan wie immer und dieses seltsame Etwas in ihrem Zimmer, die merkwürdigen Geschehnisse im Haus einfach vergessen, wäre alles so wie eh und je. Niemand wäre sauer auf sie, und sie hätte nicht all diese Wut im Bauch.

Sie bog um die Ecke und sah ihr Haus ganz oben auf dem Hügel. Eine Sekunde war ihr, als schnüre ihr der Anblick den Hals ab. Sie blieb stehen, wandte sich ab und atmete langsam durch. Durch die Nase ein, durch den Mund wieder aus, bis der Hals sich wieder lockerte. In diesem Moment summte ihr Handy, und ein Strom aus Freude und Erleichterung durchlief sie. Sie zog es aus der Tasche, mit vor Eile zittrigen Händen. Doch es war Luke.

HOFFE, DIR GEHT'S GUT. DENKE NOCH IMMER AN DICH.

Noch ehe sie richtig darüber nachdenken konnte, hatte sie bereits ihr Handy zur Seite geschleudert, unfähig, ihre heiße Wut noch länger zu zügeln. Sie wollte irgendetwas schlagen, kaputt machen. Sie rannte den Hügel hinauf. All diesen Hass und diese Gewalt wollte sie nicht länger in sich haben, wollte sich irgendwie davon befreien. So leise wie möglich schloss sie die Haustür auf, rannte die Treppe hinauf, riss sich im Dunkeln die Klamotten vom Leib und warf sich aufs Bett. Die Augen fest geschlossen, lag sie da und hoffte, dass dieses Gefühl der Leere von heute Vormittag zurückkäme und den Hass verdrängte, der jetzt ihren Körper übernahm.

EINUNDZWANZIGSTES KAPITEL

2014

Vor mir liegen die Knochen, und ich weiß, ich sollte sie einfach da liegen lassen, weglaufen. Aber ich bringe es nicht über mich, Bec wieder in dieser stinkenden Dunkelheit einzusperren. Mir schwirrt der Kopf, alles um mich scheint zu wabern. Ich rieche sie, rieche die Reste ihres verwesenden Fleischs. Ich krümme mich, glaube, ich muss mich übergeben, aber es kommt nichts.

Das herannahende Auto lässt leicht das Garagentor vibrieren, was in der Stille hier noch lauter klingt. Dann quietschen Reifen beim Einlenken in die Einfahrt. Eine schreckliche Sekunde fürchte ich, das Tor ginge gleich auf und ich stünde vor den Eltern, halbnackt über das Skelett ihrer Tochter gebeugt. Doch das Auto bleibt stehen, der Motor verstummt und die Türen werden geöffnet. Ein paar Sekunden habe ich noch.

Klickend schließt sich die Luke, und ich schiebe die Kartons wieder davor. Jetzt müssten sie auf dem Pfad zur Haustür sein. Metall kratzt auf Metall, als sie den Schlüssel ins Schloss stecken. Ich haste in die Waschküche und ziehe die Tür zur Garage gerade noch zu, bevor die Haustür aufgeht. O Gott. Die werden mich hier rauskommen sehen. Werden wissen, was ich gefunden habe. Regungslos stehe ich in der Waschküche, mache keinen Mucks.

„Bec?"

Kalte Fliesen unter meinen nackten Füßen. Leise dreht

sich der Trockner. Solange sie nicht auf die Idee kommen, ich hätte was gesehen, bleibt mir noch ein wenig Zeit. Ich muss es nur aus dem Haus schaffen.

„Becky?"

Ich höre die Mutter über den Teppich schlurfen. Sie ist schon fast vor der Waschküche. Bestimmt will sie nur rauf zu meinem Zimmer, doch auf dem Weg wird sie mich entdecken.

„Wie war's?", rufe ich zurück und drücke auf den Knöpfen der Waschmaschine herum.

„Was treibst du denn da drin, mein Schatz?", fragt sie. Verändert sieht sie aus, wie sie dort in der Tür steht. Ihre Augen glänzen, und die Haut wirkt eigenartig wächsern, aber sie lächelt. Sieht glücklich aus.

„Ich kapier nicht, wie die funktioniert. Ich wollte waschen."

„Das mach ich schon, mein Schatz. Leg du dich lieber hin, du hast doch Kopfschmerzen."

„Ich weiß, ich will nur helfen." Ich zwinge mich, so normal wie irgend möglich zu klingen, obwohl ich am ganzen Leib zittere und einfach loslaufen will. Doch jedes bisschen Angst in meiner Stimme könnte mich verraten. Sie dürfen nichts ahnen.

„Lieb von dir, Bec. Aber wo sind deine Sachen?"

„Hab ich oben gelassen."

„Na, dann hol sie mal."

Ich strenge mich an, mich nicht zu hastig umzudrehen, zu gehen, statt zu rennen. Sie schaltet die Maschine ein und Wasser sprudelt in die leere Trommel.

„Bec?" Meine Schultern verkrampfen.

„Ja?"

„Dein Bademantel ist schmutzig."

Ich blicke daran hinab. Der Saum ist vom Garagenboden dunkel verschmiert.

„Oh, muss passiert sein, als ich mich draußen von euch verabschiedet hab", nuschle ich. Sie weiß genau, dass ich nicht vor der Tür war.

„Na ja, gib ihn mir einfach."

„Ich bringe ihn gleich mit den anderen Sachen wieder runter." Meine Stimme klingt seltsam, fiepsig und gezwungen. Kann ich nichts gegen machen.

„Lieber jetzt, solange es noch rausgeht", sagt sie und streckt die Hand aus.

Das war keine Bitte. Ich ziehe den Bademantel aus und fühle mich in dem Handtuch furchtbar nackt. Sie nimmt ihn mir ab. Genau in diesem Moment klingelt mein Handy, leuchtet in der Tasche des Bademantels auf. Sie lässt sich nicht beirren und macht keinerlei Anstalten, es mir zurückzugeben.

„Was machst du da?! Mein Handy!", rufe ich, doch sie hat es schon mitsamt dem Bademantel in die Trommel geworfen. Ich mache einen Satz nach vorn, tauche die Arme bis zu den Ellbogen in das heiße, sprudelnde Wasser. Das Klingeln wird leiser, während das Handy absäuft. Als ich es herausgefischt habe, klingt es erst leierig, dann verstummt es ganz. Der Bildschirm ist schwarz.

Ohne Notiz von mir zu nehmen, holt die Mutter Waschmittel und Weichspüler aus dem Schrank. Das war eindeutig

Absicht. Das Klingeln konnte sie gar nicht überhören. Vielleicht wollte sie überhaupt den Bademantel nur so dringend haben, weil sie das Handy in der Tasche gesehen hat. Ich laufe weg, die Treppe rauf, ziehe fest das Handtuch um mich.

Ich schließe meine Zimmertür und klemme einen Stuhl unter den Griff. Dann streife ich ein paar der neuen Klamotten über. Die kratzen und riechen nach Plastik, sind aber immer noch besser als nichts. Ich setze mich aufs Bett. Das passiert alles wirklich. Ich zittere am ganzen Körper.

Die haben sie umgebracht. Einer von ihnen hat Bec ermordet und in dieses finstere Loch gestopft. Meine Atmung wird hektisch. Die haben's gewusst. Die ganze Zeit über hat einer von ihnen alles gewusst. Mindestens einer.

Sie haben nur den richtigen Augenblick abgewartet, ausgeharrt, bis Andopolis das Interesse verlor, bis Paul und Andrew abreisten. Ich ziehe die Knie ganz dicht an, will nicht, dass man mich keuchen hört. Keine Panik jetzt, ich muss hier weg! Aber ich kann an nichts denken als an Becs Skelett unter dem Haus, eingerollt wie ein verängstigtes Kind. Die ganze Zeit war es dort unten, verborgen in der Finsternis.

Das Fenster. Ich stemme mich vom Bett. Die Reporter sind zu weit weg, um mich zu hören, doch sehen kann ich sie. Minimenschen mit Minikameras. Wenn ich sie sehe, sehen sie vielleicht auch mich. Ich drücke mich an die Scheibe, winke wie verrückt. Einer drückt seine Zigarette aus. Die anderen rühren sich nicht mal. Ich könnte rausspringen; es ist hoch genug, dass ich mir dabei was brechen könnte, aber die würden mich garantiert bemerken. Mir bleibt keine Wahl. Mit aller Kraft ziehe ich am Griff, bis es sich anfühlt, als rissen meine Muskeln, doch das Fenster gibt nicht nach. Mit Farbe versiegelt. Ich schiebe die Fingernägel in die Ritzen und ziehe, lasse einen stummen Schrei fahren, als die Nägel brechen. Es klappt nicht, nur meine Fingerspitzen sind jetzt blutig und tun weh. Atemlos fange ich an zu weinen – ich kriege das Ding nicht auf. Der einzige Weg nach draußen führt durch die Haustür, und da runter will ich lieber nicht mehr. Wie Rapunzel komme ich mir vor, eingesperrt im Turmzimmer. Ohne Ausweg. Ich könnte versuchen, das Fenster zu zerbrechen, aber die Scheibe ist ziemlich dick, und die würden mich garantiert hören, bevor ich abhauen kann. Dann wüssten sie definitiv Bescheid. Ich würde neben Bec enden, und wir könnten in trauter Zwillingszweisamkeit verrotten.

Nein. Solange sie nicht ahnen, dass ich Bescheid weiß, kann ich vielleicht noch einfach gehen, kann vielleicht noch durch die Haustür spazieren wie so viele Male zuvor. Ich wische mir die Tränen von der Wange und atme tief durch. Ich bin eine gute Schauspielerin – das kriege ich hin.

Aus Becs Zimmer stehle ich mich auf den stillen Flur. Außer dem fernen Surren der Waschmaschine ist nichts zu hören. Auf dem Arm habe ich einen Haufen Schmutzwäsche, nur für den Fall. Mit hämmerndem Herzen schleiche ich die Treppe hinab. Immer näher an die Haustür. Noch fünf Stufen, noch drei. Dann bin ich unten, am Fuß der Treppe. Nur noch ein paar Schritte bis zur Tür.

„Bec?" Ich drehe mich um. Die Mutter steht in der Tür zum Wohnzimmer, eine Küchenschere in der Hand. Der Vater sitzt auf dem Sofa und sieht ebenfalls zu mir rüber.

„Ja?"

„Wo gehst du hin?"

„Ich muss Andopolis treffen", lüge ich. „Er müsste gleich da sein."

„Bringst du ihm deine Schmutzwäsche?", fragt der Vater. Eine Antwort fällt mir darauf nicht ein.

„Soll er doch ausnahmsweise mal reinkommen. Du hast Kopfschmerzen, wirst vielleicht krank. Da solltest du nicht draußen in der Kälte rumstehen", sagt die Mutter, als wäre alles in bester Ordnung. Als streckte sie mir nicht eine scharfe silberne Schere entgegen.

Mein Blick wandert von den beiden zur Tür. Wäre schon zu schaffen, bevor sie mir die Schere in den Rücken rammt. Doch da steht der Vater auf und tritt mir in den Weg. Er nimmt mir die Schmutzwäsche aus den Händen.

„Tu, was deine Mutter sagt", befiehlt er.

„Ich dachte mir übrigens, ich könnte mich mal um deine Haare kümmern", sagt sie und linst auf meinen Spliss.

„Okay", antworte ich.

Ich soll mich auf einen Stuhl in der Küche setzen, und sie legt mir ein Handtuch über die Schultern. Hinter uns sieht der Vater zu.

„Du hattest immer so hübsches Haar. Wie konntest du das nur so verwildern lassen?" Sanft kämmt sie es mit einer Bürste. Die Borsten kratzen mich auf der Kopfhaut. „Keine Sorge, das dauert nicht lang. Vince kann ja reinkommen, dann können dein Vater und ich uns auch mal mit ihm unterhalten. Ich würde gern hören, wie es so läuft."

Ich versuche, mich umzudrehen, will wissen, ob der Vater noch im Zimmer ist. Sie dreht meinen Kopf mit einem Ruck wieder nach vorn.

„Halt still, es soll doch gleichmäßig werden."

Kalt spüre ich die Schere am Nacken. Bei jedem Schnitt höre ich, wie scharf sie ist. Unter dem Handtuch ringe ich die Hände.

„Gleich siehst du viel besser aus."

„Danke." Wieder klingt meine Stimme merkwürdig hoch. Ich höre mir meine eigene Angst an. Sie scheint jedoch nichts zu bemerken.

„Ordentlich und hübsch wie früher." Ich spüre ihren Atem auf der Haut.

Von irgendwo im Haus kommt ein seltsames Geräusch. Eine Art ersticktes Weinen.

„Was war das?"

„Was denn, mein Schatz?"

„Dieses Geräusch."

„Hab nichts gehört."

„Wo ist Dad?"

„Macht bestimmt ein Nickerchen."

Wieder höre ich das Geräusch. Schmerzverzerrt.

„Kinn hoch", befiehlt die Mutter und reißt mir den Kopf nach oben, sodass ich sie ansehe. Dann schiebt sie mir die Schere hinters Ohr.

„Ich sollte echt mal nachsehen, ob Andopolis schon da ist", sage ich und blicke ihr direkt in die Augen. Wie konnte ich bisher nur übersehen, was sie für eigenartige Augen hat? Glasig und glänzend, und nie sah sie einen richtig damit an.

„Fast fertig", meint sie.

Ein lauter Knall hallt durchs Haus. Ich zucke zusammen.

„Vorsicht, mein Schatz. Ich will mich nicht verschneiden."

„Was war das?"

Sie antwortet nicht. Wieder und wieder schnippt die Schere. Tränen schießen mir in die Augen, ich kann sie nicht zurückhalten. Wie ein Schuss klang das. Ich muss hier raus. Aber sie könnte mir mit einem Griff die Kehle aufschlitzen.

„Bitte, Mom!"

„Sekunde, Becky."

Leise weine ich vor mich hin, lausche auf den Vater, doch es ist nichts zu hören. Sie nimmt mir das Handtuch ab.

„Schau mal in den Spiegel", sagt sie. „Ich glaube, es wird dir gefallen."

Ich wirble herum, eile zur Tür. Sie lässt mich gehen. Ich kann weg! Doch als ich am Türknauf drehe, passiert nichts. Die Tür ist nicht verschlossen, geht aber nicht auf. Ich werfe mich dagegen, will sie um jeden Preis aufbrechen.

„Vorsicht, Bec, du machst sie noch kaputt", sagt die Mutter, geht mit Kehrblech und Handfeger an mir vorbei.

Irgendwas wurde da unter der Tür verkeilt. Erneut werfe ich mich dagegen. Meine Schulter kracht und schmerzt, aber die Tür gibt nicht nach.

Aus dem Augenwinkel sehe ich Becs Gesicht. Der Mund schmerzverzerrt, die Augen voller Angst. Ich fahre herum. Es ist der Spiegel im Flur, mein eigenes Spiegelbild. Die Mutter hat mir denselben braven Kurzhaarschnitt wie Bec verpasst. Ich sehe, was sie sah, kurz bevor sie starb. Endlich weiß ich, was ihr zugestoßen ist, und jetzt teile ich ihr Schicksal.

Dann rieche ich Rauch.

ZWEIUNDZWANZIGSTES KAPITEL

BEC 18.01.03

Bec wollte gut in den Tag starten. Sie ließ sich Zeit mit ihrem Müsli, schnitt einen Apfel in Scheiben, um ihn darunter zu mischen. Eigentlich nahm sie sich das jeden Morgen vor, ließ es dann aber stets bleiben. Ordentlich zu frühstücken war wichtig – ihre Mom lag ihr damit ständig in den Ohren. Sie aß gemächlich, denn Eile hatte sie ja nicht. Schließlich hatte sie keine Freunde, die sie hätte treffen können. Sorgfältig spülte sie Müslischale und Kaffeetasse, trocknete sie ab und stellte sie zurück in den Schrank, wie ihre Mutter das immer tat.

Schon erstaunlich, was ein bisschen Schlaf verändern konnte. Gestern Abend hatte Bec sich gefühlt, als stünde das Ende unmittelbar bevor. Heute kam ihr das nur noch albern vor. Überdramatisch. Auch in der Vergangenheit hatte sie sich hin und wieder so gefühlt, fiel ihr jetzt ein, und dann war doch nie etwas Schlimmes passiert.

An diesem Vormittag wusste sie ganz tief drinnen, dass alles gut werden würde. All die düsteren Gedanken des Vorabends waren verflogen, und sie kam sich nicht mehr so hilflos vor. Heute würde sie alles umkrempeln. Sie würde Ellen anrufen und ihr sagen, dass sie in Zukunft keine Schließungen mehr übernehmen wollte. Dann würde sie Lizzie schreiben, um sich zu entschuldigen und ihr mitzuteilen, dass sie sich alle Zeit nehmen sollte, die sie brauchte. Damit wäre zwar nicht alles wieder gut, aber mit einem Plan fühlte

Bec sich gleich viel besser. Irgendwie würde sie alles wieder hinbiegen, da war sie sicher. Zumindest wenn sie ihr Handy wiederfände. Sie konnte kaum glauben, dass sie gestern tatsächlich genug Wut im Bauch gehabt hatte, es so weit zu werfen. Bei der Vorstellung musste sie fast lachen, war aber gleichzeitig ein wenig stolz darauf, wie tough sie dabei sicher ausgesehen hatte.

Nach dem Duschen schlüpfte sie in ein sauberes Baumwollkleid. Den ganzen Tag nur Trübsal blasen würde sie jedenfalls nicht, so viel war klar. Sie würde rausgehen, egal wohin. Vielleicht mal jemanden aus der Schule treffen, den sie länger nicht gesehen hatte. Schließlich war es sowieso Quatsch, nur eine einzige beste Freundin zu haben. In der Schule gab es eine Menge Leute, von denen Bec wusste, dass sie gerne mehr Zeit mit ihr verbringen wollten, doch sie war mit ihrem Leben so zufrieden gewesen, dass sie die immer nur abgewiesen hatte. Aber heute nicht. Lange saß sie vor dem Spiegel, bis ihr Haar perfekt geglättet und ihr Make-up so gut wie nie zuvor gelungen war. Man fühlte sich einfach souveräner, wenn man gut aussah.

Sie stand auf, drehte sich um, zählte bis drei, wirbelte zurück und begutachtete ihren Look. In der Millisekunde bevor ihre Augen das vertraute eigene Gesicht erkannten, sah sie eine hübsche, unbeschwerte junge Frau vor sich. Gut. Jetzt musste sie nur noch irgendjemandes Vorgarten nach ihrem Handy durchwühlen.

Irgendetwas blitzte vor ihrer Tür auf, etwas, das dort nicht hingehörte. Es war Paul, in der Hand ein silbern schimmerndes Messer. Ohne einen Blick in ihr Zimmer ging er vorüber.

Sie hörte, wie er die Treppe hinunterstapfte und die Tür zur Garage erst auf-, dann wieder zuging.

Ganz langsam räumte Bec ihr Schminkzeug weg. Mascara, Puder, Foundation, alles wanderte wieder in die Schachtel. Ihre Hand war ruhig. Erneut blickte sie in den Spiegel, doch diesmal erkannte sie sich nicht. Das weiße Rund im Spiegel war ihr völlig fremd. Sie grub die Fingernägel in die Handflächen. Irgendwie musste sie den Gedanken loswerden. Kleine Halbkreise bildeten sich auf ihrer Hand.

Ohne nachzudenken, ging sie zur Treppe. Sie nahm erst eine Stufe, dann die nächste.

Auf dem Weg hinab löste sich die Blockade, die den Gedanken an das Geheimnis aussperrte, langsam auf.

Sie versuchte noch, ihn wieder wegzuschieben, doch es war zu spät. Die Blockade war weg, und all die Dinge, an die sie nicht denken wollte, lagen plötzlich deutlich vor ihr.

Zuerst erinnerte sie sich daran, im Zimmer der beiden zu stehen, halb der Tür zugewandt. Wie sie nach Badewanne und sauberer Kinderhaut dufteten. An das letzte Licht des langen Sommertages hinter den Rollos.

„Soll das heißen, ihr könnt mich auch nicht leiden?"

„Ja."

Vor Becs geistigem Auge tauchte die Sammlung toter Käfer auf, die sie im Schrank der Jungs gefunden hatte, der seltsame, gefühllose Ausdruck, der manchmal in ihrem Blick lag und den sie zu ignorieren gelernt hatte, die Federklumpen, die sie ab und zu im Garten fand, hin und wieder auch zusammen mit einem toten, verstümmelten Vogel. Sie hatte immer geglaubt, das wäre die Katze gewesen. Aber das war noch vorher. Als sie es noch leicht verdrängen konnte. Bevor sie es wusste.

Dieser Tag. Letzten Sommer. Sie hatte auf die beiden aufpassen sollen. Die Erinnerung spulte sich in Becs Geist ab, ohne dass sie es verhindern konnte. Immer wenn es ihr gut gegangen war, hatten sie gesagt, sie sei hässlich, und immer wenn sie mürrisch und schlecht gelaunt gewesen war, hatten sie sie aufgeheitert und umarmt. Wäre Lizzie da gewesen, wäre es vielleicht anders abgelaufen. Hätte sie damals schon bei McDonald's gearbeitet, wäre es vielleicht nicht passiert. Ihre Mutter hatte ihr zehn Dollar pro Tag fürs Babysitten gegeben. Damals hatte Bec nicht gewusst, worauf sie sich da einließ. Am Ende hatte sie das Haus fluchtartig verlassen. Stundenlang hatte sie auf der Treppe vor einem der Läden um die Ecke gesessen, hatte an einer Gummischlange herumgenuckelt und zugesehen, wie die Familien kamen und gingen, während der Schwanz der Schlange immer kürzer wurde.

Auf dem Rückweg den Hang hinauf hatte Bec den Rasenmäher zwar gehört, ihn jedoch nicht weiter beachtet. Nur ein Teil der sommerlichen Geräuschkulisse wie jeder andere: das Schäckern einer Elster, das Summen der Zikaden. Dann erst hatte sie realisiert, dass das Geräusch aus *ihrem* Garten kam. Sofort war sie losgerannt – ohne zu ahnen, was sie erwartete, aber überzeugt, dass es nichts Gutes sein würde. Kleine Jungs mähen nicht den Rasen.

Bec versuchte, die Erinnerung an dieser Stelle anzuhalten. Versuchte krampfhaft, an etwas anderes zu denken, daran, wie sie auf jemand anderen wirken würde, so festgenagelt auf der Treppe. Ob ihr Kleid wohl hübsch aussah, auch nicht zu kurz war. Doch sie kam mit den Gedanken nicht aus sich heraus, gelangte damit nicht ins Hier und Jetzt. Nur damals konnte sie sich vor sich sehen, wie sie hinters Haus gerannt war. Keuchend im Garten gestanden hatte.

Sie hatte einen Augenblick gebraucht, um zu begreifen, was los war. Die Jungs hatten wild kichernd auf dem laufenden Rasenmäher gesessen, mit den Rücken zu ihr, sodass sie den Grund für ihr Vergnügen nicht hatte sehen können. Dann das Jaulen der Katze, lauter als der Motor.

Molly war bis zum Hals im Boden eingegraben, und die Jungs steuerten direkt auf sie zu. Das Tier riss weit die Augen auf, hatte die Ohren ganz flach angelegt. Sie kämpfte, wollte sich befreien. Doch es war zu spät, viel zu spät. Bec konnte gerade noch wegschauen, bevor der Rasenmäher über Molly hinwegfuhr. Der Motor stotterte kurz, dann lief er normal weiter. Becs Schrei ließ ihre Brüder herumfahren. Dann rannte sie zu Lizzies Haus, dachte nicht daran, dass die nicht da war.

Lizzies Dad und Jack grinsten nur bedeutungsvoll.

Das alles wollte Bec einfach nicht in den Kopf. Bald sah sie ein, dass es besser war, einfach gar nicht darüber nachzudenken. Paul und Andrew waren nach dem Vorfall immer lieb zu ihr gewesen, und sie hatte gar nicht anders können, als sie ebenfalls lieb zu haben. Dieses Grauen hatte in Becs Leben keinen Platz.

Und jetzt stand sie am Fuß der Treppe, fühlte sich kalt und taub. Sie könnte einfach wieder nach oben gehen, sich ihre Schuhe und eine Tasche schnappen und verschwinden. Käfer, Vögel, Katzen, Hunde. Je größer die Zwillinge wurden, desto größer wurden auch ihre Opfer.

Leise schwang die Tür zur Waschküche auf. Das Licht war an, doch niemand war drin. Bec machte einen Schritt hinein, erwartete beinahe, dass sie sich irgendwo versteckten, da schlug plötzlich die Tür hinter ihr zu. Sie wirbelte herum, gerade als Paul vom Schrank hinter ihr sprang, einen Backstein über dem Kopf. Ihre Hand schoss nach vorn und blockte den Stein mit ekelhaftem Klatschen.

Kurz wurde alles um sie weiß, und ein stechender, heißer Schmerz raste ihr durch den Arm.

„Du hast sie nicht richtig erwischt!"

Bec ging zu Boden, der Aufprall war zu viel gewesen.

„Nur weil du die Tür zugeschlagen hast."

„Du hättest mich lassen sollen. Letztes Mal hab ich sie voll gut erwischt."

„Aber diesmal war ich dran. Egal, so ist's eh besser."

Alles um Bec schien hin und her zu schwappen und sich um sie zu drehen. Sie fühlte sich, als müsste sie sich übergeben.

Irgendwas zerrte ihr am Handgelenk. Andrew, der ihr sein altes Sprungseil umband. Das Seil war voll roter Flecken.

Die halb verdrängte Erinnerung an den Malteser-Terrier, den die beiden vor ein paar Tagen im Keller gefoltert hatten, kehrte mit solcher Macht zurück, dass sie Bec fast den Atem nahm. Die Bilder waren verwaschen und verschwommen. Aber sie wusste noch, wie dem Hündchen das Blut aus der geöffneten Brust strömte. Und wie Paul das halbtote Etwas mit dem Sprungseil über den Boden schleifte.

Bec schubste Andrew zur Seite, kämpfte sich auf die Beine. Adrenalin pumpte ihr durch den ganzen Körper. Den Schmerz im Arm bemerkte sie nicht mehr.

„Ihr seid mir gefolgt, stimmt's?"

Die beiden sahen sie aus identischen blauen Augen an.

„Wir wollten eben wissen, wohin du gehst."

„Und ihr habt mich im Park k. o. geschlagen?"

„Du hast vergessen, mit uns ins Schwimmbad zu gehen."

Auf dem Weg vom Auto zum Haus hatte sie damals ihre achtlos hingeworfenen Fahrräder bemerkt. Ihr war sogar aufgefallen, dass eins der Räder sich noch langsam gedreht hatte. Vielleicht hatte sie es da schon geahnt.

„Und darum macht ihr jetzt das hier mit mir? Weil ich nicht mit euch im Big Splash war?"

Bec sah noch deutlich den Alleskleber und die Rasierklingen in Pauls Rucksack vor sich. Stellte sich nasse, nackte Beine vor, die mit voller Geschwindigkeit die Wasserrutsche hinab und auf die Klingen zurasen. Das hatte sie nicht ignorieren können.

„Wir haben einfach genug von dir. Wir glauben, du verpetzt uns."

„Und wir haben's noch nie mit einem Menschen probiert."

Da sah sie das Schimmern. Das Messer, in Pauls Tasche.

„Ihr seid am Arsch. Ihr seid beide so was von am Arsch!"

Bei diesen Worten mussten die beiden erst grinsen, dann kichern, auf genau die Art, die Bec immer so an ihnen geliebt hatte.

„Du bist böse, Becky! *Arsch* sagt man nicht."

In dem Moment ging irgendwas in Bec zu Bruch. Mit aller Kraft schubste sie Paul zu Boden, sodass er ächzend auf die Seite knallte. Dann schnappte sie sich das Messer aus seiner

Tasche und hielt es hoch über ihren Kopf. Andrew sprang sie an, krallte sich in Arme und Rücken, wollte an ihr raufklettern. Sie warf ihn ab und schleuderte ihn dabei durchs halbe Zimmer. Dass er so leicht sein würde, hatte sie nicht erwartet. Kurz herrschte schockierte Stille, dann schniefte Andrew und Tränen schossen ihm in die Augen.

„Du hast mir wehgetan, Becky."

Bec war völlig durcheinander. Alles in ihr wollte zu ihm gehen, sich um ihn kümmern.

Paul blickte zu Andrew. Bec merkte, dass sie sich über irgendetwas verständigten.

„Es tut uns leid", sagte Paul, nun ebenfalls mit feuchten Augen. „Wir haben nur Quatsch gemacht. Wir haben dich lieb."

Die beiden standen auf und kamen zu ihr, legten sanft die Arme um sie. Bec streckte das Messer noch immer in die Höhe.

„Wir wollen doch nur, dass du mehr Zeit mit uns verbringst, okay?" Paul blickte zu ihr auf.

„Okay", sagte sie mit heiserer Stimme.

Als sie später in die Küche ging, war der Himmel rot.

DREIUNDZWANZIGSTES KAPITEL

2014

Es ist still im Haus. Aus dem Elternschlafzimmer kommt kein Mucks. In der Küche höre ich leise die Mutter herumfuhrwerken. Der beißende Rauchgeruch hängt noch in der Luft, doch ich habe keine Ahnung, wo er herkommt. Anfangs war er nur schwach, wie von angebranntem Essen, inzwischen brennen mir die Augen von dem Dunst.

Ich bin Bec. Durchlebe ihre letzten Stunden.

Ich sitze auf dem Sofa und warte. Warte auf meinen Tod, genau wie sie damals. Eigentlich nur recht und billig. Ich hab ihr Leben gelebt, da sollte ich auch ihren Tod sterben. Einen Ausweg gibt es nicht. Ich streiche mit den Händen über das Baumwollkleid, tröste mich, warte, dass etwas passiert. Was Bec vor ihrem Tod wohl durch den Kopf ging? Hat sie an ihre Brüder gedacht, an die Karriere, die sie niemals machen, den Ehemann, den sie nie kennenlernen würde? War sie wütend auf ihre Eltern und deren ultimativen Verrat, oder liebte sie die beiden bis zum Ende? Fand sich mit ihrem Schicksal ab?

Immer wieder fahre ich mit den Händen seitlich an meinem Kleid auf und ab. So hat meine Mutter mich früher getröstet, wenn ich weinte. Ich dachte, ich erinnere mich gar nicht mehr an sie, doch das fällt mir jetzt deutlich wieder ein. Die Knie reibe ich mir auch. Kalt und voller Gänsehaut ragen sie unter der grauen Baumwolle hervor. Für Strümpfe hatte ich keine Zeit. Eine dünne weiße Narbe verläuft über mein Knie. Ich berühre sie mit den Fingerspitzen, worauf mir ein hysterisches Kichern entfährt. Mit zehn wollte ich mit dem Fahrrad ein Kunststück auf der Skaterampe hinlegen. Meine Mom war grade gestorben, und ich wollte mich unbedingt beweisen. Ich erinnere mich an das Lachen der Teenager, daran, wie die Welt sich auf den Kopf drehte und ich kurz vor dem Aufschlag kapierte, dass mir das ganz schön wehtun würde. An den Geruch des heißen Stahls und Betons.

Und damit wird alles wieder klar.

Ich bin nicht Bec. Vor alldem hier hatte ich ein eigenes Leben – eine eigene Identität – und die könnte ich wiederhaben.

Ich muss Hilfe rufen. Das ist riskant, denn wenn die Eltern mich hören, ist es aus. Aber ich muss wenigstens *versuchen*, hier lebendig rauszukommen. Ich hole tief Luft und schleiche in die Küche. Die Mutter steht an der Spüle. Sie hat sämtliches Geschirr aus den Schränken genommen und spült es von Hand nach, schrubbt das blitzsaubere Porzellan.

Vorsichtig greife ich nach dem schnurlosen Telefon auf der Bank. Es piepst, als ich es aus der Station nehme. Ich zucke zusammen.

„Gefällt's dir?"

„Was?"

„Der Haarschnitt?"

„Ach so. Ja."

„Schön. Das freut mich. Ich glaube, deinen Brüder gefällst du so besser."

„Die sind doch abgereist. Weißt du noch?“

„Sie freuen sich bestimmt, wenn sie sehen, dass ich dich zurechtgemacht hab.“

„Ja, bestimmt.“

Sie dreht sich nicht mal nach mir um. Spült einfach weiter ab, ein Stück nach dem anderen.

„Gute Idee, Vince anzurufen, mein Schatz“, sagt sie. „Frag ihn mal, wo er bleibt.“

War das eine Drohung? Will sie mir nur sagen, dass sie mich durchschaut hat? Ich drücke mich wieder aus der Küche. Sie dreht sich immer noch nicht um, spült weder langsamer noch schneller.

Ich wähle die Nummer der Polizei und presse mir das Telefon ans Ohr, bereit zu flüstern. Doch es läutet nicht. Stattdessen höre ich nur die erdrückende Stille eines anderen Zimmers. Der andere Anschluss, im Elternschlafzimmer. Muss abgehängt sein. Ich gestatte mir keinerlei Zögern, lasse gar nicht erst die Vorstellung zu, wie der Vater dort auf dem Bett sitzt und mich erwartet.

Die Tür steht einen Spaltbreit offen, aber hineinsehen kann ich nicht. Ich strecke die Hand aus, will sie ganz aufschieben, doch bringe es nicht über mich. Zu viel Angst. Mein Herz schlägt wie wild, ich zittere am ganzen Leib. Der Türknauf ist kalt. Ich muss es tun.

Bei dem Anblick, der sich mir bietet, reiße ich den Mund zu einem Schrei auf, doch es kommt kein Ton heraus. Die weißen Laken sind tiefrot. Triefen vor gerinnendem Blut. Mitten in der roten Pfütze liegt der Vater. Nur an seinen Klamotten erkenne ich ihn noch. Eine abgesägte Schrotflinte in den Händen, liegt er auf dem Bett. Hirn und Gesicht sind hinter ihm über die Wand verteilt. Neben ihm liegt eine leere Flasche Whiskey, auf dem Kissen eine krakelige Nachricht.

ES TUT MIR LEID. ICH HALTE DIESE SCHARADE NICHT MEHR AUS.

Der Telefonhörer liegt auf dem Fußboden. Direkt vor meinen Füßen fällt mein Blick auf ein blutiges Stück Schädelknochen auf dem cremefarbenen Teppich. Das wird der Mutter nicht gefallen: Es gibt garantiert einen Fleck.

Alles scheint vor mir zu verschwimmen, und mir wird furchtbar kalt. Ich wende mich ab, stütze mich an die Wand. Meine Muskeln kribbeln, und ich merke, dass ich die Wand entlang zu Boden rutsche, ohne was dagegen tun zu können. Ich lasse mich einfach fallen. Den leisen Rums, mit dem mein Kopf auf dem Parkett landet, höre, aber spüre ich nicht. Vor mir sehe ich meine Stiefmutter, so wie sie an dem Abend aussah, an dem ich abgehauen bin. Das Gesicht zerfurcht von einer Wut, die ihr den Schweiß auf die Stirn trieb. Die Spucke flog ihr nur so aus dem Mund, als sie mich anbrüllte.

Sie wollte mich im Gefängnis sehen, war froh, dass ich nicht zu ihrer neuen Familie gehören würde. Der Schubser war aber keine Absicht gewesen. Auf einmal lag sie vor mir. Die Spülmaschine war offen, und sie fiel seitwärts, sodass der runde Bauch die Ecke erwischte. Das Krachen beim Aufschlag war erschreckend laut. Sie drehte sich auf den Rücken. Der Schritt ihrer beigefarbenen Umstandshose färbte sich rot.

Ich konzentriere mich aufs Atmen. Ein, aus. Nicht nachlassen. Ein, aus. Einfach weiteratmen, dann wird alles gut.

Die Welt um mich klart wieder auf, ich spüre den kalten Fußboden am Kopf. Rieche die zitronige Politur auf dem Holz und auch den Rauch, viel deutlicher jetzt. Dünne Schwaden liegen vor mir über dem Parkett.

Ich zwinge mich aufzustehen, schiebe das gerade Gesehene aus meinen Gedanken. Konzentriere mich ausschließlich aufs Atmen. Ein, aus. Der Rauch kommt aus der Waschküche. An die Wand gestützt, stolpere ich zur Tür. In Richtung der Waschmaschine, in der mein Bademantel kreist. Erst kann ich in der Waschküche nichts erkennen. Dann sehe ich die dünnen Rauchfinger, die unter der Garagentür hereinkriechen.

Aus der Küche höre ich die Mutter. Sie spricht, schweigt und redet weiter. Als wäre da noch jemand anders, doch eine zweite Stimme höre ich nicht. So fest ich kann, beiße ich mir auf die Lippe. Der Schmerz bohrt sich durch meine Übelkeit. Den Blick auf die Füße geheftet, gehe ich zum Vater. Ohne zu zögern, ohne seinen Kopf anzusehen, zerre ich ihm die Flinte aus den Händen. Heiß spüre ich sein Blut an der Hand. Ich kann ein Schluchzen nicht unterdrücken, schlucke meine Gefühle jedoch wieder runter und betrachte das Gewehr. So was hatte ich noch niemals in der Hand. Der Lauf wurde unsauber gekürzt. Hat er wohl selbst gemacht. Kurz sehe ich ihn vor mir, wie er in seinem grauen Beamtenanzug eine Schrotflinte absägt.

Mit gespitzten Ohren gehe ich in Richtung Küche. Atme ganz flach.

„Schon gut, mein Schatz. Keine Sorge."

Dann eine Pause.

„Ja, ich bleibe hier."

Noch eine Pause, in der ich fast meine, jemanden sprechen zu hören, wenn auch unhörbar leise.

„Ja, natürlich."

Ein paar Schritte weiter höre ich tatsächlich was. Eine zweite Stimme. Die tiefe Stimme eines flüsternden Mannes.

Der Boden knarzt unter meinen Füßen. Die Stimmen verstummen. Mit einem weiteren Schritt bin ich in der Küche. Dort steht die Mutter, allein, die Hände in der Spüle.

„Mom?"

Sie dreht sich um und lächelt. Die Flinte würdigt sie keines Blickes.

„Ja, Liebling?"

„Wer war das?"

„Was?"

„Das grade eben. Ich hab eine Stimme gehört. Da ist doch noch jemand."

„Lass doch die Witze, mein Schatz. Die sind doch immer da."

„Wer?"

„Deine Brüder."

Etwas Hartes kracht mir auf den Hinterkopf. Blind vor Schmerz, sacke ich zu Boden.

„Hey, ich war dran!"

„Ich wollte nur letztes Mal wiedergutmachen."

„Pfff, hat ja nur zehn Jahre gedauert."

Die Stimmen der Brüder wabern um mich. Ich kann sie nicht auseinanderhalten. Sie klingen exakt gleich, als ob jemand Selbstgespräche führt. Ich will die Augen aufschlagen, doch sie sind schon offen. Ich kann bloß nichts sehen. Nur verschwommene Schemen inmitten von Weiß.

„Halt die Klappe!"

„Halt du doch die Klappe!"

„Nicht streiten." Die Mutter klingt ganz ruhig.

„Wo ist Dad?"

„Der schläft."

„Mal wieder besoffen, was?"

Ich höre sie herumgehen. Mir brennt der Rachen, aber husten kann ich nicht. Irgendwer tritt mir das Gewehr unter dem Arm weg.

„Becky, Becky, was ist bloß aus dir geworden?"

„Keine Kritik, Becky, wir sind beeindruckt! Die kleine Becky geht als Mädchen und kommt zurück als G. I. Jane."

Die beiden lachen. Einer kommt ganz nah, ich spüre ihn gleich neben mir.

„Oh, Molly fehlt mir ja so sehr", sagt einer – Andrew, glaube ich – mit piepsiger Kleinmädchenstimme ganz in meiner Nähe. „Warum musstest du uns auch drohen, Bec?"

„Hast du Vince was von uns erzählt?"

„Falls ja, bringen wir dich um."

„Machen wir das nicht sowieso?"

„Halt die Klappe! Braucht sie doch nicht zu wissen."

Jemand schiebt mir einen Fuß unter den Kopf, hebt mein Kinn an.

„Also, was hast du ihm gesagt?"

Ich bringe kein Wort raus. Ich will, aber ich kann nicht.

„Sag's uns!" Noch ein tiefer, schwerer Schmerz, als mir ein Schuh in die Seite knallt.

„Bitte, Jungs. Bitte, lasst sie doch in Ruhe!", sagt die Mutter.

Stille.

„Was haben wir gesagt, Mom?"

Stille.

„Wie lautet die Regel?"

„Keine Widerworte", murmelt sie.

„Ganz genau." Ich höre ihn gehässig kichern.

„Und was sagst du, wenn jemand fragt?"

„Die Jungs hatten damit nichts zu tun." Mit tiefer, schmerzerfüllter Stimme sagt sie ihren Text auf. „Sie hatten schon am Flughafen eingecheckt. Es war bestimmt meine Tochter. Die ist gestört."

„Brav, Mami."

„Nichts wie raus hier." Einer der beiden hustet.

„Du bleibst schön hier", sagt der andere mit hörbarem Grinsen zu mir. Die Hintertür geht auf, und ich höre, wie die beiden über den Zaun springen. Dann Stille. Tiefe, schwere Stille. Das Weiß wird immer dichter, und ich spüre wieder, wie ich wegdrifte.

Als das Weiß langsam zu Schwarz wird, kämpfe ich nicht gegen die Finsternis an. Ich reite auf ihr ins Vergessen.

VIERUNDZWANZIGSTES KAPITEL

2014

Ich bin im Schnee, mit meinem Vater. Im Sessellift schweben wir durch das Weiß. Ich habe Angst. Zärtlich legt er den Arm um mich, und ich kuschle mich an seine Jacke. Bei ihm bin ich sicher. Bald sind wir wieder in unserer Hütte und trinken heiße Schokolade. Mir tun Augen und Nase weh, aber von der klirrenden Kälte kommt das nicht. Nein. Sie brennen. Das Weiß um mich wallt und wogt; bauschige Schneewolken. Ein Schatten kommt durchs Weiß auf mich zu. Etwas Kaltes berührt mein Gesicht. Der Sessellift zieht mich voran, und ich gleite durch die weiße Welt.

Mein Rachen und meine Nase sind voll von brennendem Rauch. Ich will husten, will die Asche aus mir rauskriegen. Doch statt Husten kommt nur ein trockenes Würgen.

„Wag es bloß nicht, hier drin zu kotzen."

Ich sehe mich um. Der Rücksitz eines fahrenden Autos. Ich will den Kopf heben, um zu sehen, wer am Steuer sitzt, doch er dröhnt wie Hölle.

„Halbwegs okay?" Die Stimme von Lizzie.

„Nein. Was ist passiert?", krächze ich, was eine weitere schmerzhafte Hustenattacke auslöst.

Lizzie wartet, bis ich fertig bin, bevor sie antwortet.

„Nach deiner SMS dachte ich mir, dass da was nicht stimmt. Ich wollte wissen, was los ist. Jack und ich machten uns auf den Weg, blieben aber an der Straßensperre hängen.

Der Cop wollte uns einfach nicht durchlassen. Jack stieg aus, schrie Zeter und Mordio, brüllte ihn an, er hätte ihm gar nichts zu sagen. Die Proll-Nummer war natürlich nur Ablenkung. Hätte ich nicht solchen Schiss gehabt, wär's eigentlich ganz lustig gewesen." Sie lacht, doch es klingt stumpf und hohl. „Na, jedenfalls, während die sich noch fragten, was das alles sollte, bin ich einfach mitten durch die blöde Absperrung gerast. Aus dem Haus kam Rauch! Der Trottel war so damit beschäftigt, Leute aufzuhalten, dass er das nicht mal bemerkt hat."

„Und die Mutter?", flüstere ich.

„Ich hab's versucht." Lizzie macht eine Pause. „So was Gruseliges hab ich noch nie gesehen. Sie rührte sich gar nicht, stand einfach da und spülte ab, mitten in der Küche voller Rauch. Als ich dich grade rauszog, kamen allerdings Jack und die Journalisten an. Die haben sie bestimmt da rausgeholt."

„Jack?"

„Willst du's wirklich wissen?"

Will ich nicht. Ich will sie fragen, wo wir hinfahren, aber das Sprechen tut zu weh. Also liege ich einfach still da und glotze an die Decke. Nach einer Weile fährt Liz auf einen Parkplatz und stellt den Motor ab. Sie dreht sich zu mir um.

„Gut, so sieht's aus: Wir sind in Goulborn, vor dem Krankenhaus. Das ist weit genug weg von Canberra, dass man dich nicht erkennt. Du gibst da drin deinen richtigen Namen an, und wenn du zurück bist, wo du herkamst, rufst du die Cops an und erzählst ihnen genau, was heute los war. Kapiert?"

Ich nicke.

„Gut. Jetzt steig aus. Ich trage dich nicht noch mal. Du bist schwerer, als du aussiehst."

Langsam quäle ich mich aus dem Auto. Bei jeder noch so kleinen Bewegung jagen mir stechende Schmerzen durch den zerschundenen Körper. Sollte ich ihr erzählen, dass ich Becs Leiche gefunden habe? Unsere Blicke treffen sich, und hinter der eisernen Entschlossenheit sehe ich bereits den Schmerz aufsteigen.

FÜNFUNDZWANZIGSTES KAPITEL

BEC 18.01.03

Die Welt war aus den Fugen. Der Himmel färbte sich rot, und in der Küche wurde es dunkel, obwohl es erst kurz nach zwölf war. Becs Brüder hatten versucht, sie umzubringen.

Bec setzte sich an den Küchentisch und legte behutsam das Messer vor sich ab. Sie sollte es wohl zurück in die Schublade legen, wollte es jedoch lieber nicht aus den Augen lassen. Sie stellte sich vor, wie die Klinge sich ihr im Schlaf in die Seite bohrte. Wie es sich anfühlen würde, wenn der kalte Stahl ihr durch Haut und Muskeln schnitt.

Leise ging sie nach oben auf ihr Zimmer. Das Flüstern im Zimmer der Jungs verstummte abrupt, als sie die oberste Stufe erreichte.

Ganz hinten in ihrem Schrank lag eine große Sporttasche, die sie letztes Jahr bei Myer's gestohlen hatte, damals, als Ladendiebstahl ihr noch einen Kick verschafft hatte. Sie hatte das Ding eigentlich überhaupt nicht brauchen können, sondern nur ausprobieren wollen, ob sie mit etwas derart Auffälligem unbehelligt aus dem Laden spazieren konnte. Sie konnte.

Bec zögerte einen Moment, überlegte, ob sie die Tasche je ihrer Mutter gezeigt hatte. Ziemlich sicher nicht. Niemand würde das Ding vermissen.

Sie hatte schon halb fertig gepackt, da tat ihr mit einem Mal der Arm weh. Wirklich schlimm weh. Wo der Stein sie getroffen hatte, war die Haut leicht aufgeschürft, und sie hatte gehofft, das wäre alles, doch jetzt wurde das dumpfe Pochen immer stärker. Vorsichtig drückte sie am Arm herum. Der Schmerz war heftig, aber nicht so schlimm wie bei einem Bruch.

In die Tasche packte sie nur Sachen, die ihre Mutter nicht vermissen würde. Eine dicke Jacke von ganz hinten, die sie kaum getragen hatte – sie hatte sie immer zu praktisch gefunden. Die Jeans vom letzten Jahr. Ein paar alte T-Shirts. Dann hob sie nach kurzem Zögern auch die McDonald's-Uniform vom Boden auf, packte sie ein und machte ihr Bett.

Das Schminkzeug würde sie hierlassen müssen. Das wäre zu offensichtlich. Auch die Fotos mussten an der Wand bleiben. Nur eins nahm sie mit, das musste schon sein. Ein Bild von Lizzie und ihr, auf dem sie lächelnd die Wangen aneinanderpressten.

Becs Spiegelbild erschreckte sie selbst. Das verschmierte Make-up um die Augen, die aufgeschürften Knie. Schmutz im Gesicht und von Andrews Fingernägeln verkratzte Arme. So gut es ging, säuberte sie sich mit Abschminkpads, denn zum Duschen war die Angst zu groß. Dann nahm sie das Geld aus dem Rücken der Cabbage-Patch-Puppe und stopfte es ebenfalls in die Tasche. Irgendwo tief drin musste sie geahnt haben, dass so etwas passieren würde – sie war schon lange darauf vorbereitet gewesen.

Becs Herz hämmerte nicht, als sie zur Haustür hinaus und den Hang hinunterging. Sie drehte sich nicht einmal um. Der Himmel war inzwischen dunkelrot, und von der Luft tränten ihr die Augen. Der rote Nebel bedeckte selbst die Sonne, sodass sie blutrot leuchtete.

Der erste echte Abschiedsschmerz kam ihr beim plötzlichen Gedanken an Lizzie. Doch sie schob ihn weg. Es ging nicht anders. Bec wusste, dass sie ihre Brüder trotz allem immer lieb haben würde. Wenn sie blieb, würden die beiden sie irgendwann erwischen. Im Schlaf vielleicht oder wenn sie groß genug wären, um sie zu überwältigen. Natürlich könnte sie mit ihren Eltern sprechen, doch tief drin war ihr klar, dass es nichts helfen würde. Vermutlich wussten die sowieso bereits Bescheid. Wenn Bec sich selbst aus der Rechnung nahm, war auch das Problem gelöst. Sie würden sich nicht entscheiden müssen. So war es besser.

Auf dem Weg in Richtung Innenstadt wurden die Straßen immer dunkler. Die Ampeln blinkten orange. Die Hitze war überwältigend, alles an ihr war glitschig vom Schweiß und die Haut brannte. Sie fragte sich, ob sie es überhaupt zum Busbahnhof schaffen und ob man sie dort in den Bus nach Sidney steigen lassen würde. Vielleicht hatte Matty doch recht mit dem Jüngsten Gericht. Überall um sie herum schneite es schwarze Asche. Doch Bec ging weiter. Ging blindlings weiter und wusste, dass sie niemals wiederkehren würde.

SECHSUNDZWANZIGSTES KAPITEL

2015

Ich habe mit dem Rauchen aufgehört.

Es ist ein Jahr her, aber ich muss immer noch fast kotzen, wenn jemand anderes neben mir raucht.

Im Krankenhaus haben sie mir verboten zu sprechen und mir eine Sauerstoffmaske umgeschnallt. Nur meinen Namen konnte ich noch sagen. Meinen richtigen Namen. Dann haben sie mir einen Schlauch in den Rachen geschoben, um den schwarzen Dreck aus den Lungen zu saugen.

Der Arzt meinte, ich hätte Glück gehabt. Hätte ich noch ein paar Minuten länger diesen Rauch eingeatmet, wär ich sehr wahrscheinlich draufgegangen. Obwohl es heute abartig heiß ist, muss ich zittern. So schwer es mir auch fällt, ich versuche, nicht an dieses Haus zu denken.

Mitten in der Rushhour schlängle ich mich durch die Menge Richtung Bahnhof. Es ist acht Uhr morgens, die Sonne scheint, und ich bin auf dem Weg zum Fernbahnsteig. Bis Sidney dauert es fünfundsechzig Stunden, aber das stört mich nicht. Die Reise wird sich lohnen. Ich muss dort jemanden treffen.

Den Hauptbahnhof von Perth kann ich nicht ausstehen. Irgendwie ist der immer entweder voller schubsender und drängelnder Anzugträger, oder man sieht dort keine Menschenseele außer ein paar gruseligen Gestalten, die einen aus den Schatten begaffen. Dazwischen gibt es nichts. Außerdem hängt permanent ein leichter Geruch nach altem Urin in der Luft. Im Sommer ist es am schlimmsten, weil sich dann der Beton erwärmt und es nach *warmem* alten Urin riecht. In der Schlange vor dem Fahrkartenschalter halte ich mir die Nase zu. Hoffentlich bleibt der Gestank nicht an mir haften. Ich trage meine besten Sachen und hab mir tatsächlich mal Mühe mit den Haaren gegeben. Gut, die Umstände sind nicht ideal, aber ich bin dennoch ganz kribbelig vor Aufregung. Ich blicke mich um, lächle Fremden zu, was ich sonst nie, niemals tue. Dann fällt mein Blick auf den Zeitungskiosk. Die heutige Schlagzeile lautet: *WINTER-ZWILLINGE: FREISPRUCH.*

Ich hab's kommen sehen, aber das macht es nicht besser. Es tut trotzdem weh. Während ich tagelang in völliger Stille in diesem Krankenhausbett lag, habe ich mir vorgenommen, das Chaos, das ich angerichtet hatte, wieder in Ordnung zu bringen. Ich habe viel an Bec gedacht, um sie getrauert, ihr versprochen, alles wiedergutzumachen. Ihr geschworen, dass ich ihre Brüder nicht ungeschoren mit dem Mord an ihr davonkommen lassen würde.

Als die Ärzte mir endlich wieder zu sprechen erlaubten, ging ich runter zur Telefonzelle, die ganze Hand voll Kleingeld. Den schwersten Anruf machte ich zuerst: bei meiner Stiefmutter. Ich sagte ihr, wie leid es mir tat. Sie gab das Telefon ohne ein Wort an meinen Vater weiter. Der hatte sich doch wirklich langsam Sorgen um mich gemacht. Als ich ihm sagte, dass ich mich wegen Kreditkartenbetrugs der Polizei stellen wollte, kaufte er mir ein Flugticket zurück nach Perth. Ob ich wieder bei ihm einziehen könne, hab ich nicht gefragt. Es war klar, dass wir nicht weitermachen konnten wie zuvor. Nicht nach dem, was ich getan hatte. Er erklärte sich bereit, mir einen guten Anwalt zu bezahlen. Rückblickend hat er das wohl nicht aus Liebe getan. Eher weil er unbedingt die Schande vermeiden wollte, dass seine einzige Tochter im Gefängnis saß.

Mir wäre das egal gewesen. Ich hätte Sozialstunden geleistet, mich bei allen entschuldigt, die ich bestohlen hatte, und wenn nötig auch die Haftstrafe abgesessen. Allein zu hören, wie die Leute mich bei meinem echten Namen riefen, wäre all das wert gewesen.

Nachdem ich mich von ihm verabschiedet und aufgelegt hatte, holte ich einmal ganz tief Luft. Jetzt konnte ich es nicht mehr länger aufschieben. Eine Münze nach der anderen ließ ich in den Schlitz am Telefon klimpern. Dann tippte ich ganz langsam die Nummer und hörte, wie es läutete.

„Andopolis am Apparat."

„Hi."

„Bec?! Wo stecken Sie?"

„Sie liegt unterm Haus."

Ich habe ihm alles erzählt. Alles, was an diesem grauenhaften Tag passiert ist, bis ins letzte Detail. Dann legte ich auf, bevor er etwas erwidern konnte. Vom Sprechen tat mir neuerlich der Hals weh. Es war Zeit, nach Hause zu gehen, wieder ich selbst zu sein. Die einzige Spur, die Bec in meinem Leben hinterlassen hatte, war die tiefe Narbe auf dem Arm.

Selbst noch in Perth schaffte die Story es in die Zeitung: *Entführungsopfer legt Brand in Elternhaus*. Ich schluckte meinen Ärger runter und hoffte wie verrückt, dass Andopolis seinen Job machte und das geradebog. Die Geschichte war über Monate in den Nachrichten. Über mich wurde zum Glück nichts berichtet – offenbar hatte Andopolis sich bedeckt gehalten. Das Ganze ließ ihn natürlich auch nicht grade gut dastehen. Auch die Mutter war heil aus der Sache rausgekommen, zumindest körperlich. Die Feuerwehr hatte sie aus dem brennenden Haus gezerrt, obwohl sie sich mit Händen und Füßen dagegen wehrte.

Die Hand auf dem Mund, sah ich zu, wie der Nachrichtensprecher trocken verkündete, man habe in der verkohlten Garage eine verweste Leiche gefunden. Ein Leichensack wurde vorsichtig in einen Krankenwagen gehievt.

„Laboruntersuchungen bestätigen, dass es sich bei der Leiche um den einundvierzigjährigen Maxwell Brennen handelt, der bis zu seinem Verschwinden im Jahre 2005 im Nachbarhaus der Winters gewohnt hatte."

Also doch nicht Bec. Ich hätte Luftsprünge machen können. Vielleicht war sie trotz allem noch am Leben.

Die Zwillinge hatten ein tolles Alibi für den Brand. Die Presse hatte Fotos davon, wie die Eltern mit ihnen auf dem Rücksitz weggefahren und ohne sie zurückgekommen waren. Bestimmt hatten sie sich unter einer Decke versteckt oder so was. Die Airline konnte belegen, dass die beiden gleich nach Öffnung des Terminals eingecheckt hatten und drei Stunden später an Bord ihres Flugzeugs gegangen waren. Auch wenn dazwischen zwei ganze Stunden fehlten, hatte ich eher erwartet, dass Andopolis nicht daran glauben würde, genügend Beweise für eine Anklage zu finden.

Doch dann wurden die Zwillinge zu meiner Überraschung schon ein paar Tage später festgenommen. Ich sah zu, wie Andopolis sie in die Wache führte. Die beiden hatten die T-Shirts über die Köpfe gezogen, er versuchte, ernst zu bleiben, doch um die Mundwinkel spielte eindeutig ein Schmunzeln. Selbst nach so langer Zeit war Max' Leiche noch über und über mit ihrer DNA bedeckt.

Als die Cops erst mal zu wühlen anfingen, brachten sie die Zwillinge schnell mit einer Mordserie in einem Altersheim in Melbourne in Verbindung, wo Andrew freiwillig ausgeholfen hatte. Im Holden Valley Aged Care Center. Die Morde waren grausam und widerwärtig gewesen. So sehr, dass man zuerst vermutet hatte, ein Tier sei ins Gebäude eingedrungen. Die Zeitungen berichteten pausenlos von der bevorstehenden Anhörung. Und ich hatte keine Chance, dem aus dem Weg zu gehen: Tageszeitungen machten einen großen Teil des Mülls aus, den ich bei meinen Sozialstunden neben dem Highway aufzulesen hatte.

Während dieser langen Stunden am Straßenrand dachte ich so gut wie immer nur an Jack. Ich hab ihn angerufen, doch er ging nicht ran. Hab ihm geschrieben, doch es kam nie eine Antwort. Das Kingsley-Blog habe ich wie eine Besessene verfolgt. Dann verschwand es plötzlich aus dem Netz, und Jacks Gesicht tauchte in der Zeitung auf. Nur ein kleines Foto allerdings, auf der allerletzten Seite. Die hatten die Kamera gefunden, die er ins Internierungslager schmuggeln wollte, und ihn deshalb festgenommen. Im Gegensatz zu Andrew und Paul wurde über Jacks Fall rasch entschieden. Er bekam sechs Monate.

Ich hab mir in letzter Zeit wirklich Mühe gegeben, ein guter Mensch zu sein, musste aber trotzdem sofort daran denken, was seine Inhaftierung für mich bedeutete: Ich wusste plötzlich ganz genau, wo er steckt. Heute fahre ich zu ihm, und er wird gar nicht anders können, als mir zuzuhören. Weglaufen kann er ja schlecht.

„Miss?"

Die Schlange vor mir ist verschwunden, und die Frau hinter dem Schalter blitzt mich ungeduldig an. Ich ringe mir ein kleines Lächeln ab und kaufe ein Ticket nach Sidney. Ein Teil von mir will die Zeitung gar nicht erst lesen, weiß sowieso bereits, was drinsteht. Paul und Andrew haben dieselbe DNA, sodass sich nicht beweisen lässt, dass nur der eine und nicht der andere Max ermordet hat. Natürlich hatten die Medien ihr Urteil längst gefällt. Vielleicht reichte das auch.

Ich gehe rüber zum Kiosk. Eine dunkelhaarige Frau betrachtet ebenfalls die Zeitung, den Rücken zu mir gewandt. Sie wär mir gar nicht weiter aufgefallen, wenn sie nicht derart still davorgestanden hätte. Gehetzte Anzugträger rempeln sie an und schnalzen genervt mit den Zungen. Ganz langsam dreht sie sich nun um, fast als würde sie meinen Blick im Nacken spüren, und ich schaue gradewegs in das Gesicht, das ich kenne wie mein eigenes. Sie hat Haar und Augenbrauen braun gefärbt, doch an den Wurzeln schimmert es leicht kupferrot. Ihre Klamotten sind stilvoll und perfekt geschnitten – wie die von jemandem, der in der Modebranche arbeitet. Selbst nach zwölf Jahren gibt es keinen Zweifel: Vor mir steht Bec Winter.

Tränen strömen ihr über die Wange, als unsere Blicke sich treffen. Dann, ganz plötzlich, wird ihre Traurigkeit zu Panik. Ich habe nun selbst den Ausdruck im Gesicht, an den ich mich so gewöhnt hatte: vom Schreck des Wiedererkennens weit aufgerissene Augen. Als hätte ich ein Gespenst gesehen. Ich schiebe die Leute vor mir zur Seite, um zu ihr zu gelangen.

„Warte!", rufe ich, doch sie ist bereits losgerannt.

Die Umstehenden beobachten irritiert, wie ich Bec über den Bahnsteig verfolge. Doch überall fahren Züge ab, und es ist alles voller Menschen. Ich hefte meinen Blick fest an ihren Hinterkopf.

„Vorsicht!" Eine Frau knallt mir einen Kinderwagen ans Schienbein.

„Hey!", schreie ich sie an. Was für eine Idiotin nimmt denn bitte ihr Baby zur Rushhour mit an den Bahnhof? Ohne auf die bissigen Kommentare der Frau zu hören, sehe ich mich um, suche verzweifelt nach Bec. Doch es ist zu spät.

Sie ist in der Menge verschwunden.